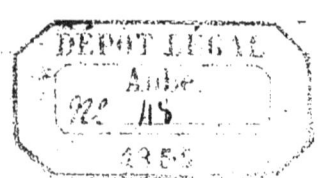
LETTRES

A

JACQUES SOUFFRANT

LETTRES

A

JACQUES SOUFFRANT

OUVRIER

PAR

LOUIS ULBACH

Rédacteur en chef du *Propagateur de l'Aube*

PARIS

CHEZ GARNIER FRÈRES

215, Palais-National, — 10, rue Richelieu

TROYES

CHEZ VIGREUX-JAMAIS

50, rue de l'Epicerie

1851

PRÉFACE.-

—

Les lettres que nous réunissons aujourd'hui en un volume, ont été publiées successivement dans le *Propagateur de l'Aube,* pendant cinq mois. Il serait donc inutile d'y joindre ces quelques lignes de préface, si nous n'avions l'illusion de rencontrer de nouveaux lecteurs, étrangers au journal.

C'est à ces amis inconnus que nous devons des explications, non pas sur notre plan, sur nos principes, sur nos opinions, nos lettres sont assez explicites à cet égard, mais sur les raisons qui nous ont fait choisir *Jacques Souffrant,* l'ouvrier fileur de coton, pour notre interlocuteur, pour notre correspondant.

Le journalisme, en province, est exposé à des exigences fatales qui paralysent souvent son action, ou la détournent de son but en l'exagérant. Les questions de principe se confondent à chaque instant dans des débats personnels. Au lieu d'une discussion sérieuse, qui sait rester digne dans sa passion même, la presse des départements se laisse invinciblement entraîner à ces pugilats que l'écrivain consciencieux ne saurait toujours répudier, et dont il garde, même lorsqu'il est vainqueur, un remords et une flétrissure intérieure qui l'aigrissent et le découragent.

Les partis se rencontrent, se coudoient à chaque heure du jour dans la rue ; la vie privée est trop facilement ouverte aux investigations des rivalités jalouses. La tentation de ridiculiser ceux qu'on attaque mène aux médisances, parfois aux calomnies, et, dans ces caquetages envenimés, l'âme, qui semblait la mieux prémunie par des illusions, s'amoindrit et perd sa force, son inviolabilité, ses espérances les meilleures, sa foi.

C'est ce qui rend la presse départementale puissante pour le mal, et souvent impuissante pour le bien. Elle est écoutée, sous la condition d'une causticité qui ne s'acquiert, ou ne se maintient, qu'au détriment de la justice. C'était précisément pour nous soustraire à cette amère nécessité que nous imaginions, au mois de juin 1850, de nous adresser, à nous-même, des lettres sur la politique, sous le pseudonyme de *Jacques Souffrant*, ouvrier. Notre tentative réussit pleinement.

En dégageant notre personnalité, nous ôtions un élément à une polémique irritante et de mauvais goût. Nos adversaires déconcertés par ce pseudonyme, sous lequel leurs préventions les empêchaient de nous reconnaître, essayaient de discuter et n'injuriaient plus. La curiosité nous attirait une attention qui se changeait peu à peu en bienveillance. Les allures pittoresques que le caractère de notre prétendu correspondant nous permettait de prendre, variaient le ton habituel du journal. Croyant se trouver en présence d'un adversaire nouveau, nos confrères, jaloux de montrer de l'impartialité à nos dépens, adressaient à ce contradicteur inconnu des compliments dont ils espéraient faire, par la comparaison, une épigramme contre nous.

La loi Tinguy-Laboulie modifia cette situation. Peut-être bien, nous eût-il été facile, avec un peu d'invention, d'esquiver les exigences de la loi nouvelle ; mais il nous convenait mieux de l'accepter loyalement, de la subir franchement. *Jacques Souffrant*, l'ouvrier, cessa de nous écrire, par notre entremise, et nous commençâmes à répondre à *Jacques Souffrant*. Ce sont ces dernières lettres que nous publions aujourd'hui.

Nous nous sommes interrogé sévèrement avant de les écrire ; nous nous sommes dit qu'il était facile, en parlant au peuple et en son nom, de se laisser entraîner à cette chaleur de démonstration dont l'accent outre-passe souvent l'intention, et de paraître exciter, quand on veut au contraire contenir et pacifier. Aussi, avons-nous eu soin de répéter toujours, à chaque page, à quelles conditions nous demandions pour le peuple des droits, des libertés, des garanties : à la condition de la patience et du travail.

Ce fut donc avec un étonnement profond que nous vîmes le parquet déférer notre seizième lettre au jury, comme contenant le délit d'excitation à la haine et au mépris des citoyens les uns contre les autres. Le jury nous a solennellement donné raison, et ce procès a eu pour résultat efficace une admirable plaidoirie de M⁰ Jules Favre.

Le cadre que nous nous étions tracé dans ces lettres est rempli. Nous avons touché à toutes les questions sommaires. Il n'entrait pas dans notre plan d'aborder l'étude de théories spéciales, ni de chercher les réalisations des promesses de la Démocratie dans un système.

Nous sommes trop jeune pour croire que nous

ayons extrait, à nous seul, des événements contemporains, de l'histoire et de l'étude des hommes,
des notions infaillibles que nous puissions donner
comme règles de conduite.

Nous sommes trop fier pour viser à l'originalité
avec des friperies d'emprunt. Nous sommes trop
convaincu, d'ailleurs, que le problème social est
complexe, que tous nous devons concourir à sa
solution, mais qu'il n'appartient à personne d'apporter une solution toute faite, pour ne pas nous
en tenir au développement pur et simple de la
Constitution.

C'est donc en la défense de la Constitution que
notre livre se résume. A coup sûr, cela n'est pas
bien hardi, et il n'y a rien dans ces lettres d'inat-
tendu. Mais nous avons mieux aimé courir le
risque d'être banal et de rester sincère, que de
sacrifier notre conscience à la tentation de faire
du nouveau.

Tous les journaux républicains répètent à satiété

ce que nous avons dit sous une forme particulière.
La vérité n'a que des raisons toujours les mêmes,
pour se défendre. Elle est moins variée que l'erreur qui a besoin de multiplier les sophismes et les
paradoxes. Nous avions donc peu de choses à inventer, et les auxiliaires ne nous manquaient pas.
Le style seul est à nous en propre. Nul ne sera
tenté de nous le disputer.

Lors de notre procès, le ministère public a paru
grandement scandalisé du nom que nous avions
choisi pour notre correspondant, *Jacques Souffrant.*
Ce nom, qui n'est pas pour nous un symbole de
haine et de vengeance, comme on l'a dit, mais
un témoignage de douleurs patiemment supportées,
s'est offert à notre esprit avec une soudaineté qui
ressemblait à une réminiscence. S'il ne nous appartient qu'à ce titre, ce que nous ignorons, nous
avons du moins la certitude de n'en avoir pas fait
un mauvais usage.

Voilà les quelques explications que nous avions

à donner. Ce recueil n'est pas une œuvre de spé-
culation littéraire; c'est l'effort individuel d'un
soldat obscur de la Démocratie qui veut concourir
en toute sincérité à la défense de la République.
Nous n'avons fondé sur ce livre aucun rêve d'orgueil. Ce sera assez pour nous s'il peut éveiller
quelque sympathie dans nos rangs; ce sera beaucoup, s'il peut amener quelques-uns de nos adversaires à rendre justice à la loyauté de nos opinions.
Notre but sera rempli, si, au témoignage de notre
conscience, nous pouvons joindre l'estime des
honnêtes gens de tous les partis.

Troyes, 2 Juillet 1851.

LETTRE PREMIÈRE.

DÉDICACE.

Ce n'est pas sans émotion, mon bon Jacques, que je viens répondre aux lettres que tu *m'as* fait *m'*écrire pendant près de quatre mois. Il m'en a coûté de ne plus être ton secrétaire, de ne plus sentir palpiter dans ma prose les inspirations de ton cœur, comme je sens battre tes artères quand je te serre la main.

La loi Tinguy-Laboulie a rompu notre association. Le parquet ne voulait pas de ton nom, et le mien eût semblé un désenchantement. Je t'ai rendu bien triste-

1

ment ta plume, mais ajourd'hui, toute réflexion faite, je reprends la mienne.

J'ai trop souffert de ne plus t'avoir à côté de moi, sinon comme conseil, du moins comme auditeur. Tu ne dicteras plus, tu écouteras; je ne me raconterai plus à moi-même tes impressions; je te dirai les miennes, dans ta langue, dans les formules que j'avais choisies et que tu avais agréées. Cela sera moins favorable à coup sûr pour moi, qui perds le prestige de l'incognito, mais cela sera plus commode pour mes adversaires et plus rassurant pour messieurs de la justice : les uns et les autres sauront ainsi à qui s'en prendre. Or le contentement de mon prochain et le respect de la loi sont des adoucissements à mes regrets.

Qu'es-tu devenu, mon pauvre Jacques, depuis le jour où nous nous sommes ainsi séparés? Je ne te parle pas de ta misère ni de ta famille; je sais que tes bobines ne te dévident pas plus de fils d'argent que l'hiver dernier, que tu sues autant, que tes enfants ne pleurent pas moins, que ta pauvre femme a bien de la peine à mettre des pièces à tous tes trous, et à ne pas se fâcher avec le boulanger. Heureusement, le bon Dieu a fait crédit à nos législateurs, et a voulu qu'il·

n'y eût presque pas d'hiver cette année, puisqu'il n'y avait pas encore de lois d'assistance, de réformes républicaines entreprises ! Ce n'est pas ce chapitre-là que je veux entamer avec toi aujourd'hui : il y aurait des larmes sur mon papier ; je n'y veux que de l'encre.

Qu'as-tu pensé, qu'as-tu dit de la comédie de ces derniers mois ? des procès-verbaux de la commission de permanence ? de l'affaire Allais ? de la mystification Dupin, France et compagnie ? du message ? des sauts de mouton ministériels ? des bonbons à pétards échangés comme étrennes entre les deux présidents ? de la mort et de l'enterrement de l'invincible Malborough, commandant en chef de l'armée de Paris ? de la plantation, sur la fosse du susdit Malborough, d'un bel arbre de la liberté, sur la plus haute branche duquel M. Thiers a sifflé un petit air républicain ? Qu'as-tu dit de la compote Baroche, Rouher, Fould, etc. ? T'amuses-tu de ce gâchis qui crotte un peu les talons de la République, mais ne l'empêche pas de marcher ?

J'aurais bien voulu causer de tout cela avec toi. Mais bah ! le spectacle pour n'en pas finir n'en est pas moins vif dans ses successions de tableaux ; à peine a-t-on le temps de poser son œil à la lanterne, que la ficelle est tirée et que le décor change. Hier, c'était la fusion des royalistes; ce matin, l'Empire; ce soir, ce sera peut-être du socialisme; mais le fond de tout cela, le grand rideau sur lequel passent et se dessinent ces images, c'est toujours et bien décidément la République.

Sais-tu que pour être venu au monde le 24 février, avant terme et dans une catastrophe, l'enfant semble décidé à vivre, et a des dents? Il ne mord pas, mais on sent qu'il pourrait mordre, sans compter qu'on lui voit venir aux doigts des petites pointes qui lui serviraient d'ongles au besoin.

Quant à moi, mon bon Jacques, j'ai recueilli des symptômes certains, infaillibles, de la bonne santé de la République. Depuis quelque temps, les gens que mes amis les républicains ont mis en place autrefois, retrouvent la mémoire qu'ils avaient perdue; on me reconnaît, on me salue, on me sourit; mon amitié commence à devenir moins compromettante; il paraît qu'il ne fallait attribuer qu'à des invasions du sang dans les yeux de ces bons amis, l'affreuse couleur rouge qu'ils me trouvaient autrefois. Si M. Thiers avait l'excellente idée de faire encore deux ou trois

petits discours républicains, je redeviendrais définitivement ce que j'étais au mois d'avril 1848. On se
plairait à reconnaître que je n'ai jamais ni tué, ni volé,
ni manqué à un serment, et peut-être bien que certains habits brodés, qui défendaient il y a quelques
jours à leurs subordonnés de lire le *Propagateur*, me
feraient encore l'honneur de monter mon escalier et de
se chauffer, comme autrefois, les pieds à mon feu,
les mains dans ma main.

Laissons faire le temps, nous en verrons bien
d'autres ; et sans nous occuper de ces manœuvres des
grignoteurs, gros et petits, dont le budget aiguise les
dents, attachons-nous, mon bon Jacques, à éclaircir
certains points obscurs de la situation. Si tu veux,
entre nous, il ne sera jamais question des hommes ;
nous ferons de la politique algébrique, à cette seule
condition de ne pas la faire ennuyeuse. Nous ne nous
amuserons point à retourner sur le gril M. X.... ou
M. *** ; mais, ne considérant les individualités politiques que comme des bocaux où infusent des idées
plus ou moins acceptables, nous goûterons les fruits,
nous laisserons les vases qui les renferment. Si l'on me
fait l'honneur de me répondre ou plutôt de m'injurier,
nous subirons cette averse, comme nous nous rési-
gnons à la boue, et nous ne ferons pas de ces études

sérieuses et loyales le champ-clos de vanités mesquines. Il se peut que Vadius m'attende au coin d'une
borne, pour me vomir ses vilenies ; mais il sera forcé
de faire la besogne pour deux, car je ne lui servirai
pas de Trissotin.

Je viens de te parler d'études ; que ce mot ne t'effa-
rouche pas. J'ai plus appris et ne suis pas plus savant
que toi. Les quelques lambeaux d'histoire ou de philosophie qui me sont restés dans la tête et qui représentent toutes les économies d'une vie de labeur et de
privations dépensées par mon père pour m'instruire,
ne me servent qu'à apprécier mon igorance, par la
comparaison des besoins de mon esprit ; je n'ai pas de
mérite à avoir horreur du pédantisme.

Ce que je veux, mon pauvre Souffrant, c'est t'expliquer ton cœur par le mien ; c'est te prouver
qu'en politique les subtilités de l'imagination faussent
souvent les inspirations droites du sentiment ; que la
raison doit toujours être la sensibilité rendue positive
et pratique ; que la justice et la vérité ne sont que les
effusions de la fraternité à travers le bien et le beau.

Je te dis en peu de mots et à la hâte ce que je te

détaillerai à loisir. Ne t'inquiète donc pas si cela te
semble obscur d'abord ; nous y reviendrons.

Ainsi donc, je m'arrangerai pour que tous les sa-
medis, ou, au moins tous les quinze jours, tu puisses
poser le soir ta paie de la semaine sur une de mes lettres et étaler les sous de ton travail sur les lignes de
ton ami.

Ton ami ! permets-moi ce nom que bien des gens
t'ont donné en 1848, et que bien peu osent te donner
encore. Je ne t'ai pas flatté, quand tu pouvais être
redoutable ; j'ai le droit de t'aimer, quand tu n'es plus
rien. On disait de toi, après Février, que tu étais le
peuple, le grand peuple ! Il fallait, écrivait quelqu'un
d'ici dans sa circulaire, *consacrer ta souveraineté par
le suffrage universel.* Il n'y avait pas un gentilhomme
dans le département qui ne jetât ses gants bien loin
pour presser tes mains ; tu étais le candidat obligé à
la députation, au conseil municipal, à la garde nationale ; tu avais ton couvert mis chez tous tes patrons.
Etre ouvrier, c'était la grande aristocratie, et on se
sentait honteux d'avoir un paletot, un chapeau et des
mains propres, quand tu avais, toi, une blouse, une
casquette et des mains sales !

C'était à la même époque que, dans les environs, un grand seigneur, de fabrication moderne, mettait à l'amende celui de ses tenanciers qui l'appelait M. le comte ou M. le marquis. Les quêtes, les souscriptions, les libéralités affluaient en faveur des héros de Février. Tel qui voudrait pendre aujourd'hui un paysan pour un lièvre tué dans les environs de son parc, répandait alors, à pleines mains, gibier, fruits, légumes, sur ses redoutables voisins, les électeurs de la chaumière et de l'atelier.

Comme je le dis, ce n'étaient point les républicains de la veille ni ceux du lendemain qui te traitaient ainsi. Ah bien oui! Le journal dans lequel je t'écris, ne voulut pas accepter de candidat prolétaire, parce qu'il n'en trouvait pas un qui fût à la hauteur des prétentions qu'on s'efforçait de lui suggérer. Je me souviens d'avoir combattu, dans ce temps-là, ces illusions fatales qui enivrent quand elles se justifient, qui rendent fou quand elles sont déçues. — Tu vois donc bien, Souffrant, que je n'étais pas parmi tes flagorneurs.

Aujourd'hui, tes flatteurs de 1848 ont lavé leurs mains et remis leurs gants; ne t'avise pas de les toucher! Aucun intendant ne met à l'amende le fermier

qui l'appelle M. le marquis ; tu es la *vile multitude* ;
tu n'as plus le droit d'être candidat, d'être électeur,
bientôt tu ne seras plus garde national. Si tu as de
l'orgueil, mon pauvre Souffrant, il faut te dégonfler,
ouvrir la soupape, et redevenir ce que tu étais avant,
c'est-à-dire l'humble et modeste artisan, résigné à sa
besogne, aimant sa famille, croyant en Dieu, et
souhaitant pour son pays la liberté qu'on escamote
encore une fois !

Les républicains de la peur t'ont délaissé ; mais sois
tranquille, ils te reviendront ! En attendant, laisse-
moi te parler, t'entretenir, causer avec toi de tes intérêts sacrés, de tes saintes douleurs dans le présent,
de tes glorieuses espérances dans l'avenir.

Je n'ai pas la prétention d'apporter de baume souverain à tes plaies ; je ne les irriterai pas non plus.
On t'a trop flatté et trop aigri. Tous les livres qui s'a-
dressent à toi ou qui parlent de toi, t'exaltent ou t'in-
jurient. Pourquoi cela ? C'est que nul n'est descendu
dans son cœur avant de te parler et n'a fait pour toi
et pour les autres la part qui devait être faite, celle
des misères, des passions, des préjugés, des faiblesses
humaines.

Tes défenseurs, en te montrant le riche, l'heureux du monde, comme un usurpateur de tes droits, comme un ennemi, te disent : Fais le serment d'Annibal contre la société ! N'écoute pas ces dangereuses paroles, et si tu fais jamais un serment, que ce soit celui de travailler pacifiquement, par ta patience et par ton amour, à arracher du cœur de ton ennemi, ces concessions légitimes que tes violences ne lui enlèveront jamais.

Je voudrais te voir plaindre tes maîtres, plutôt que les haïr ! Le plus grand obstacle entre vous, ce n'est pas le mauvais vouloir, c'est l'ignorance. Crois-tu que ces adversaires politiques, réactionnaires, royalistes de toutes les nuances, aient le cœur et les entrailles autrement faits que toi ? Crois-tu qu'ils soient d'une race, bonne seulement à proscrire, à tuer ou à piller ? Eh mon Dieu ! l'aïeul de ce riche qui t'écrase, de cet intrigant qui t'exploite, était pauvre ouvrier, comme toi ! Il y a de ton sang dans ces veines que des révolutionnaires insensés voudraient te faire ouvrir avec des baïonnettes. Je te dirai plus tard comment il se fait que ce sang s'est refroidi pour toi, comment on peut le réchauffer ; mais ne t'avise jamais de vouloir le répandre.

Prends garde à mes paroles ! Ne crois pas que ce soit la résignation lâche et bénigne de l'agneau que je te conseille. Non, c'est le calme souriant du lion, qui doit craindre sa force plus encore que celle de ses ennemis, et qui se laisse attaquer, trop sûr de vaincre toujours quand il le voudra, pour ne pas attendre et pour ne pas mieux aimer persuader.

Partout, je vois attiser des feux, répandre de l'huile sur les brasiers ; dans peu d'endroits, j'entends prêcher cette invincible propagande du travail et de la patience. Tu es roi, mon pauvre déguenillé, c'est vrai ; mais ton voisin, mieux mis, est roi aussi, roi au même titre. Ta réintégration dans tes droits ne doit pas être la spoliation de ton voisin, et tu ne dois pas détruire la tyrannie de l'argent, pour y substituer la tyrannie inféconde de la misère.

Le problème, ce n'est pas une bataille ; c'est une réconciliation. Tout est là. Qu'importe, quand le pacte sera conclu celui qui aura fait les avances !

C'est dans ces sentiments, Jacques, que je commence ces lettres. Elles seront nombreuses. Je ne te promets encore une fois ni science ni éloquence, mais la franchise d'un esprit libre, mais la tendresse d'un cœur ému. Je ne me fais illusion ni sur mes forces ni sur ta patience. Si les lettres que j'ai écrites sous ta dictée ont eu quelque succès, la cause en est dans ton nom qui me portait bonheur. Aujourd'hui, je deviens une cible qui ne sera pas à coup sûr épargnée. Tant mieux, si tu prends parti pour moi !

On va dire que je suis présomptueux, que j'imite celui-ci, que je marche sur les traces de celui-là; laissons dire et ne répondons pas :

« C'est imiter quelqu'un que de planter des choux ! »

a dit un poète. Eh bien ! plantons à nous deux, sans nous inquiéter des railleries des uns, des calomnies des autres.

Je sais fort bien que pour te parler avec autorité, il faudrait avoir plus de chevrons et plus de rides. C'est une immense ambition que celle d'enseigner le peuple; nul ne peut l'entreprendre sans avoir fait ses preuves. Et moi, quand je me suis entendu accorder quelque talent, hélas! ce fut toujours par des candidats. Mais si mon dévouement ne me tient pas lieu de ce qui me manque, tu seras indulgent, et d'ailleurs, je ne t'entendrai pas te moquer et rire.

Nous verrons ensemble ce que c'est que la politique, ce que c'est que le socialisme, si ces deux mots s'excluent, s'ils doivent et peuvent se combiner. Discutant l'éternel refrain des amis de l'ordre, nous oserons nous assurer si la religion, la famille, la propriété sont menacées en tout ou en partie ; nous nous demanderons ce qu'il faut croire de ces craintes. Je ne marchanderai pas avec les mots ; à chaque chose je donnerai son nom, sans fausse pruderie et sans exagération, ne voulant pas plus choquer ton bon sens et ta loyauté, que les susceptibilités du Parquet.

Dans cette étude, longue, détaillée, je n'oublierai jamais que, pour rester une œuvre utile et sérieuse, ces lettres doivent être toujours simples, claires, bienveillantes pour nos ennemis, impitoyables pour nous. Peut-être, après avoir lu celle-ci, voudras-tu aussi qu'elles soient courtes. Pour cette fois, tu auras parlé trop tard, mon pauvre Jacques ; mais à l'avenir je te revaudrai cela.

LETTRE DEUXIÈME.

———

LES HOMMES NOIRS.

31 Janvier.

Ceci, mon bon Jacques, n'est pas une lettre, mais une parenthèse.

Je voulais commencer avec toi l'examen sérieux et attentif des questions qui te touchent le plus directement. Mon programme était arrêté, copié; mes divisions faites, numérotées, et j'avais déjà marqué d'une petite croix le numéro *un*, pour notre conversation d'aujourd'hui. Mais il paraît que cette croix devait

me jouer un tour, et devenir mon sujet, au lieu de
me servir à le désigner.

J'ai lu dans les journaux le mandement de M. l'archevêque de Paris, et j'ai senti à la lecture de ces
pages, je ne sais quels chatouillements au cœur et
quels picotements au cerveau, qui m'ont fait inter-
rompre ma besogne, remettre mon programme à un
autre jour, et m'accouder sur le papier, pour penser
à toi et pour te préparer un compte-rendu de cette
lettre pastorale qui se trouve être une œuvre philosophique, pleine de tolérance et de raison.

Excuse donc, en faveur de la nouveauté du fait,
cette petite excursion hors de notre plan ; d'ailleurs,
par un certain côté, ce que je vais t'écrire aujourd'hui
te préparera à ce que je dois t'écrire dans quelques
semaines. J'ai l'intention de causer avec toi, un
de ces jours, de ta religion ; de te demander ce
qu'il te reste de ton *Credo*, et pourquoi tous les grains
du chapelet de ta mère ont été perdus sur tes traces,
comme les cailloux du petit Poucet.

Je trahirais l'œuvre que je commence avec tant
d'ardeur et de bonne foi, si j'hésitais à sonder tes besoins religieux, et si après avoir compté tes misères,

embrassé tes enfants, fait leur bilan et le tien, je ne fouillais pas cette partie de ton cœur un peu obstruée, où tu entasses tes idées sur Dieu, pêle-mêle avec tes notions sur la nature, sur l'humanité et sur les jésuites.

Nous aurons à examiner entre nous, mon brave ami, pourquoi tu ne te soucies plus autant d'envoyer ta femme à confesse, et nous descendrons au fond de cette question brûlante, sans nous brûler, comme un certain poète, que tu n'as jamais lu et qui s'appelle Dante, est descendu aux enfers, en prenant un compagnon, c'est-à-dire pour nous, la conscience.

Ce que nous rapporterons de cette excursion difficile, si ce sera le doute ou la foi primitive ou une croyance nouvelle, je ne peux te le dire encore ; mais ce que je veux que tu saches, c'est que le sujet de cette lettre-ci n'est pas étranger à ce que je t'écrirai plus tard, et que cette parenthèse, en y réfléchissant, pourrait fort bien être, après tout, une introduction.

Donc, il s'agit d'un mandemement de M. l'archevêque de Paris, et pour ne pas te laisser en suspens sur le contenu de cette épître pastorale, je te dirai

2

qu'elle est *relative à l'intervention du clergé dans les affaires politiques.*

Je te vois d'ici t'écrier : — La belle nouveauté ! Sans doute, quelque réclame adroitement dissimulée en faveur d'un trône, fut-ce même celui de juillet ! On parle, sans doute, de la démagogie à comprimer, du socialisme à poursuivre, et peut-être bien que ce style est comme les tableaux de nos paroisses , qu'il cache derrière lui les fleurs de lys mêlées dans les ogives. —

Tu n'y es pas, mon pauvre Jacques, et je te le donnerais en cent, que tu ne devinerais pas. M. l'archevêque de Paris exhorte le clergé à sortir une bonne fois et résolument de la politique, à n'être ni légitimiste, ni orléaniste, ni impérialiste, ni républicain, ni même socialiste, à être, tout simplement, tout glorieusement, chrétien !

Rien de plus naturel , diront certaines gens, et il n'y a pas là de quoi s'extasier ! — Bah ! diront les autres, c'est une frime, et en face des révisions, des élections, des coalitions et des conspirations qui se préparent, l'archevêque, qui est un finaud, insinue tout simplement de bien cacher son jeu, de ne pas montrer ses cartes et de se garder des atous.

Eh bien ! aux uns et aux autres, je répondrai :
Vous vous trompez ! Non, il n'est pas si simple que
vous le croyez, d'arracher le clergé à ses préjugés, à
ses passions politiques, à ses rancunes, à ses haines !
Car, songez-y bien, lui interdire la politique, c'est
le retirer des intrigues dans lesquelles il se débat depuis des siècles, c'est maudire l'Inquisition, les persé-
cutions religieuses, et appliquer sur les reins des
disciples d'Escobar, les nœuds de ce fouet vengeur,
qu'on n'a jamais pris contre eux impunément.

Blâmer les jésuites, proclamer les principes de la
tolérance, vous appelez cela tout simple ! Mais, par
cela même que c'est rentrer dans l'esprit de l'Evangile, c'est le problème le plus redoutable. Que va dire
M. de Montalembert ? Que diront toutes les congrégations, conférences, associations pieuses, qui, sous leurs
offrandes, leurs livres bénits, leurs chapelets consacrés, leurs scapulaires, savaient fort bien glisser des
listes électorales, des bulletins de vote, et au besoin,
des nominations à tous les emplois. Je connais en
France des préfets, des gardes champêtres et des
juges, qui ne sont pas parvenus autrement à leurs
postes.—Il est bien évident que ceci ne concerne aucun fonctionnaire de cette ville ni de ce département.

Quant à ceux qui suspectent ce langage ferme,
élevé, éloquent, et qui voient un calcul dans cette dé-
marche apostolique, je leur dis encore : — Non !
vous vous trompez ! Il faut croire cette voix émue,
cette plume inspirée, ce cœur honnête. Il faut croire
cet homme, car il se perd en voulant sauver l'Eglise !

Vois-tu, mon cher Souffrant, c'est une mauvaise
disposition que celle qui nous porte à nous défier
sans cesse, même de nos ennemis. Il y a des heures
où l'évidence fait explosion et arrache les paupières
de ceux qui ne voulaient pas les ouvrir pour regarder.
Le clergé a trop longtemps intrigaillé pour ne pas se
sentir pris de terreur aux bords de l'abîme où l'entraî-
naient ses affections politiques. Il se réveille, il veut
reculer ; une voix généreuse lui sonne le tocsin aux
oreilles, lui crie de retourner en arrière. L'appel est
trop énergique, trop explicite, trop plein de révélations dans son insistance, pour ne pas être profondément vrai.

Je crois M. l'archevêque de Paris et je l'admire. Il
prend à la tête du clergé français la position la plus
élevée, la plus sérieuse, la plus inaccessible aux récri-
minations des partis. Quelques dévotes, quelques
vieux légitimistes momies, regretteront peut-être

ces alliés que le prélat leur enlève ; quant à nous, mon cher ami, nous devons mieux aimer voir le prêtre dans son église que sous des drapeaux, fût-ce même dans nos rangs !

Mais, me diras-tu, c'est là un homme digne et loyal, un saint ecclésiastique ! Oui, mon brave, et prends garde de plus que c'est un martyr. Un pape, un jour, voulut chasser les jésuites qui lui faisaient horreur; il lança contre eux une bulle d'excommunication; les jésuites disparurent... pour quelque temps, mais un jour, le pape Clément XIV se sentit dévoré par une fièvre inconnue, il dépérit lentement, puis mourut, et sur le cadavre, dont la chair quittait les os, on reconnut le poison.

Dieu merci! de nos jours, les jésuites n'empoisonnent plus, et il n'y a guères que la société du Dix-Décembre qui ait conservé la manie de se venger par des moyens violents de ceux qui n'adorent pas ses saints; encore est-ce le gourdin que ces Escobars farouches ont choisi ; mais on calomnie toujours, on calomnie même plus que jamais, et sois sûr que les Basiles essaieront ce nouveau poison sur ce nouveau Clément XIV.

M. Affre, au milieu des horreurs de la guerre civile, alla répandre son sang pour arrêter celui qui coulait à flots ; son successeur imite sa gloire, et, n'attendant pas que les poignards soient levés, va les ébrécher d'avance. C'est là un héroïsme moins éclatant, moins douloureux, peut-être, mais plus fécond que l'autre.

Je m'aperçois que je te fais des commentaires et des tirades, et que j'agirais plus sagement en te citant quelques passages de ce mandement qui est tout une révolution.

Depuis soixante ans, dit M. l'archevêque, *la société est ébranlée jusque dans ses fondements.*

Je m'arrête à cette première ligne, et je te prie, Jacques, de t'y arrêter aussi avec moi ; elle contient en germe tous les enseignements que nous verrons se dégager ensuite de l'œuvre archiépiscopale. *Depuis soixante ans*, M. Sibour le reconnaît, la société s'agite, se démène et cherche de nouvelles bases.

Or, que conclure de cette déclaration? C'est que dans l'esprit du prélat, la révolution au milieu de laquelle nous jouons à un terrible jeu de Colin-Maillard, n'est que la conséquence, la suite de la révolu-

tion de 1789 ; c'est qu'à ce moment-là la société s'est
levée et qu'elle ne s'est pas assise depuis. Donc l'empire, donc la restauration, donc la présidence de
M. Louis Bonaparte, donc aucune des institutions qui
se sont succédé n'a raffermi ces bases ébranlées, n'a
eu le secret de force et de stabilité dont la société
avait besoin ; donc nous continuons une révolution
sociale qui dure depuis soixante ans et qui n'a pas eu
d'occasion légitime, sérieuse, de cesser.

Ce début, tu le vois, promet, et sur ce point nous
sommes d'accord. N'est-ce pas Jacques ?

Après avoir mentionné le décret du dernier Concile
de Paris, concernant l'intervention des ecclésiastiques
dans les affaires politiques, M. l'archevêque développe
avec ampleur, avec une majesté touchante le thème
de l'abstention, et, entamant avec vivacité la question des formes de gouvernement que le clergé a cru
devoir caresser, il dit : .

« Nous vous l'affirmons donc, de la part de Dieu,
« nos très-chers coopérateurs : non, l'Eglise de Jé-
« sus-Christ *n'a point été établie en faveur de tel ou tel*
« *gouvernement. Autrement, qu'on nous le dise, auquel*
« *d'entre eux, exclusivement à tout autre, a-t-elle été*

« *unie et comme inféodée par son divin fondateur?*
« Lorsque sortant du cœur sacré de Jésus-Christ,
« cette Eglise s'épanchait du haut du Calvaire sur le
« monde entier, avec le sang vivificateur de son cé-
« leste époux, devait-elle ne reconnaître d'autres so-
« ciétés que celles qui seraient politiquement consti-
« tuées d'après un système préconçu et unique? Ou
« plutôt, atteignant d'une extrémité à l'autre du
« monde moral, avec force et douceur, comme la di-
« vine sagesse dont elle est l'image ici-bas, ne
« devait-elle pas embrasser, pour la presser sur son
« sein maternel, l'humanité tout entière? »

Que dis-tu de cela, Jacques? Crois-tu que cela
vaille mieux que les petits sermons de messieurs les
abbés tels et tels, qui du haut de la chaire anathémati-
sent les républicains, signalent les mauvais journaux
(lisez, pour ce département, le *Propagateur*), et se
font les champions de tels et tels candidats légitimistes, auxquels la députation serait à jamais fermée
sans le clergé?

Te souviens-tu que notre évêque, un brave et saint
homme que nous aimons, et qui a bien aussi dans
quelques sacristies ses petits jésuites dont il est doucement empoisonné et qui lui font la vie dure, te sou-

viens-tu que M. Cœur, bénissant sous un ciel éclatant, en présence des populations enthousiastes, les drapeaux des gardes nationales du département, s'écria, dans l'élan de son lyrisme : « que ces drapeaux, « touchés par M. Louis Bonaparte, allaient acquérir « un prestige invincible, parce qu'il y a dans le sang « des héros une vertu prodigieuse qui se communi- « que à ce qu'ils touchent. »

On sait, hélas! quelle vertu nos drapeaux ont acquise, et sur ce point M. Cœur avait de bien profondes illusions. Mais ce que je veux surtout établir, c'est que M. Sibour, dans une circonstance analogue, n'eut pas parlé du sang de M. Louis Bonaparte, et eut craint de blesser des convictions, même par une politesse de courtisan.

Faisons encore une halte à la période que je viens de citer, et arrêtons-nous surtout aux mots que j'ai soulignés. M. l'archevêque affirme, et nous le croyons, que l'Eglise n'a point été établie en faveur de tel ou tel gouvernement, et qu'on ne pourrait pas dire celui auquel Jésus-Christ l'a inféodée.

Mais alors, monseigneur, vous maudissez cette longue association de la féodalité et de l'Eglise, qui a

commencé à la chute de l'antique société. Alors vous
trouvez étrange et impie, n'est-ce pas? que l'Eglise
ait voulu, pendant des siècles, oindre la tête des rois,
et consacrer ainsi, exclusivement, un parti, un drapeau, un régime, un despotisme! Vous n'auriez pas
répandu, vous, au nom d'un Dieu de paix, d'égalité,
de fraternité, la fiole sainte, sur le front de ces souve-
rains absolus qui enfantaient la guerre, qui asservis-
saient les nations, qui faisaient de leur trône un pres-
soir d'où coulaient la sueur, le sang et l'argent des
peuples?

Vous maudissez donc l'union du trône et de l'autel? Alors, vous n'auriez pas imité ces prêtres réfractaires qui allumaient la guerre civile derrière les buis-
sons de la Vendée, qui fomentaient la trahison, qui
appelaient l'étranger au cœur du pays, et qui, ayant à
choisir entre le peuple déguenillé mourant pour la
patrie, et les nobles conspirant à Coblentz, quittaient
le peuple et allaient faire les cartouches des émigrés!

Vous auriez blâmé, depuis, cette intolérance fatale
qui voulait étrangler l'esprit tout-puissant de la révolution entre un confessionnal et un échafaud, et mis-
sionnaire de la tolérance et de la liberté, vous auriez

excommunié la Restauration, qui flagornait l'Eglise, comme l'Empire qui l'asservissait !

Tu sens, mon ami Jacques, qu'il y a dans les paroles de l'archevêque un souffle énergique, et que ce n'est pas là de la prédication pateline, cauteleuse, équivoque. Je regrette de ne pouvoir te citer tous les beaux passages ; mais il me faudrait ensuite des pages entières pour les commenter.

Laisse-moi te transcrire encore quelques mots :

« Au nom de Dieu et de l'Eglise, s'écrie le prélat,
« au nom de la dignité de votre sacerdoce, éloignez-
« vous donc du théâtre où se joue, pour le malheur
« des nations, la terrible tragédie dont les scènes se
« précipitent nous ne savons vers quel dénouement !
« Contemplez, mais à distance de la hauteur de votre
« foi, le spectacle de ces luttes ardentes des partis, en
« répandant sur tous la piété et le pardon que l'er-
« reur et la faiblesse humaine réclament. Ne descen-
« dez de la montagne sacrée dans la plaine que pour
« y remplir votre ministère de réconciliation et d'a-
« mour, que pour calmer les haines, que pour bénir,
« que pour aimer. »

Après avoir posé les principes, M. Sibour veut les conséquences; il interdit toute collaboration à un journal politique, toute candidature à l'Assemblée législative. Ecoute-le :

« Pour avoir quelque influence dans ces assem-
« blées de la nation, il faudrait nous attacher à l'un
« des partis, voter avec lui. Or, nous ne devons ja-
« mais devenir des hommes de parti. Ministres de
« l'Eglise catholique, nous appartenons à tous, pour
« les moraliser tous, pour les sauver tous, et l'inté-
« rêt éternel des âmes doit toujours l'emporter, dans
« notre esprit et notre cœur, sur l'intérêt borné et
« et passager de la politique. »

Bravo ! diras-tu, Jacques ! — Oui, bravo, c'est là le langage de la raison, et pourtant jamais il ne s'est fait entendre; jamais, en tous cas, il n'a été suivi. Le sera-t-il désormais ? Espérons-le.

Si je m'étais permis de rappeler au clergé l'amour de la patrie et le respect des lois, on eut crié, sans aucun doute, à la profanation, et toi-même, Jacques, tu m'aurais peut-être intérieurement soupçonné d'exagération, d'imprudence. On ne saurait admettre que les ministres de Dieu puissent méconnaître l'autorité de la règle et le dévouement à la patrie. Eh bien, M. l'archevêque de Paris ne recule pas devant le danger d'une recommandation pareille, et il insiste sur la nécessité de l'obéissance aux conventions sociales, et de l'amour pour le pays, absolument comme si l'on pouvait craindre que les sujets du pape, dans l'ordre spirituel, ne fussent de mauvais Français dans l'ordre temporel.

Il suffit que la recommandation n'ait pas été jugée inutile, pour qu'elle nous permette des suppositions étranges. Il faut que M. Sibour ait senti à cet endroit quelque plaie saignante, car il prend grand soin d'apposer l'appareil. Il veut empêcher le renouvellement des scandales qui nous ont attristés et indignés sous la monarchie. Te souviens-tu des appels comme d'abus, de la résistance de l'abbé Combalot, de l'attitude audacieuse des témoins de l'affaire Léotade en présence de la magistrature? etc... M. l'archevêque veut courber ces fronts superbes, et plus que jamais il a raison.

Ecoute encore, mon ami, et dis-moi si le bon Dieu venant en personne passer la ronde des sentinelles qu'il a mises à leur poste, tiendrait un autre langage que celui-ci :

« Voulez-vous que les peuples vous suivent dans
« les voies lumineuses de l'Evangile, et par consé-
« quent du progrès moral et de la civilisation, ne
« soyez que les hommes de l'Evangile. Que nul ne
« puisse, dans ces jours de divisions et de haines,
« soupçonner que vous êtes les hommes d'un parti.
« Montrez-vous à leurs yeux uniquement ce que vous
« a faits le sacerdoce : les sauveurs de toutes les
« âmes, les consolateurs de toutes les misères. Ah !
« ne vous attirez pas la colère de ceux que vous avez
« à conduire à l'accomplissement de leurs immor-
« telles destinées, en heurtant des opinions qui n'in-
« téressent pas la foi. Dites-leur courageusement la
« vérité à tous, mais aussi aimez-les tous d'un amour
« tendre, sans blesser leurs sentiments. Vous serez
« bien près de les gagner à l'Eglise et de les remettre
« dans la voie du salut, quand vous les aurez per-
« suadés qu'étrangers à la politique de la terre,
« vous ne vous occupez que de la politique du
« ciel. »

Oui, la réconciliation serait bien prochaine entre
le monde et l'Eglise, s'il n'y avait plus entre eux de
trace des bûchers de Torquemada, des sanglantes hé-
catombes de la guerre civile, et si on était bien convaincu désormais et pour toujours que ces hommes,

objets de défiance, ne cachent plus sous leurs robes
les arrhes du marché que le sacerdoce faisait autrefois avec tous les despotismes.

Le mandement de M. l'archevêque de Paris est
donc une œuvre éminemment chrétienne, et jusqu'à
ce moment, pas une voix, dans la presse entière, ne
s'est élevée pour le blâmer, pour le suspecter. Ce solennel avertissement sera peut-être dédaigné, mé-
connu ; mais il restera dans l'histoire de ce temps-ci
comme la protestation d'un esprit libre, sérieux, contre les stupides et odieuses machinations de l'esprit
d'intrigue et de coterie, comme la proclamation d'un
principe nouveau dans l'Eglise et pourtant né du
Christ, la tolérance !

J'attends une objection de toi, mon bon Souffrant,
et je suis certain qu'en lisant ce qui précède, tu t'es
plus d'une fois gratté l'oreille en disant : — Tout cela
est bel et bon ; mais si les prêtres, adoptant franchement, sincèrement l'idée républicaine, se faisaient les
propagateurs des principes de la Constitution, peut-
être vous démordriez-vous de vos rigueurs, et ne re-
fuseriez-vous pas leur concours ! Vous ne les repous-
sez que parce qu'ils sont hostiles à la révolution !

Détrompe-toi, mon ami. Si j'ai horreur de l'homme de paix qui fomente la guerre civile et qui conspire contre les lois de son pays, j'ai en médiocre sympathie le curé *patriote*, le prêtre garde national, qui retrousse sa soutane pour en faire un uniforme, et qui change la sacristie en corps-de-garde. J'ai blâmé en 1848 ces missionnaires intempérants qui péroraient dans les clubs, et eussent-ils été des aigles au lieu de n'être que des oisons, que je ne les aurais pas moins repoussés.

Encore une fois, la règle doit être absolue, infranchissable. Pas plus de républicains que de royalistes! pas plus de rouges que de blancs! leur royaume n'est pas de ce monde. Pour être citoyens et participer à quelques-unes des charges et des nécessités de la société, ont-ils donc, ces hommes consacrés à Dieu, toutes les autres charges à supporter? Sont-ils pères de familles? Sont-ils soldats? De quel droit viendraient-ils remuer, agiter la cité, eux qui n'y tiennent par aucune attache, qui ne lui donnent ni leurs enfants, ni leur sang, eux qui ne doivent pas s'implanter dans le sol, mais qui ont l'univers pour patrie, et l'humanité entière pour cliente!

Quand tu les vois passer, seuls, vêtus de noir, por-

tant le deuil de nos misères, marchant dans le vide,
ne te dis-tu pas qu'il faut une vie, un monde, des
droits et des devoirs à part, pour ces hommes ensevelis
dans leur serment, morts à nos habitudes, qui n'ont
ni nos costumes, ni nos mœurs, ni nos joies, et dont
la volontaire stérilité n'est que l'immolation des affections individuelles à une incommensurable charité ?
Ne comprends-tu pas qu'ils descendent de ce milieu
paisible où ils doivent éternellement rester, confidents de la terre, interprètes du ciel, lorsqu'ils écrivent des bulletins de vote et qu'ils intriguent pour
l'élection d'un maire, d'un adjoint, d'un représentant ?

Ne sens-tu pas qu'ils ne peuvent mettre le pied
dans le forum sans heurter le pied d'un contradicteur, et qu'ils éteignent le nimbe de leurs fronts en
se faisant courtiers électoraux ? Non. Ils y gagne-
raient tous, et nous y gagnerions les premiers, s'ils
restaient, méditant, priant dans le sanctuaire et ne
sortant de leur retraite que pour essuyer nos pleurs,
bander nos plaies.

Ai-je tout dit à propos de ce mandement ? Peut-
être ! et pourtant je sens que j'en aurais beaucoup à
dire encore. Mais cette lettre déborderait, et elle a

3

déjà des proportions assez formidables pour que je courre la chance de te voir endormi avant que tu lises ces derniers mots.

D'ailleurs, il y a toujours par le monde des bedeaux, des sacristains, des jésuites, et tant que tous ces Montalemberts-là n'auront pas été cueillir les palmes dues à tous les martyrs... qu'ils ont faits, malheur à ceux qui, comme nous deux, mon bon Jacques, s'aviseront de soulever un loyal débat sur ces questions! Gare au goupillon! Nous serons exorcisés par ces gens-là; c'est sûr! Je l'espère bien, et toi aussi, n'est-ce pas?

LETTRE TROISIÈME.

LES POTS-DE-VIN DE LA RÉPUBLIQUE.

8 Février.

Je t'ai dit, mon ami Jacques, que j'avais adopté un plan pour mes lettres. Tu le pressens, à coup sûr, et je n'ai pas besoin de te l'expliquer longuement. La République en est le premier et le dernier mot.

Ce n'est pas que je te fasse l'injure de te croire indifférent ou hostile à la Constitution, et que je veuille te catéchiser comme un infidèle. La vigueur avec laquelle tes poumons font leur office toutes les fois que la garde nationale est réunie et veut se donner le plaisir d'acclamer la République, m'a déjà suffisamment édifié sur ton compte, et ce n'est pas ta faute si nous ne sommes pas encore licenciés.

Homme du peuple, n'ayant aucun privilége d'orgueil ou d'argent à regretter, ne devant rien qu'à ton travail et à ta conscience, tu es parfaitement à l'aise avec un gouvernement qui n'exige que du dévouement, de l'abnégation, des efforts dans la recherche du bien, du respect pour l'ordre et pour les lois.

Ne gênant en rien tes voisins, tes amis, n'exploitant personne, et te consolant, par cette pensée-là même, de te voir souvent exploité, tu t'accommodes on ne peut mieux, de la *liberté* pour toi et pour les autres.

Tu n'as pas de sacrifice à faire à l'*égalité*. Tu n'as qu'à ôter ta veste des dimanches pour te trouver l'égal de ton voisin qui a sa blouse de tous les jours.

Quant à la *fraternité*, tu n'as pas l'ombre d'une objection à soulever. On ne t'a jamais dit que le sang de tes veines fût plus riche, plus précieux que celui de ton camarade ; tu te sais fils d'une femme comme lui ; si tu as la peau plus ou moins rude, plus ou moins blanche, c'est la faute des métiers et non pas celle du bon Dieu qui a fait les deux mains d'Adam avec le même limon.

Donc, le jour où l'on t'a appris que nous étions en République, tu t'es dit loyalement et sans rechigner : —Va pour la République ! —Tu as prêté ton échelle au peintre qui badigeonnait la nouvelle devise sur les monuments publics ; tu as peut-être bien aussi un peu planté des arbres de la liberté, et depuis 1848 tu n'a pas bronché dans ta croyance.

Ta foi est restée enthousiaste. Mais il y a, mon pauvre Jacques, dans la vie la plus pure, des heures de défaillance, de doute. Il peut arriver que les conspirations de tous les pèlerins de Wiesbaden et de Claremont, que toutes les goinfreries et toutes les assommades des Dix-Décembristes finissent par embrouiller les affaires ; il peut arriver que ces mauvais Français aiment mieux la guerre civile que la République; alors, dans ces moments de crise, il est bon, Jacques, que tu sentes dans ton bissac quelque cordial qui remonte ton courage ; il est bon que tu ne puisses pas, sous aucun prétexte, te laisser aller jamais à croire que la République soit responsable de ces agitations, de ces troubles; et si ces heures périlleuses sonnaient pour toi, tu te rappellerais nos correspondances et mes raisons ; alors tu essuierais tes yeux, tu consolerais ta femme, tu embrasserais tes enfants, tu te remettrais avec confiance à ta besogne, tu mordrais deux fois de plus dans ton pain plus dur, et tu te dirais : — Bah ! bah ! vive la République quand même !

D'ailleurs, si tu n'a pas besoin d'être converti, tu peux être tenté d'être convertisseur. J'ai donc plus de raisons qu'il n'en faut pour te parler de la République.

Tu comprends aussi, n'est-ce pas, que les questions soulevées chaque jour par la politique peuvent rentrer dans l'esprit du plan que j'ai conçu, et que je ne m'écarte pas de mon sujet en te parlant, par exemple, comme je vais le faire aujourd'hui, de la nouvelle dotation présidentielle ; de même que je t'ai parlé, il y a huit jours, du mandement de M. l'archevêque de Paris.

S'il est indispensable dans une République, où l'autorité morale doit se suffire à elle-même, que la religion ne soit pas compromise par l''immixtion de ses ministres dans les affaires temporelles ; il n'est pas moins

rigoureux que le principe républicain ne soit pas
compromis par ces vieilles habitudes de dotations,
de subventions monarchiques.

L'année derniere, mon cher Souffrant, tu n'étais
pas trop satisfait de la demande des trois millions. Je
me rappelle que tu m'as, à cette occasion, dicté une
lettre qui ne valait pas, à coup sûr, par l'expression, tout ce que tes intentions auraient voulu y
ajouter de vivacité.

Qu'as-tu dit, en voyant cette année le même petit
chapeau humblement tendu et les mêmes prières mur-
murées aux oreilles : trois millions, s'il vous plaît ?
Ta première pensée, Jacques, aura été la mienne ; tu
te seras dit : Avant de signer un nouveau bon au
caissier, voyons un peu l'usage qu'on a fait du dernier
billet.

Bien que ce ne soit pas là un argument, au point
de vue des principes, et que la République défende catégoriquement ces pots-de-vins donnés par le peuple
à ses mandataires, cependant, comme on est convenu
de prétendre qu'il faut se faire peu à peu aux mœurs
républicaines, et qu'on doit accorder encore quelque
chose aux vieux usages monarchiques, peut-être bien

nous résignerions nous, en dépit des principes, à
faire encore ce passe-droit à la vieille mode, s'il était
démontré que le pays en profite et qu'un peu de cet
or, fait avec les gros sous du peuple, retombe sur son
auteur en pluie bénigne.

Mais, voyons, interrogeons. Pendant que l'Assemblée législative votait cette subvention, on sortait de
la remise les voitures de monseigneur le premier citoyen de la République, et, fouette cocher ! nos trois
millions couraient la poste avec un cliquetis dont
nous avons encore les oreilles assourdies.

Tu as dû lire Télémaque, ce livre fait pour l'éducation des rois, et qui par conséquent n'a jamais été
lu que par le peuple, et tu as dû voir que Fénélon,
sous l'ingénieuse allégorie d'un fils à la recherche de
son père, fait voyager son prince à travers les Etats,
afin qu'il s'instruise des mœurs, des coutumes, des
besoins des nations.

M. Louis Bonaparte, qui est à la recherche de l'ombre de son oncle, eut sagement et pieusement agi en
suivant ce modèle. Cette imitation en vaut bien une
autre, et je ne doute pas que les Mentors ne se fus-

sent présentés en foule pour un voyage de cette
nature.

Mais l'histoire rapporte que l'expédition ne fut pas
précisément pour ajouter à l'éducation, déjà si ac-
complie du prince; et les Calypsos, qui présentèrent
dans toutes les préfectures le punch de l'hospitalité
aux lèvres altérées de l'illustre voyageur, se gardè-
rent bien de le retenir et de lui faire entreprendre le
récit de ses malheurs. Une fièvre de locomotion agitait
M. le président, et s'il a peu étudié de pays, il en a du
moins beaucoup vu.

A quoi bon alors ces voyages? Dam! à voyager.
C'était de l'art pour de l'art; pour être juste, je dois
dire que dans des banquets, par-ci, par-là, il a été
question de *la stabilité des pouvoirs*, de l'*abnégation*,
de la *persévérance*, toutes choses qui pouvaient fort
bien, à la vérité, être dites de Paris même, mais qui
ne perdaient pas pour être colportées et distribuées en
province.

Quelques gens sceptiques, qui n'ont pas compris ce
qu'il y avait de touchant dans cette visite aux préfets,
sous-préfets, maires et gardes-champêtres des départements, ainsi qu'à mesdames leurs épouses, ont dit

que le prince n'était parti que pour avoir un prétexte de revenir. C'est-à-dire que ces mauvais plaisants voulaient insinuer qu'en se dérobant pour quelques semaines au fol amour des parisiens, M. le président avait l'intention de se faire accueillir à son retour par un enthousiasme impossible à décrire.

L'impossibilité de la description a bien été constatée, mais ce ne fut pas précisément par l'abondance de l'enthousiasme. La société du Dix-Décembre fit pourtant son office. Ah! mon ami, quels poings! quels gourdins! Comme ces gens-là s'essayaient sur la vile multitude! Comme ils frappaient sur les cerveaux, comme ils les effondraient au besoin pour en faire jaillir des idées... d'empire!

En somme, mon ami Jacques, si une partie de la dotation a été dissipée dans ce voyage, il serait difficile d'apprécier ce que tout cet argent, en s'évaporant, a produit d'essentiel. Quelques cris agréables de : vive l'Empereur! des cris anarchiques de : vive la République! voilà tout.

Ah! j'oubliais qu'à Strasbourg, à Colmar, je ne sais plus où, l'on faillit mettre la main sur un complot ayant pour but un attentat à la vie de M. le président.

C'eût été magnifique ! Malheureusement on apprit
bientôt que tout se réduisait à ce fait très-simple :
on avait poussé, dans un bal, aux oreilles de M. le
président, un cri violent de : vive la République ! Et,
comme le prince est nerveux, le tressaillement de sa
part fut si brusque, qu'on en craignit les suites ; mais,
heureusement, cette émotion ne dura qu'une seconde,
et l'auteur du cri fut reconnu innocent. Quel dommage ! Ainsi, tu le vois, le voyage ne produisit rien,
et nous pouvons le porter au débit de profits et pertes.

Tu n'exiges pas, je l'espère bien, que je te narre en
détail les pantagruéliques évolutions de Satory, ni la
grande histoire des ordres du jour, des cris défendus,
des généraux destitués. Tu es aussi très-suffisamment
édifié sur la sainteté de l'association connue sous le
nom de Société du Dix-Décembre, et tu sais bien de
quel bois se chauffent tous ces Vincents de Paul qui
adorent Napoléon en trois personnes (1) : Dieu, l'On-

---

(1) Les procès-verbaux de la commission de permanence cons-
tatent, d'après les rapports de police, que dans les endroits où se
réunissaient certains membres de la Société du Dix-Décembre,
on voyait, sur un autel parsemé d'abeilles d'or, trois bustes, un
de Dieu le père, un de Napoléon, un de M. le président de la République.

cle et le Neveu, et qui, s'ils n'ont pas institué de
tours pour les enfants trouvés, passent pour en avoir
fait quelques bons à la République.

Pardon du calembourg ; mais on n'est plus sérieux
en parlant de ces gens-là. Si quelque argent de la dotation s'est égaré, sous forme de secours ou autrement, dans les poches de ces fanatiques du petit chapeau, il faut convenir encore que cet argent a été
placé à fonds perdu.

Sous la monarchie, on disait au peuple, quand il ser-
rait un peu les poings sur les sous qu'on voulait lui
faire glisser des doigts : — Donne à ton souverain, au
nom des arts, du luxe, du commerce ! Donne cette
semence qu'on te rendra en moisson !

Le peuple donnait vingt-quatre millions à Charles X,
douze millions à Louis-Philippe, et il avait beau le-
ver la tête, attendre les allouettes rôties, ce n'était pas
pour lui que les broches tournaient ; des gens qui mon-
taient en carosse pour arriver avant lui allaient recueillir les miettes. On balayait les ordures des fes-
tins dans des pans d'habits brodés, et tout était dit.
Le peuple payait la carte, voilà tout.

Maintenant, on recommence le même langage, le même patelinage. — Comment ! te dit-on à toi, Jacques, tu refuses trois petits millions à ton président ? Mais, malheureux ! que va devenir le commerce, l'industrie, l'art ? Tu te ruines, en ne te dépouillant pas pour ton président !

A cela, Jacques, tu réponds avec raison, que si cet argent que tu donnes en impôt doit te revenir un jour en bénéfice, il est plus prudent de commencer par le garder. Il ne se perdra pas en route, et s'il t'est destiné, autant en profiter de suite. C'est, parbleu, bien penser, et tous les beaux raisonnements sur la nécessité du luxe n'entameront rien de cette réponse.

Jean-Jacques Rousseau disait : « *Il ne suffit pas qu'un poète ait cent mille livres de rente pour que son siècle soit le meilleur de tous.* » Ce qu'il disait là de la poésie en particulier, on peut le dire de toutes choses, et il ne suffit pas qu'on danse à l'Elysée pour que le lendemain on mange et l'on ne meure plus de faim à la mansarde.

C'est le respect des lois, de la part de ceux qui les gardent, qui fait la sécurité de ceux qui doivent s'y soumettre, et m'est avis que, si M. Louis Bonaparte donnait un peu moins de fêtes, de soirées, et tenait un peu plus en bride ses imprudents amis, les Dix-Décembristes, la confiance générale et, par suite, la prospérité s'en accroîtraient.

Un journal, jadis sérieux, a eu la naïveté de publier la liste des rafraîchissements absorbés par les convives altérés de M. le président. Ainsi, selon ce célèbre historiographe, on consomme 300 litres d'orgeat, orangeade, limonade, groseille, etc. ; 150 litres de punch, 300 tasses de café, 200 tasses de thé, 180 tasses de chocolat à la crême, 60 grosses pièces de volaille, etc.; 260 bouteilles de champagne et de bordeaux, 800 petits pains, 1,200 glaces, 500 biscuits, etc.

Ce sont là les bulletins de la grande armée ; et tu comprends quelle compensation ce peut être pour le peuple, qu'une liste pareille jetée à ses commentaires, en échange de la dotation ! Comme l'eau qui amollit ton pain doit te sembler plus douce, et ne crois-tu pas, mon pauvre Jacques, que tu sens à la fois ces milliers de rafraîchissements te traverser doucement le gosier, pendant que tu en lis la nomenclature ? N'es-tu pas bien dédommagé des quelques nuits que tu as passées sans sommeil, de plus, l'année dernière, pour acquitter l'impôt ?

Si ton patron, vous réunissant un jour, vous disait à tous : — Mes amis, j'ai conçu un projet ! Désormais je vous retiendrai une part de votre paie de chaque jour, afin de me livrer avec cet argent à des spéculations qui, en doublant mes affaires, pourront améliorer vos conditions de travail.

Vous répondriez : — Laissez-nous notre paie. Nous aimons mieux compter nous-mêmes le gain modeste de chaque jour, que rêver le produit de spéculations hasardeuses ! — Et vous feriez bien ! C'est la réponse qu'on peut adresser aujourd'hui aux enjôleurs de la dotation.

Ainsi donc, l'argent de l'année dernière n'a rien produit. Les maçons qui bâtissaient la fameuse cité Napoléon, destinée à loger les ouvriers, n'ont pas été convoqués de nouveau. La misère n'a pas décru d'une ligne, et il y a toujours autant de mendiants aux portes des prisons.

Ces voyages à travers des uniformes n'ont dégagé qu'une électricité vaine et frivole, et de tout ce tinta-

marre fait aux quatre coins de la France et des plai-
nes de Satory, il n'est resté pour M. le président
qu'une lassitude ; pour l'Assemblée, qu'un soupçon ;
pour le pays, qu'un désenchantement.

Les arts n'ont pas été plus soigneusement encoura-
gés, et les journaux qu'on soupçonne atteints de la
faveur présidentielle, débitent la plus nauséabonde,
la plus saumâtre littérature. C'est ainsi qu'une feuille
spécialement protégée par les saints de la société du
Dix-Décembre, édite les mémoires d'une lorette
royale, et raconte des turpitudes à faire rougir un
carabinier. L'adultère y est exposé avec des fioritures
fort agréables. Ne laisse pas lire ce journal honnête à
ta femme ni à tes enfants.

Du reste, on a beau feuilleter, chercher, demander
en dehors de ces manifestations bruyantes et de ces
produits suspects : nulle trace des trois millions ! Les
secours donnés aux anciens militaires ont été pris
dans la bourse des ministères, de sorte que si l'on
supprime sa ration extraordinaire, M. le président
n'en sera pas moins généreux.

Il n'y a donc aucune nécessité d'enfreindre les principes, et consacrer de nouveau sous la République le

droit aux listes civiles, ce serait prolonger sans profit, sans dignité, un abus de la monarchie.

Peut-être, me diras-tu, Jacques, que je prends là
un soin inutile, et que, puisqu'il paraît évident, d'a-
près les nouvelles venues des commissions de l'Assemblée, que la dotation sera refusée, je suis bien
bon de la combattre. Mais les républicains, tout en
faisant leur profit des chicanes qui divisent les deux
pouvoirs, n'ont pas à s'y mêler sans faire leurs réserves. Ce n'est pas pour la plus grande gloire de la République que les pèlerins de Wiesbaden et de Claremont refusent de payer les dettes du président.

M. Thiers a peur qu'une liste civile ne donne trop
de lustre à l'institution de la présidence et ne la rende
trop attrayante pour le peuple. Nous croyons, nous,
que l'institution de la présidence se gâte et s'amoindrit dans ces tripotages d'argent, et nous refusons
par un motif diamétralement opposé au sien. Tu vois
donc bien qu'il est bon de s'entendre et de s'expliquer
sur ce point.

Sous la République, le prestige moral doit être
tout, et les clinquants, les brimborions, les livrées,
ne sont que des mascarades permises aux jours-gras.

4

Parce qu'il a trois panaches sur son chapeau et qu'il porte l'uniforme d'un régiment qui n'existe pas encore, M. Louis Bonaparte n'a rien ajouté à son nom et n'a pas augmenté l'éclat répandu sur sa personne par l'honneur que le peuple lui a fait en lui confiant la conduite de ses affaires.

Crois-tu que Napoléon (le Grand) était moins imposant dans sa fameuse petite redingote grise et avec son petit chapeau, que quand il avait son grand manteau impérial, ses culottes de satin blanc, ses jabots et son grand sceptre? Ce fut une petitesse de l'immortel Empereur que de vouloir ajouter un marche-pied doré au piédestal de sa gloire, et c'est ce marche-pied-là qui l'a fait trébucher un jour.

M. Louis Bonaparte qui doit, après son temps fini, s'en aller tout simplement, Gros Jean comme devant, n'a pas de chute à redouter ; mais il met les sympathies du pays à une rude épreuve, et il compromet sa dignité dans ces demandes.

Il a des dettes ? Tant pis ! Il n'avait qu'à n'en pas faire. C'est d'une mauvaise administration, et ce lui sera une mauvaise recommandation pour se marier.

Il veut représenter plus somptueusement. Représenter quoi? qui? La République? Mais la pauvre
femme se représente par son travail, par ses efforts
vers l'amélioration des classes pauvres, par la paix et
la concorde. Il n'est jamais venu à l'esprit du peuple de nos campagnes que, pour aimer la République,
il lui fût nécessaire de la voir parader entre deux
chambellans et devant des buffets surchargés de
punch, de champagne et de gâteaux.

C'est pour te faire honneur, Jacques, qu'on te demande ces subventions. Mais tu serais bien plus ho-
noré, bien plus flatté, si, au lieu d'augmenter tes impôts, on te les diminuait; et tu saurais gré à des magistrats qui tiendraient à avoir moins de chevaux à
l'écurie, pour te donner plus de pain chez toi.

Ces demandes d'argent sont donc contraires à la
République. Ou bien elles sont destinées à nourrir ces
parasites, ces affamés que nourrissaient autrefois les
épinettes royales, ou bien elles ont pour but de donner au président la mesure de sa force dans le pays
et dans l'Assemblée. Des deux façons, elles sont mal
venues et peuvent causer un scandale.

Sous la République, c'est une honte que d'engraisser avec les miettes du pouvoir les ennemis, les intrigants, les exploiteurs de la puissance, quand le peuple, le vrai, le seul souverain meurt de faim. Que M. Louis Bonaparte congédie donc au plus tôt ses chevaux, ses valets et ses courtisans.

Si M. le président veut essayer sa force par des demandes de crédit, c'est une fâcheuse tentation de sa part, une velléité inquiétante pour le pays, et le pays fait bien de s'y opposer, et s'il essuie un échec, en quoi M. le président aura-t-il gagné à l'expérience?

De toutes les façons possibles, ces listes civiles doivent être supprimées. L'Assemblée a cette résolution. Nous savons comment et pourquoi; mais c'est égal, nous en profitons pour le présent et pour l'avenir.

On dit que des amis compromettants de l'Elysée ont le projet de faire un appel direct au pays et de proposer une souscription nationale! Ce serait grave, ce serait presque criminel. Quand un homme a été condamné à payer une amende, la loi s'oppose à ce qu'on fasse des souscriptions pour l'indemniser, et les tribunaux condamnent sévèrement les délinquants. De quel droit viendrait-on protester contre la décision solennelle de l'Assemblée, contre sa loi, pour indemniser M. le président de son échec?

Mais, d'ailleurs, croit-on que le pays serait tenté de répondre? Il a mis six millions de bulletins dans l'urne. Soit; mais il n'eut pas mis six millions de pièces de cinquante centimes. On lui a même promis de le rembourser des quarante-cinq centimes, et le mécompte serait cruel, si le bienfaiteur se faisait créancier.

Non, mon bon Jacques, nous n'avons pas besoin de redouter ces souscriptions : on sait ce qu'elles valent, ce qu'elles produisent. Les ouvriers, les cultivateurs, tous ceux qui travaillent, qui souffrent, qui espèrent, ont pu, entraînés par une illusion concevable, choisir, au 10 décembre, un nom comme un symbole d'espérance et de foi, mais ils ont donné ainsi la mesure de la somme énorme de bienfaits, et peut-être aussi de gloire qu'ils attendaient, et ils n'ont pas entendu s'engager à défrayer dans toutes ses fantaisies leur délégué.

Quand ce grand contrat fut passé, M. Louis Bonaparte a apporté sa bonne volonté, le prestige de son nom et aussi quelques volumes sur l'extinction de la misère. Le peuple, lui, a apporté son dévouement, sa patience, et le pardon de la République pour les fautes passées; mais il n'a pas été convenu que l'alliance serait un marché, et qu'indépendamment de l'échange loyal des âmes, il y aurait un pot-de-vin de 1,800,000 fr.

A cette condition là, le pays n'eut pas signé. Il paie volontiers sa gloire et sa liberté avec son sang, mais il n'aime pas qu'on lui réclame de l'argent. Le jour où la question du pot-de-vin serait ainsi malencontreusement engagée devant la nation, le pacte serait rompu. L'engagement moral ferait place à une sorte de vente à l'encan qui répugne au sens droit du peuple, de même qu'elle entacherait la gloire du nom de Napoléon.

Il n'y a donc pas à craindre que cette déplorable question s'agite en dehors de l'Assemblée. M. Louis Bonaparte se résignera, congédiera quelques valets, se satisfera du modeste pain bis de 1,200,000 francs que lui a pétri la Constitution, n'en diminuera ni le nombre de ses aumônes, ni le chiffre de ses bonnes intentions; et s'il garde (comme il le promet tous les jours) pure et inviolée la Constitution que lui seul a jurée, s'il descend dignement, simplement d'un pou-

voir qui ne lui a été donné au nom de la liberté que
pour trois ans, s'il remplit enfin loyalement son mandat, il ne sera pas moins aimé, pas moins estimé par
les contemporains et par l'histoire pour avoir eu, en
1851, quelques chevaux de moins dans ses écuries,
quelques laquais chamarrés de moins dans ses anti-
chambres, qu'en 1850.

C'est ton avis, n'est-ce pas, Jacques ? C'est celui
de tous tes camarades. Il est bien temps que l'espoir
des gouvernements à bon marché ne soit plus une
fiction et devienne une réalité. Le peuple fait crédit à
la République ; c'est bien ; mais ce n'est pas une raison pour qu'on lui emprunte encore.

Fais ma paix avec ta femme et tes voisines qui
m'en veulent au sujet de ma dernière lettre qu'elles
n'ont pas comprise, et dis à ces commères que pour
être de l'avis de l'archevêque de Paris on ne cesse pas
d'être chrétien. C'est ce que je leur prouverai une
autre fois.

Jusque-là, bonjour à toi et aux tiens.

LETTRE QUATRIÈME.

———

L'INSTRUCTION PRIMAIRE DANS LES CAMPAGNES.

—

PREMIÈRE PARTIE. — LA LOI.

Troyes, 14 Février 1851.

Mon cher Jacques, cette lettre n'est pas uniquement pour toi ; tu la feras lire à ton ami Simplet le fermier, car je sais de bonne source qu'il est fort tourmenté du sujet dont je vais t'entretenir.

Depuis un mois, nos campagnes sont en grand mouvement. On avait bien appris, autrefois, par les journaux qu'une certaine loi sur l'enseignement avait été votée en janvier, en février, puis enfin, promulguée en mars 1850 ; mais on ne s'en inquiétait pas autrement ; et, quand l'instituteur primaire venait s'asseoir triste et secouant la tête devant la cheminée de ton ami Simplet, ce dernier lui disait : « Pourquoi vous troubler ? il n'y a pas de parti assez fort en France pour nous empêcher de mettre nos enfants à l'école, et pour vous empêcher, vous, de les instruire. Ayez donc bon espoir, voisin. On nous fait peur des jésuites, comme on nous fait peur des socialistes. Ni les uns ni les autres ne nous mangeront. »

L'instituteur n'avait pas peur d'être mangé ; mais il pleurait tout bas sa liberté perdue, sa conscience profanée ; il sentait, lui, le premier ami du pauvre, le père nourricier des enfants du travailleur, que cette loi le liait désormais au lutrin et faisait de lui une sorte de bedeau, porte-férule et porte-goupillon.

Aujourd'hui, ton cousin Simplet se gratte l'oreille et serre la main de l'instituteur quand il le rencontre, comme pour lui dire :

« Je comprends. Vous aviez raison : on nous a mis dedans, mais soyez tranquille, tant qu'il y aura des petits papiers pour faire des bulletins de vote, nous sortirons de là. »

Ils en sortiront, tu en sortiras, toi aussi, Jacques ; nous en sortirons tous de cette loi fatale et de tant d'autres qui veulent enrayer la République ; mais en attendant, il faut toucher la plaie, sonder le mal et préparer la guérison en y pensant.

Depuis le 10 décembre, la réaction a été vite et loin ; mais, jamais peut-être, elle n'a serré autour de la gorge de la France un nœud si étroit, si étouffant. Ce n'est rien sur la bouche du pays que le poing vigoureux d'un soldat, comparé aux cinq doigts amaigris d'un jésuite.

L'état de siége, les lois sur la presse, les mutilations du suffrage universel sont des maux cuisants, mais dont il ne reste que le souvenir le lendemain de la guérison, tandis que les compressions du cerveau exercées sur les générations en enfance ne se rachètent qu'après des siècles de luttes et de travail. D'une époque corrompue, par excès de science, une époque purifiée peut sortir. Mais, que demandera-t-on à l'ignorance, à l'hébêtement, à l'abâtardissement ?

Ne crois pas que j'exagère. Cette loi qui a été le baiser de Judas donné par les *fils des Croisés* aux *fils de
Voltaire* est un attentat direct à l'intelligence, une mesure de suspicion contre la lumière et l'enseignement.

La virilité de la France a épouvanté les eunuques ,
et ils se sont dit : Unissons-nous pour tuer cette énergie qui nous dépasse, pour amortir cette expansion
que nous ne comprenons plus. Les ennemis de la République ont murmuré à l'oreille des ennemis de l'U-
niversité : — Aidez-nous à tuer les républicains sous
le nom de socialistes, et nous vous abandonnerons les
philosophes et les universitaires. — Le pacte impie a
été conclu, l'échange s'est fait, et, à l'heure qu'il est,
la St.-Barthélemi des instituteurs républicains et des
conquêtes universitaires a commencé.

En un mot, on s'essaie en ce moment à pratiquer
sur l'esprit des enfants cette opération que ton ami
Simplet pratique sur ses béliers et sur ses taureaux
quand il veut en faire des moutons inoffensifs et des
bœufs pacifiques. On veut stériliser l'intelligence , on
sème du sel au pied des moissons; mais, par malheur, on a découvert que le sel pouvait être un en-
grais.

Quand j'ai pris la plume pour t'écrire cette lettre, Jacques, mon sujet débordait de moi, et je me sentais embarrassé d'aligner les mots, tant ceux-ci avaient hâte de sortir, tant il montait de mon cœur à ma tête de ces vagues qui donneraient du talent à un autre; mais qui, à moi, ne peuvent me donner qu'une ardente volonté et qu'un ferme amour !

Tu ne sais pas toutes les plaintes, toutes les confidences que je reçois depuis quelque temps ! Tu ne sais pas qu'au village de braves mères de famille, fort occupées jusqu'ici du soin de leur ménage, se sont senties tout-à-coup atteintes de véritables angoisses intellectuelles, et qu'il y a dans bien des communes presque des émeutes, à cause de la disette de science que ces accapareurs d'un nouveau genre peuvent amener, comme il y avait autrefois des émeutes dans les villes pour les disettes de blé.

Tant que la loi est restée sur le chantier, tant que ses effets n'étaient que pressentis et discutés dans les journaux, les amis de la chaumière ne se sont pas émus. Mais voilà que peu à peu la machine se met en mouvement et fonctionne; voilà que le curé, auquel on livre l'instituteur, met la main dessus; voilà que le maire, qui a droit au partage, dispute sa proie au

curé ; voilà que les tiraillements si bien prévus se dé-
clarent. Ces petits *égorgillements* des instituteurs
républicains commencent à l'ombre des Conseils académiques, et voici que ces petites assemblées inquisi-
toriales délibèrent, condamnent, promulguent, remplissent enfin le mandat qui leur a été confié pour la
plus grande gloire de l'ignorance et de M. de Montalembert.

Alors, tout naturellement, avec la persécution,
commencent les plaintes, les clameurs, les protestations. Il m'est avis que si on consultait, à l'heure où je
t'écris, les inspecteurs de l'enseignement primaire sur
les douceurs qu'ils trouvent à faire appliquer la loi, ils
seraient les premiers à en demander la révision ou
plutôt l'abandon. De tous les points du département,
les lettres m'arrivent pressantes ; on m'invite à parler,
à élever la voix au nom de tous, et j'ai le mandat de
bien des pères de famille irrités, humiliés, confon-
dus, pour en appeler à l'opinion publique et au jugement du pays.

C'est qu'il est arrivé ici, ce qui, sans doute, arrivera dans la plupart des départements. Le Conseil académique, cette charmante collection de royalistes de
toutes les nuances, s'est jeté avec frénésie sur l'arme

qu'on lui confiait ; dans ses ardeurs, il s'est exagéré la
tâche pour autoriser ses excès, et commentant à sa
manière un texte qui ne demandait qu'à être adouci, il
a su faire d'une loi odieuse une loi parfaitement stupide ; à ce point, que je mets le Conseil académique
de l'Aube au défi d'appliquer strictement le règlement
qu'il vient d'approuver, de promulguer, de distribuer, et qu'il sera forcé de changer en règles tout ce
qui ne devait être que des exceptions.

Nous reviendrons tout-à-l'heure sur ce règlement
d'instruction primaire que certains curés, par un zèle
fort logique, ont lu en chaire ni plus ni moins que s'il
se fût agi d'un mandement épiscopal. Auparavant,
rappelons-nous bien le caractère essentiel et l'esprit
de la loi dont MM. de Montalembert et Thiers ont
été les deux principaux auteurs et les parrains.

La révolution de 1848 ayant promis l'instruction
gratuite, obligatoire, professionnelle, et songeant à
faire de l'exécution de cette promesse un de ses premiers bienfaits et une des conditions de son existence,
il était tout naturel que les gens qui ne veulent pas
pardonner la révolution de 1848 se liguassent pour
l'étouffer dans ses germes les plus féconds.

On savait bien qu'en empoisonnant l'éducation
populaire, on faisait circuler dans toutes les veines de
la République une influence mortelle. On disputait
au père son droit de citoyen ; il fallait tarir chez les
enfants, pour plus tard, toute pensée de revendication.
C'était raisonner juste, et les prétextes n'ont pas
manqué. Si le socialisme n'existait pas, les réactionnaires l'inventeraient, tant il leur sert à tout propos.

Donc un beau jour, on s'est dit que le socialisme
faisait des ravages effrayants dans les campagnes;
que les instituteurs étaient des agents de la décomposition sociale ; et l'on a bâclé une loi contre les ins-
tituteurs.Ce n'était pas tout : après avoir fait dépendre
l'existence de ces pauvres gens d'un caprice préfectoral
ou de la dénonciation d'un curé, il fallait leur ébrécher dans les mains l'instrument avec lequel ces en-
semenceurs des âmes pouvaient instruire ; il fallait
les contraindre à ne donner aux enfants que tout
juste assez d'instruction pour lire le catéchisme, et
ne leur laisser à eux que tout juste assez de liberté
pour qu'ils pussent tourner autour du presbytère et
balayer l'église.

L'intérêt de la morale, de la religion, a couvert
pour la millième fois cet empiétement sacrilége, et

sous le prétexte que les révolutions n'étaient que les
fruits de l'impiété, on a voulu mettre les bancs de l'é-
cole plus près de la sacristie : comme si les enfants de
ce siècle, fils de l'Université, étaient plus sceptiques
que les Voltairiens du siècle dernier, élevés par les Jésuites et les Oratoriens!

Tu te rappelles, Jacques, la discussion solennelle à
laquelle a donné lieu la présentation de cette loi jésuitique, qu'on a parfaitement définie, en disant qu'elle
consacrait le droit *de ne pas enseigner*. La voix de Victor Hugo, revendiquant à la tribune les priviléges augustes de l'intelligence contre les prétentions de
nos inquisiteurs modernes, est venue jusqu'à toi.
L'édition populaire du discours du grand poète est
tombée entre tes mains; tu sais donc parfaitement à
quoi t'en tenir.

Tu sais que l'Assemblée législative, après tant d'années remplies par les protestations élevées contre
l'alliance de l'Eglise et de l'Etat, a commis une sorte
d'enchevêtrement, par lequel le pouvoir clérical est
mêlé au pouvoir laïque, de manière à le gêner et à
en être gêné, sans que de ces sacrifices mutuels il
puisse résulter l'harmonie, le bon accord.

5

Tu sais que les évêques, les pasteurs protestants et les rabbins, sont chargés de s'entendre sur le programme religieux à donner aux instituteurs, si bien qu'aucune délibération ne peut aboutir sans qu'une religion abdique et ne s'humilie devant celle de son confrère !

Tu sais que les instituteurs se trouvent entre le maire qui leur dit : — Soyez tolérant, c'est une vertu civique ! laissez vos élèves dans l'esprit de leur père ! et le curé qui réplique : Prenez garde ! la tolérance est suspecte, la foi seule est intolérante !

Quel gâchis ! quelle source de conflits ! Sans compter les commentaires, les entremises des Conseils académiques qui, sous le prétexte fallacieux d'expliquer, dénaturent, embrouillent !

On a introduit, mon bon Jacques, dans ce qui devait rester le plus paisible, le plus à l'abri des disputes, des querelles, des tiraillements, sous ce toit de l'enfance et de l'étude, l'anarchie qui existe depuis si longtemps dans tous nos gouvernements ! Il était bien facile de laisser l'instituteur sur son banc, élevant de petits citoyens qu'il envoyait à l'église, aux heures d'offices et de catéchisme, pour devenir de petits chrétiens !

Mais l'occasion était bonne pour le parti clérical ; il en a profité. Il nous a remis sur le collet la main que la génération de 1830 avait secouée, et il nous tient si fort, qu'il faut que la voix de ses prélats les plus sensés intervienne pour lui dire : — Allez plus doucement, ou vous êtes perdu !

Tu sais, mon bon Jacques, qu'il y a entre le parti clérical et la religion, la différence qu'il y a entre Dieu et ses créatures. Loin de moi la pensée de rêver pour le peuple un enseignement matérialiste et athée ; mais, à côté de l'esprit pur et chrétien qui se manifeste par la charité, par la passion, par l'héroïsme, il y a le calcul, le trafic ; à côté des saint Vincent de Paul, des Belzunce, des Affre, il y a les Montalembert, les Tartufe, et Dieu ne reconnaît pas plus ces derniers, que ceux-ci ne sont de taille à imiter ceux-là !

Le parti clérical, c'est le parti politique qui fait son chemin tortueusement à l'ombre de l'Eglise ; c'est le parti qui n'a pas le droit de maudire la terreur, puisque celle-ci n'est qu'une imitation de l'inquisition ;

c'est le parti qui blasphème Dieu tous les jours en mettant à l'index les chefs-d'œuvre de l'intelligence ; c'est le parti qui a excomunié Milton, Dante, Molière, Voltaire, Rousseau, Béranger, Lamartine, Victor Hugo, etc., etc., et, le croirais-tu ? la Bible même !

C'est le parti des gens qui veulent dominer par l'ignorance, et qui suspendent aux bras du Christ ces petites marchandises, ces amulettes à l'aide desquelles ils entretiennent les populations dans la routine, dans le préjugé, dans la superstition.

Ce parti-là, mon bon Jacques, on peut le maudire sans se fâcher avec le bon Dieu, car il a été maudit de tous les grands chrétiens, et ainsi que l'a dit M. Victor Hugo, il est à l'Eglise véritable *ce que le gui est au chêne.*

C'est ce parti-là que M. l'archevêque de Paris veut chasser du temple, et c'est ce parti-là qui a fait à son profit la loi de l'enseignement.

C'est lui qui a voulu décentraliser l'intelligence. Dans tous les pays du monde, il y avait une capitale pour la science, pour les lettres ; cette capitale était le résumé de toutes les forces vives de la nation. Aussi le parti clérical s'est-il dit qu'il morcellerait, qu'il fractionnerait cet ennemi trop puissant pour être attaqué de front. De là ces divisions en une multitude de petites académies dans le sein desquelles, par les évêques, par les curés, par toutes les influences cléricales, le parti dispose de l'enseignement.

Les Conseils académiques, composés de la fine fleur des conseils généraux, c'est-à-dire du plus pur royalisme, des délégués de l'évêque et des agents du pouvoir, ont un droit absolu sur les instituteurs qu'ils peuvent, non seulement destituer de leurs fonctions publiques, mais encore priver de la faculté d'instruire pour leur propre compte comme instituteurs libres.

Tu juges, mon ami Souffrant, si par le temps qui court, ces sénats provinciaux pèsent d'un poids redoutable sur ces pauvres instituteurs !

Je te raconterai comment, dans la préoccupation constante de ces intelligents dispensateurs des lumières, tout ce qui de près ou de loin rappelle la République, est repoussé avec horreur. Je te dirai comment une menace perpétuelle est suspendue sur la tête des malheureux qui, vivant au milieu des besoins et des difficultés de l'agriculture, se prêteraient facilement à l'expansion de quelques vœux pour l'organisation du crédit foncier, pour l'abolition de l'usure, et autres aspirations non moins socialistes!

Ah! l'on a peur dans nos campagnes de la besogne que peut et que veut faire notre Conseil académique; et certes on a raison! Mystérieux tribunal auquel aboutissent les dénonciations, que donne-t-il en retour des délations incessantes dont il a besoin? A côté de la foi que le curé vient réclamer chaque jour et à toute heure, la science humble et modeste qui suffit aux campagnes est-elle au moins garantie?

Mais non, je te l'ai dit, c'est le niveau de l'ignorance que ce conseil est chargé de maintenir. Nul instituteur n'a le droit de permettre que ses élèves sortent des étroites limites du programme : Lire, écrire, additionner et répéter le catéchisme, voilà tout! Pour le reste, pour les premières notions des sciences, pour la géographie et pour l'histoire, il faut une permission spéciale, et Dieu sait qnand et comment on l'accorde!

L'histoire! En effet, elle doit épouvanter ces gens-là; car à chaque page leurs manœuvres sont trahies, sont dévoilées; car l'histoire n'est souvent que la longue succession des révoltes de l'esprit contre l'asservissement tenté par le parti qui triomphe dans la loi! D'ailleurs, il y a des endroits difficiles à expliquer et sur lesquels on n'est pas d'accord. Comment le parti clérical permettrait-il que l'on racontât la Saint-Barthelémy, les dragonnades, les massacres des Cévennes, etc., etc? Le pasteur protestant aura sa version, l'évêque la sienne; qui sera juge dans le sein du Conseil? Sera-ce le rabbin? Tu le sens donc, ils ont été logiques jusqu'au bout, en supprimant l'histoire, qui est la critique éternelle des ambitieux, des intrigants!

Je m'aperçois que les pages se sont emplies sous mes doigs comme les bobines sous le roulement de tes mécaniques. Il ne me reste pas de place pour te parler aujourd'hui en détail des prouesses du Conseil académique de l'Aube.

Je termine donc ici ma lettre, réservant la suite pour samedi prochain. D'ici-là, j'aurai recueilli encore, j'en suis sûr, des réclamations, des plaintes. Ton ami Simplet m'aura lu et m'aura répondu. Je serai donc plus que jamais en mesure de parler avec autorité.

En attendant, jusqu'à ce que j'aie posé ma conclusion, ne permets pas qu'on te dise, mon ami Jacques, qu'en attaquant les ennemis de la liberté, je me
fais le coryphée du matérialisme et de l'impiété. C'est
l'éternelle calomnie des hypocrites ; repousse-la !

Au revoir donc, embrasse tendrement pour moi tes
enfants, surtout ceux qui vont à l'école. J'ai pensé
beaucoup plus à eux qu'à toi en écrivant ceci. C'est
leur affranchissement que nous discutons ! Que leur
serviraient les quelques sous que tu mouilles de tes
sueurs, que tu entasses lentement pour eux, si, après
avoir été émancipés par ton travail, ils ne pouvaient
pas devenir des hommes, des citoyens par leur instruction ? Souffrir et travailler, c'est ta vie ; apprendre et espérer, c'est celle de tes enfants.

Adieu, je ne veux pas t'attrister davantage ! Garde
moitié de ton émotion et de ta colère pour samedi.

LETTRE CINQUIÈME.

L'INSTRUCTION PRIMAIRE DANS LES CAMPAGNES.

—

DEUXIÈME PARTIE. — LE COMMENTAIRE.

22 Février.

Eh bien ! mon ami Jacques, que t'avais-je dit ? N'as-tu pas entendu depuis samedi dernier ce gracieux concert de malédictions, de blasphèmes, de calomnies, dont je t'avais parlé ? Pourquoi me suis-je avisé, bon Dieu ! de mettre le pied dans cette galère ? Pourquoi, au lieu de dévider tranquillement mes fusées quotidiennes, en cherchant à te débrouiller l'écheveau politique que nos représentants embrouillent tous les jours un peu plus, pourquoi ai-je eu la pensée de m'attaquer à cette question de l'enseignement qui agite nos campagnes, qui emplit de rumeurs les chaumières, et qui trahit si ouvertement les projets des factions monarchiques ?

Que de colères j'ai déchaînées contre moi, et pour quel profit ? Les gros bonnets vont me haïr, et je n'étais déjà pas en trop bonne odeur ! je suis excommunié par toutes les sacristies ; il n'est pas d'horreurs dont je ne semble capable à messieurs les bedeaux et aux membres du Conseil académique ; et pour tant de maux qui fondent sur moi, qu'ai-je gagné ? L'estime de quelques pauvres diables comme toi, qui me savent honnête et convaincu, et puis la satisfaction de cette chose vaine, puérile, illusoire, qu'on appelle la conscience.

Je te l'ai annoncé, en commençant ces lettres, mon ami Jacques, je laisserai mugir, tonner, gronder l'orage. Sous cette grêle de boue, la pureté de nos intentions nous est un parapluie solide et nous met à l'abri.

Laissons donc dire que je suis un impie, un athée, *un philosophe,* ce qui paraît une abominable injure.

Notre foi ressemble assez peu à celle de ces gens-là, pour qu'on puisse s'y méprendre. Ils réclament au nom de leur Dieu, le pouvoir, le monopole et l'asservissement; nous demandons, nous, au nom du nôtre, qui porte pourtant le même nom que le leur, l'Egalité, la Liberté, la Fraternité, c'est-à-dire la lumière et la vérité. Ces deux Dieux-là ne se ressemblent pas, mon bon Jacques, et ceux qui adorent le premier ont raison de lancer l'anathême contre les serviteurs du second.

Un farceur, auquel des gens d'un caractère triste ont donné, pour se distraire et pour se guérir, un journal à rédiger, prétend que si je réclame plus d'enseignement pour le peuple, c'est que j'appartiens au parti qui veut l'ignorance et qui proclame la suprématie de la bêtise.

Il n'y a rien à répondre à cela; une logique si écrasante vous renverse, et je me déclare moulu. On peut repousser des arguments; mais contre des pavés, il n'y a qu'à fuir ou à se résigner. Laissons-nous donc lapider! D'ailleurs, entre nous, on n'en meurt pas : leurs pavés sont creux.

Je poursuis donc ma tâche, et je reprends la conférence au point où je l'ai laissée.

Je t'ai rappelé sous l'empire de quelle préoccupation liberticide, la loi a été proposée, discutée, votée;
je t'ai dit qu'une loi pareille était plus fatale que la loi
contre le suffrage universel.

Un autre monsieur, qui se prétend grand chrétien,
et qui s'est essoufflé pendant cinq colonnes à me dénoncer, à me calomnier, à m'injurier comme un mé-
créant, prétend que je commets un crime en n'aimant pas la loi. Un crime! parce que, sous le suffrage
universel, nous luttons afin de préparer pour plus
tard la victoire qui nous a échappé un jour! un
crime? parce que nous, la minorité d'aujourd'hui,
nous nous efforçons par la discussion de devenir la
majorité de demain. Ah ça! quel droit peut donc rester aux vaincus, si on leur refuse cette espérance légitime de revendication? Et ces farouches inquisiteurs, ces casuistes si pointilleux, ne commettent-ils
pas un crime cent fois plus *criminel* que le mien, en
injuriant tous les jours la Constitution, qui est la loi
des lois, le pacte suprême, et la République qui est
le gouvernement établi, consacré?

Ne trouves-tu pas étrange que sous la République, on traite de crime toute tentative faite par les Républicains pour défendre les principes démocratiques, et qu'on puisse impunément travailler au renversement de nos institutions et conspirer à ciel ouvert, c'est-à-dire nous préparer d'aimables catastrophes et d'agréables révolutions?

Si je commets un crime, je ne demande pas mieux que de passer aux assises ; mais je demande à y aller avec tous mes complices, et je t'assure, mon ami Jacques, que la halle aux grains serait trop petite pour les contenir tous, et qu'il n'y aurait pas assez de gendarmes pour les garder. Car il n'est pas une seule commune dans le département où des criminels comme moi ne maudissent, à l'heure où je t'écris, cette loi jésuitique que les partis ont enfantée après une monstrueuse alliance, et qui ne doit pas survivre à cette coalition éphémère.

Si je suis criminel, parce que je réclame en faveur de l'enseignement du pauvre, il paraît que je suis non moins digne d'être brûlé pour m'être permis de qualifier de congrès royaliste, d'assemblée inquisitoriale, le Conseil académique de l'Aube. Royalistes, eux? de si honnêtes gens! des hommes si recommandables!

Parbleu ! honnêtes gens tant que l'on voudra ; je suis le premier à proclamer leur probité ; mais cela empêchera-t-il qu'ils ne fassent de la loi un déplorable usage ? Leur règlement n'en est-il pas moins le plus dangereux abus d'interprétation, et comme je te le prouverai tout-à-l'heure, à force de vouloir expliquer les intentions de la loi, en ont-ils moins dénaturé, exagéré, faussé, violé cette pauvre loi qui n'avait pas besoin de ce surcroît de malheurs.

On croit avoir tout dit, quand on a parlé d'honnêteté ; mais je ne connais rien de plus dangereux que des honnêtes gens au service d'une erreur, d'une passion, d'un préjugé. Ils donnent de la force à ce qui est fragile, et j'en voudrais peut-être moins au Conseil académique, s'il n'était pas composé d'honnêtes gens. On ne s'amuse pas à discuter, à combattre la canaille, on la nomme, on la démasque et cela suffit ; mais les honnêtes gens ont droit à la discussion, au combat.

Voilà pourquoi nous ne lâcherons pas aujourd'hui le Conseil académique de l'Aube, sans lui avoir dit crûment son fait, comme on doit le dire, mon ami Jacques, à tout ce qui est honnête, mais fourvoyé. La persistance de notre attaque n'est donc pas une

injure, c'est un hommage ; tâchons qu'il soit vigou-
goureux, et essayons de montrer une bonne fois tout
le mal que peuvent faire d'honnêtes gens embaigadés
par l'esprit d'intolérance et de compression, des
honnêtes gens enfin, mis en mouvement par des jésuites !

J'abandonne volontiers mon style aux épilogueurs.
Qu'ils mordent ce haillon, je n'y vois aucun incon-
vénient ; mais je les défie bien d'entamer les faits que
j'invoque à l'appui de mes raisons ; et en voici un,
par exemple, qui brave les gencives les mieux four-
nies de crocs et de vésicules empoisonnées.

Un règlement n'est rien sans ses interprètes, et
le Conseil académique de l'Aube, composé de gens
parfaitement logiques, a choisi ses délégués canton-
naux, c'est-à-dire ses premiers agents, de manière
que la consigne fût rigoureusement, strictement
exécutée.

On fit une razzia générale de tout ce qu'il y avait
de libéral, je n'oserai pas dire d'intelligent, dans les
comités supérieurs. Les services rendus à l'enseignement primaire ne furent comptés pour rien ; il
ne s'agissait plus d'avoir des hommes compétents, il

fallait des instruments dociles, des sentinelles in-
flexibles qui criassent haro sur toutes les idées de
liberté, et les républicains furent signalés comme
une peste dont le Conseil académique tenait essen-
tiellement à se garer !

Si deux ou trois hommes appartenant aux anciens
comités (et je fais la part belle), continuèrent
d'exercer leurs fonctions, ils le durent à leur position
sociale, à des considérations toutes particulières. On
n'osa pas les destituer ; mais partout où l'on osa, la
révocation fut prompte et brutale.

Un incident assez plaisant et qui va te servir à décider si j'exagère en rien mes griefs, se produisit au
sujet de ces exécutions. Je commence par garantir
l'authenticité de mon récit. Je puis citer tous les
noms, et même celui de l'honorable témoin qui m'a
raconté le fait. Si unanime que semble le Conseil dans
ses projets, il y a pourtant là, comme ailleurs, une
majorité et une toute petite minorité. Eh bien ! quand
la minorité vaincue, opprimée sans cesse, s'incline
au-dedans, elle se relève pour respirer au-dehors,
elle se soulage par des confidences, et c'est l'écho
d'une de ces confidences de la minorité *vaincue, mais
protestante,* qui m'est venu directement.

Or donc, il s'agissait un jour, dans le sein du Conseil, de choisir un délégué pour une portion de l'arrondissement de Nogent–sur–Seine. Les renseignements faisaient défaut ; on ne voulait pas agir légèrement. L'arrondissement de Nogent appartient à M. Casimir Périer, et mérite par conséquent des égards tout particuliers. Que décider ? que conclure ? Quelqu'un ouvrit l'avis d'écrire à M. le curé de ***, pour lui demander conseil. C'était là une précaution parfaitement naturelle ; la loi étant pour le plus grand bien du parti clérical, c'était au clergé à désigner ses hommes.

M. le curé désigna M. S....., notaire à P...., chef de bataillon de la garde nationale, homme parfaitement recommandable, que son état de tabellion représentait comme un défenseur naturel de *la propriété* ; qui offrait d'autres garanties équivalentes sous le rapport de *la famille,* et qui, ayant des frères dans les ordres, devait naturellement prétendre à protéger *la religion.* M. S...... fut nommé sans contestation, et le Conseil, de sa plus belle encre, lui écrivit pour lui annoncer son entrée en fonctions.

Mais voilà qu'on apprend, le lendemain de cette élection, que M. le curé a étrangement abusé le Conseil académique, et que M. S..... manifeste des opinions républicaines. C'est d'ailleurs un très-honnête homme, parfaitement en état d'inspecter les écoles ; mais il est républicain ! Grande rumeur au camp des croisés : on s'assemble, on discute ; on commence par tancer vertement M. le curé de ***, qui a agi avec une coupable légèreté. Avoir deux frères dans les ordres, être notaire, propriétaire, chef de bataillon, homme intelligent et dévoué à la cause de l'ordre, c'est sans doute quelque chose ; mais cela ne rachète pas le vice originel, et, sous la République, il est, on ne peut plus dangereux.... pour des royalistes d'admettre des républicains aux moindres fonctions.

Que faire ? Destituer un homme huit jours après l'avoir nommé, et sans qu'il ait fourni aucun prétexte plausible ; c'était difficile ! Pourtant la loi le voulait ; un républicain eut compromis le succès de la sainte cause, il fallait, coûte que coûte, l'immoler. On l'immola, sans même lui mettre au front ces fleurs polies et ironiques que les sacrificateurs mettaient à leurs victimes. On décida que M. S.... était purement et simplement révoqué des fonctions qu'il n'avait pas encore bien ou mal exercées. — Mais, objecta quelqu'un, si M S..... nous interroge pour connaître les motifs de cette décision, que dirons-nous ? — Rien de plus simple, répondit-on, le Conseil ne doit de comptes à personne, il ne dira rien, restera muet et ne donnera pas de raisons !

Cette mirifique considération enleva le vote, et il ne fut plus question que du remplaçant à choisir. Nous ne le connaissons pas, mais nous pouvons affirmer qu'il n'est pas cette fois républicain.

Voilà le Conseil académique dans son intimité ; voilà la besogne qu'il fait ; voilà pourquoi nous disons que c'est un tribunal inquisitorial ; voilà pourquoi nous le dénonçons à l'opinion publique ; voilà pourquoi l'honnêteté de ses membres ne nous suffit pas, et voilà pourquoi nous demandons, à honnêteté égale, si l'on ne peut pas souhaiter plus d'indépendance, plus de liberté ?

Après les actes, jugeons les écrits. J'ai le fameux règlement sous les yeux, tel qu'il a été rédigé, signé, paraphé ; tel qu'il a été lu en chaire par des curés qui ont bien compris que c'était là une arme qu'on leur remettait ; tel qu'il a été commenté par les populations alarmées. Je serai bref et précis dans mon examen.

Le premier chapitre, mon bon Jacques, traite de la

morale et de la religion. C'est à ce chapitre-là que l'on m'attend : si je blâme, si je critique, si je refuse le catéchisme, si je conteste l'évangile, on va me mettre en pièces, et c'est à cette occasion que le chœur formidable doit s'écrier, plus que jamais, que je suis un impie, un sacrilége, un anarchiste, un barbare, un philosophe !

Parlons haut et parlons clairement ; que l'hypocrisie n'ait pas de prétexte, et qu'on ne puisse pas, sans être convaincu de mensonge et de lâcheté, dénaturer la moindre de mes paroles.

Je veux, moi aussi, que la prière commence et termine les travaux ; moi aussi, je veux qu'à chaque réprimande l'instituteur fasse intervenir l'idée religieuse ; moi aussi, je veux qu'à l'âge où les enfants entrouvent leur âme aux premières lueurs de l'intelligence, l'idée d'un Dieu juste, bon, grand dans ses œuvres, se manifeste à eux ; moi aussi, je veux que l'instituteur ait le soin de garder vierge et pur le terrain que la foi doit ensemencer un jour ; moi aussi, je veux un Christ dans l'école où ne se trouvent que des chrétiens, comme il y a un Christ partout où l'idée de la Divinité doit s'interposer entre les idées humaines, pour les éclairer et les mûrir !

Ainsi donc, pas d'ambages, pas d'insinuations! Je
veux autant de morale, autant de religion que vous.
Mais ce que je ne veux pas, c'est que sous le prétexte
de surveiller les tendances religieuses, de prescrire
les leçons, le curé ait le droit d'entrer à toute heure
du jour dans l'école, de la diriger en quelque sorte ;
ce que je ne veux pas, c'est qu'au-delà des notions gé-
nérales et premières, l'instituteur usurpe sur les fonctions du curé, afin que le curé, à son tour, usurpe
sur les fonctions de l'instituteur.

L'église est le lieu spécial et consacré pour l'enseignement religieux ; c'est là que l'élève doit aller le
chercher ; c'est là que le pasteur doit le donner ; c'est
là qu'il interroge, qu'il examine. Mais ne comprenez-
vous pas qu'en armant les curés du droit de professer et de faire professer sous leurs indications dans
les écoles, on les associe tellement à l'instituteur qu'on
ôte quelque chose à la liberté de celui-ci.

Un homme, mon bon Jacques, qui valait bien
messieurs les membres du Conseil académique de
l'Aube, sans leur faire injure, Condorcet, écrivait en
1792 : « La Constitution, en reconnaissant le droit
« qu'a chaque individu de choisir son culte, en éta-
« blissant une entière égalité entre tous les habi-

« tants de la France, ne permet point d'admettre
« dans l'instruction publique un enseignement qui,
« en repoussant les enfants d'une partie des citoyens,
« détruirait l'égalité des avantages sociaux et don-
« nerait à des dogmes particuliers un avantage con-
« traire à la liberté des opinions ; il était donc rigou-
« reusement nécessaire de séparer de la morale les
« principes de toute religion particulière, et de
« n'admettre dans l'enseignement public l'enseigne-
« ment d'aucun culte religieux.

« Chacun d'eux doit enseigner dans ses temples,
« par ses propres ministres. Les parents, quelle que
« soit leur opinion sur la nécessité de telle ou telle
« religion, pourront alors, sans répugnance, envoyer
« leurs enfants dans les établissements nationaux, et
« la puissance publique n'aura point usurpé sur les
« droits de la conscience, sous prétexte de l'éclairer
« et de la conduire. »

Je n'affaiblirai pas, mon bon Souffrant, ce langage simple et clair, en voulant le paraphraser. Condorcet a posé des principes véritablement sociaux,
qui établissent les bases d'une véritable et auguste
liberté. Il n'insulte, ni n'entrave la religion. Il déli-
mite son domaine et ne permet pas une promiscuité,

un empiétement préjudiciable à la sainteté du mandat du prêtre, aussi bien qu'à la liberté de l'instituteur.

Tu comprends, maintenant, pourquoi le premier chapitre du règlement qui veut, en exagérant la loi, que le curé indique les leçons à l'instituteur, et qui consacre ce mélange fâcheux des deux enseignements, paraît la consécration de l'influence cléricale ; et dis-moi si je suis un impie pour vouloir que mon enfant devienne chrétien à l'église, et savant à l'école !

Dans l'article 12 de ce fameux règlement, je lis : L'instituteur *ne devra recevoir les enfants au-dessous de six ans, qu'autant qu'il y aura été autorisé par le délégué chargé de la surveillance de son école.*

Je ne te dissimule pas que cet article, qu'on dit extrait de certains règlements antérieurs et que je ne retrouve pas dans la loi, a excité de violentes rumeurs dans les campagnes. — Quoi ! disait-on, jusqu'à six ans nos enfants seront des vagabonds, si M. le délégué n'y met ordre ; et pendant que nous irons travailler aux champs, ils iront courir le village ! d'ailleurs, ne sait-on pas qu'à la campagne surtout, les enfants ont besoin d'aller dès leur plus jeune âge à l'école, parce qu'on les retire à onze, à douze ans, dès qu'ils peuvent servir aux travaux !

On parle des salles d'asile faites pour les plus jeunes. Mais avez-vous donc partout des salles d'asile ? Je ne sais où cet article a été pris, puisqu'on m'assure que le Conseil académique ne l'a pas inventé ; mais tout ce que je puis dire, c'est qu'il a violemment irrité les esprits, c'est qu'il a semblé une restriction de plus apportée à l'enseignement ; c'est qu'il rentre si bien dans l'esprit général du règlement et de la loi, qu'il a profondément blessé les pères de familles, dont le droit peut être entravé par le bon vouloir des délégués.

Je n'entre pas dans l'examen minutieux de tous les articles du règlement. Je n'épluche pas chaque mot, chaque terme. C'est là une mauvaise querelle, et j'ai la partie assez belle pour m'en tenir aux énormités. Arrivons donc au fameux chapitre de la *direction de l'enseignement.*

La loi disait : Art. 23. L'enseignement primaire comprend :

« L'instruction morale et religieuse ;

« La lecture;

« L'écriture ;

« Les éléments de la langue française ;

« Le calcul et le système légal des poids et mesures ;

« Il peut comprendre en outre :

« L'arithmétique appliquée aux opérations pratiques ;

« Les éléments de l'histoire et de la géographie ;

« Des notions des sciences physiques et de l'histoire naturelle, applicables aux usages de la vie ;

« Des instructions élémentaires sur l'agriculture, l'industrie et l'hygiène ;

« L'arpentage, le nivellement, le dessin linéaire ;

« Le chant et la gymnastique.

Voilà l'article de la loi dans son entier, je ne retranche rien. Si tu le comprends, comme moi, tu te dis, n'est-ce pas Jacques? que si la première partie contenant les notions essentielles *doit* être enseignée, la seconde partie facultative *peut* l'être également, et il n'y a pas de défense, de restriction.

Pourquoi donc alors, le conseil académique, ajoutant à la loi, la dénaturant, a-t-il imprimé dans son article 24 :

« L'enseignement *ne* comprendra que les cinq parties énoncées dans le premier paragraphe de l'article 23 de la loi.

« L'instituteur ne devra enseigner aucune des branches comprises dans le deuxième paragraphe sans avoir été préalablement autorisé.

Où donc le docte Conseil a-t-il vu qu'il avait la faculté de resserrer ou d'élargir la courroie? Où donc a-t-il vu qu'il pouvait changer une tolérance en une défense, et accorder exceptionnellement ce qu'on pouvait parfaitement enseigner sans contrevenir à la loi? Si la loi avait voulu donner cette attribution au conseil académique, elle se fût catégoriquement exprimée; et si j'ouvre le *Moniteur,* je vois au contraire que l'Assemblée n'a pas voulu que le conseil académique fût le seul arbitre dans cette question.

Tu vas comprendre, mon ami Jacques, à quel point messieurs les législateurs provinciaux se sont fourvoyés, et combien est légitime le mécontentement des populations, contre un règlement tout arbitraire et parfaitement illégal.

Le *Moniteur* du 20 février 1850 contient tout au long la discussion du fameux article 23. M. Baze, rapporteur de la commission, était d'abord de l'avis de ces messieurs, et proposait un amendement ainsi conçu : « *Tout instituteur peut, avec l'approbation du conseil académique, donner à son enseignement des développements conformes aux besoins et aux ressources des localités.*

De cette manière, le droit que s'attribue le conseil académique était parfaitement consacré ; mais l'amendement n'eût pas un sort heureux. M. Victor Lefranc prit la parole pour protester, et dit entre autres bonnes choses :

« Comment ! lorsque la commune dira à l'institu-
« teur : Je veux que votre enseignement arrive jus-

« qu'à l'extrême limite de l'enseignement supérieur,
« vous voulez que le Conseil académique puisse dire
« à cette commune : Non, vous n'enseignerez pas
« cela ; les besoins de la commune, vous ne les con-
« naissez pas, l'instituteur ne les connaît pas plus que
« vous ; c'est moi qui les connais, et qui décide qu'il
« n'est pas nécessaire d'enseigner le dessin linéaire à
« vos enfants..... En sorte que les communes, les pères
« de famille, paieront aux instituteurs les dépenses
« qu'ils feront, au budget les sommes qu'il consacre
« à l'instruction publique, et ils n'auront pas le droit
« de faire enseigner à leurs enfants, même le dessin
« linéaire, même le chant... »

Eh bien ! en présence de cette protestation, M. Baze
déclara retirer son amendement. L'article fut adopté purement et simplement ; c'est-à-dire, que l'Assemblée
laissa à la commune la faculté de permettre à l'instituteur de développer tout son enseignement, et ne
voulut pas que le Conseil académique intervînt.

Est-ce clair, mon ami Jacques ? Ne semble-t-il pas
désormais évident que le Conseil académique a précisément fait ce que n'a pas voulu l'Assemblée ni la loi, et
par conséquent ce règlement, qui ne porte la marque
d'aucune autorisation ministérielle, ne te semble-t-il

pas aussi illégal qu'il t'avait semblé d'abord étroit, intolérant ?

Cette œuvre est donc condamnée par la législation, aussi bien que par l'opinion, et je n'insisterai pas davantage. Je ferai seulement remarquer que les journaux qui m'accusent de demander la violation des lois, feraient bien de baisser le ton ou de changer la direction de leur porte-voix ; c'est dans le docte Conseil académique que l'on viole tout doucement la loi, de même que j'ai prouvé plus haut, à propos des délégués cantonaux, qu'on y violait la liberté, et qu'on y outrageait la conscience.

Le temps me presse, il faut te quitter, et, pourtant, que de choses j'ai à te dire encore, mon ami Jacques ! J'aurais voulu t'expliquer comment la lecture du latin est tout *spécialement recommandée*, afin de peupler le lutrin, au-dessous d'un article qui prescrit de ne laisser lire aux enfants que des choses qu'ils puissent comprendre. De sorte qu'en refusant les branches supérieures de l'instruction, et en faisant perdre dans la lecture du latin un temps qui pourrait être si utilement employé dans l'étude de l'histoire, de la géographie, du dessin linéaire, on vise à faire des enfants de chœur, plutôt que des hommes instruits et utiles !

Ah! ce n'est pas tout cela que promettait la République ; ce n'est pas cela que nous voulons. L'obligation et la gratuité de l'enseignement élémentaire, c'est-
à-dire la première éducation de l'Egalité et de la Fraternité, la liberté pour tous, la séparation de l'Eglise
et de l'École, l'enseignement civique à côté et en dehors de l'enseignement religieux, les écoles professionnelles, les carrières ouvertes à toutes les aptitudes
dans les arts, les sciences, les métiers, les cours publics et les lectures publiques pour les hommes, la lumière enfin versée sur tous et à chaque âge, voilà ce
que nous réclamons, au nom du travail, au nom de
l'humanité, au nom de Dieu !

Et c'est, parce que nous ne cessons de formuler ce
vœu, qu'on nous traite de barbares et d'impies.
Étrange aberration, calomnie absurde qui ne trompe
personne!

Les impies, ce sont ceux qui ne craignent pas de
faire descendre la religion, pure et sereine, dans les
honteux couloirs de la politique! les impies, sont
ceux qui mettent la foi au service de l'ambition, et
qui trouvent moyen de conspirer derrière l'Evangile!
les impies, ce sont les hypocrites et les intolérants!

Quant aux barbares, tu les connais, ce sont ceux pour qui l'ignorance et la force sont des moyens de gouvernement, et qui veulent faire trembler sous la loi, au lieu de la faire comprendre et aimer! A ce compte-là, les royalistes ont plus de chances pour être barbares que les républicains.

Adieu Jacques ! Cette lettre est longue, et pourtant elle effleure à peine un sujet vaste et profond. Y reviendrai-je un jour? Peut-être ! non pas en tout cas, à cause de ceux qui vont m'insulter et me calomnier, mais à cause de ceux qui, comme toi, me comprendront et m'aimeront ! Je ne dois rien à des ennemis sans conscience, je me dois tout entier aux sympathies encourageantes, et à la critique sérieuse et loyale.

J'attends donc avec autant de bonheur, tes doutes, tes objections, tes scrupules, s'il t'en vient, que tes remerciements : je veux t'instruire en t'éclairant, Jacques, c'est le but de ces lettres; je ne veux ni te tromper ni m'infatuer des études que j'entreprends. Je cherche la vérité. Si tu la trouves avant moi et sans moi, ne crains pas de partager, je ne serai jamais jaloux.

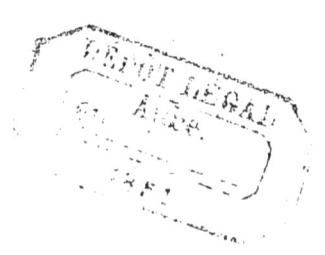

LETTRE SIXIÈME.

L'ANNIVERSAIRE DE LA RÉPUBLIQUE.

28 Février.

Comment as-tu passé ta journée du 24 février, mon ami Jacques? Après le *Te Deum* et le *Libera*, qu'as-tu fait?

Je te connais assez pour savoir déjà que tu n'as pas voulu travailler ce jour-là comme les autres jours. C'était ta fête à toi; tu t'es paré et tu as été sans doute te promener le long du canal, au-devant du printemps qui semblait nous envoyer ses estafettes dans de chaudes bouffées et dans de gais rayons!

7

Je ne répondrais pas que le soir tu n'as pas été appeler un ami pour partager ta soupe et boire un verre de vin de Villery à la santé de la République, de la vraie, de celle qui doit désarmer tous les bras, toutes les colères, et mettre en activité toutes les intelligences! Peut-être bien aussi qu'après avoir placé tes enfants en vedettes, de peur des mouchards, tu n'as pas voulu te coucher, sans te donner la satisfaction de chanter quelques-uns de ces airs républicains qui donnent de si affreuses crispations aux nerfs délicats de nos autorités républicaines ; pauvres chants qui ne conduisent plus ceux qui les chantent à la frontière, mais bien souvent à la prison!

En somme, dans ce pays comme partout, la journée a été belle ; belle pour toi, mon ami Jacques, qui t'es montré pacifique dans ta joie, et qui comprends que le tumulte est toujours un prétexte donné à la réaction ; belle pour la République, qui entre dans sa quatrième année et qui a passé l'âge critique pour les enfants précoces; belle pour la paix publique, qui se consolide de jour en jour par la discipline des républicains et la confusion, le désarroi des partis.

Vive donc une révolution qui s'est faite sans désordres et dont l'anniversaire, après trois ans de luttes, de tiraillements et d'efforts, s'accomplit au milieu d'un calme si parfait, si rassurant !

Je sais bien que les aboyeurs qui ont perdu l'os à la moëlle des monarchies, jappent dans l'ombre et cherchent à mordiller les talons de cette République qui les dédaigne ! Je sais bien qu'on te reproche cette année ton calme, ta modération, comme on te reprochait l'effervescence de ton enthousiasme en 1848 ! Mais que veux-tu faire à cela ?

Pour ceux qui étaient tes maîtres et dont tu es devenu l'égal, ton émancipation sera toujours un crime, et, quoi que tu fasses, tu auras toujours tort. Quand, après le 24 février, tu errais par les rues, sans travail et sans pain, te bornant à chanter le refrain inoffensif des *Lampions*, on disait que tu étais trop bruyant et que tu insultais aux vaincus.

Aujourd'hui que ton ivresse s'est réglée, et que te sentant plus que jamais en possession de l'avenir, tu assistes calme et recueilli à l'anniversaire de ta rédemption, on te dénonce bien davantage encore. Tu es suspect, si tu cries, et suspect encore si tu ne dis rien.

— Voyez ! s'écrie-t-on dans le premier cas, quels mœurs ! quelles allures démagogiques et débraillées !

— Prenez garde ! s'écrie-t-on dans le second cas, si la démagogie ne chante plus, ne se remue plus, c'est qu'elle s'organise clandestinement ; c'est qu'il y a des sociétés secrètes, c'est qu'on prépare un combat, c'est qu'on mine la société !

Tu ne peux ni chanter ni te taire ; mais il ne t'est pas défendu de rire, ni de te moquer. Rions donc, et moquons-nous de ces lièvres peureux qui ont pris, en 1848, pour l'ombre du bonnet rouge le reflet de leurs longues oreilles sur les murs, et qui voient des volcans dans des taupinières !

A propos de cet anniversaire et des grands airs dégoûtés qu'affectent à l'endroit de la République les beaux messieurs qui l'ont si douçereusement, si dévotement accueillie en 1848, j'ai eu la fantaisie de fouiller un peu dans les journaux de ce département, et j'ai recueilli de curieuses notions sur le courage et l'inflexibilité de principes de ces colonnes de la réaction.

Sache bien, en thèse générale et absolue, mon ami Jacques, qu'il n'est pas, à l'heure où je t'écris, dans

ce pays, un seul nom royaliste, un seul homme politique dont on ne trouve la trace au bas d'une proclamation ou dans un acte républicain accompli en
1848. S'il y a des exceptions, je les demande ; mais je
ne les ai pas trouvées de moi-même, et après avoir
cherché.

On lit aujourd'hui dans toutes les feuilles de la
réaction : — La République pèse sur la France comme
une honte ! Elle a été imposée. Nous n'en voulons pas !
Nous avons toujours protesté !

Les feuilles monarchiques du département de l'Aube
se font un devoir rigoureux de répéter ce langage, et
il y aurait eu, sous la monarchie, de quoi faire condamner vingt journaux républicains, si ceux-ci avaient
dit de la royauté ce que les royalistes impriment sur
le compte de la République. Mais la République est
tolérante, et, Dieu merci, elle n'a pas à retenir, à cet
égard, le zèle de ses magistrats.

Le journal la *Presse* a publié les professions de foi,
les proclamations écrites en 1848 par une multitude
de réactionnaires du lendemain, et il traite les signataires oublieux de ces documents, de renégats, d'apostats. Si j'essayais de faire pour notre département ce

que la *Presse* a fait pour toute la France, je me gar-
derais bien de me servir des vilains mots dont je viens
de parler. Non, il n'y a pas dans notre pays d'apostats,
de renégats. Depuis nos représentants jusqu'au dernier
garde champêtre, il n'y a que des hommes fidèles à
leurs principes, et si nous trouvons des inégalités, des
contradictions, des conversions, des rétractations,
soyons certains que ce ne sont-là que des apparences,
et qu'au fond les convictions de tous ces gens n'ont
pas changé; ils sont aujourd'hui ce qu'ils étaient en
1848, et ils étaient en 1848 ce qu'ils devaient être.
Il n'y a pas eu plus de félonie depuis cette époque
qu'il n'y a eu alors de mensonge et de lâcheté.

C'est ce que je veux prouver, mon bon Jacques, à
ceux mêmes qui seraient tentés de se croire trans-
fuges ; je veux rassurer leur conscience et édifier la
nôtre.

Que se passa-t-il à Troyes et dans ce département,
quand la nouvelle terrible, effroyable, inattendue, de
la proclamation de la République arriva? Est-ce qu'on
eut peur ? Est-ce que nos magistrats municipaux s'a-
larmèrent ? Est-ce qu'on songea à protester ? Est-ce
que des bandes incendiaires ou violentes mirent le
poignard sous la gorge des royalistes et les forcèrent à

acclamer le gouvernement nouveau ? Est-ce que l'intention, la velléité d'une résistance quelconque se manifesta ?

Non; on prit bien la chose. Des deux journaux monarchiques, l'un, qui se sentait un peu abasourdi, ne trouva pas un mot à dire; et quand l'usage de la parole lui revint, ce fut pour déclarer que si le gouvernement républicain faisait le bonheur de la France, il n'avait rien à y voir, rien à redemander. Du reste, nulle ombre de contestation contre cette forme républicaine qu'on avait toujours repoussée et qui détrônait le culte ancien. Rien pour les principes qu'on semblait fort disposé à sacrifier : voilà l'attitude du journal l'*Aube*.

Quant au journal la *Paix*, ce fut une cabriole, une pirouette, une danse à donner le vertige; la sainte feuille brûla ses idoles, et du tombeau de ses dieux enterrés fit un tremplin sur lequel elle s'élança, leste, pimpante, décidée à tout.

Le 27 février, ce journal annonçait en ces termes la victoire du peuple : « *le résultat d'une semblable lutte a été* CE QU'IL DEVAIT ÊTRE NÉCESSAIREMENT : *le triomphe du parti populaire.*

Ne dirait-on pas que la *Paix* avait conspiré pour la
République, et les feuilles les plus démocratiques
eussent-elles annoncé autrement la victoire de leurs
drapeaux ?

La même feuille rendait compte, quelques lignes
plus bas, de l'enthousiasme qui n'avait cessé d'animer
la population, et disait : « *Des groupes très-nombreux,*
« *réunis depuis cinq heures du soir jusqu'à onze heures,*
« *n'ont pas cessé de fraterniser avec la garde nationale et*
« *la ligne. Le peuple, drapeau déployé, musique en tête,*
« *a parcouru toute la ville en chantant la* Marseillaise
« *et la* Parisienne. *Cette manifestation s'est faite sans*
« *menace, sans trouble, sans violence,* » et après avoir
constaté les illuminations, la feuille des sacristies ajoutait que la preuve de l'excellent esprit de la population
et de la légitimité de la révolution, résultait de ce cri
qu'elle avait entendu pousser dans les rues de Troyes :
Vivent nos curés ! L'*Aube* déclarait que la procession du
jour avait été un *beau spectacle.*

Une révolution qui débutait ainsi, au dire de témoins, peu suspects de démagogie, n'avait rien de
bien farouche, et il fallait le comble de la faiblesse et
de la lâcheté pour prétexter la violence, la contrainte,
la peur. Aussi, nul n'y songeait. Chacun s'épanouis-

sait librement; l'autorité municipale, qui ne passait pas pour être fort démocratique, affichait une proclamation que Hubert et Blanqui eussent parfaitement signée.

En voici quelques passages :

« Chers Citoyens,

« L'événement glorieux qui vient de s'accomplir,
« après une lutte héroïque de deux jours, a replacé
« notre belle patrie dans le cours de ses destinées im-
« mortelles.

« Vous vous êtes associés dignement aux sympa-
« thies de la France entière pour le généreux peuple
« parisien.

« Votre enthousiasme n'a pas un instant cessé de
« conserver le plus pur caractère de la confiance et
« de la joie que doit nous inspirer le gouvernement
« républicain, appuyé comme il l'est sur la force po-
« pulaire!

. . . .

« ... Honneur aux ouvriers troyens qui, dans ces
« moments d'enthousiasme populaire, n'ont pas cessé

« de se montrer comme de bons citoyens et animés du
« meilleur esprit !

« Ayons confiance, chers citoyens, ouvrons nos
« cœurs à l'espérance ; une ère nouvelle commence,
« et bientôt la France jouira du bienfait des institu-
« tions que va lui donner l'Assemblée nationale.

« *Vive la République française !*

« Les Maire et Adjoints. »

Hein ! qu'en dis-tu, mon ami Souffrant ? est-ce
clair ? est-ce catégorique ? est-ce enthousiaste ? dira-
t-on que cet hommage rendu par nos magistrats municipaux à la République et aux ouvriers a été arra-
ché par la peur ? peur de qui ? de quoi ?

Je te ferai remarquer en passant qu'un des adjoints,
signataire de la proclamation était membre influent
du comité du journal l'*Aube*, et c'était, sans doute,
dans ce foyer de patriotisme qu'il puisait de si républicaines inspirations.

Comme tu sais, le préfet avait été remplacé par des
commissaires du gouvernement. Rien n'empêchait
l'*Aube* en annonçant le départ de M. Barthélemy, de
mettre un mot de regret, de condoléance. La Répu-

blique n'eût pas fait un crime de la reconnaissance, et personne n'eût songé à blâmer cette politesse. Mais l'*Aube* qui insérait à la même époque, conjointement avec la *Paix*, une note laudative énumérant au département les titres du citoyen commissaire Crevat à l'affection et à la confiance, l'*Aube*, qui imprimait sur ce dernier *que ses actes politiques étaient ceux d'un patriote dont le dévouement pouvait être offert en exemple à tous les citoyens*, l'*Aube* laissait tout tranquillement M. Barthélemy faire ses paquets, et se contentait de dire seulement *que l'on ne danserait pas le mardi suivant à la préfecture, puisque M. le préfet partait*.

Est-ce que c'était la peur qui fermait ainsi la bouche au journal de la préfecture ? Etait-ce la peur qui lui imposait l'éloge du citoyen Crevat ? Qui donc se permettait de le menacer ? Non, l'*Aube* et la *Paix* offraient librement, spontanément, sans coercition leur encens et leurs vœux.

Te parlerais-je de l'ovation du citoyen Labosse, qu'on portait sur les bras, sur les épaules, sur les têtes, et qui faillit être écartelé par l'enthousiasme frénétique de gens qui le transportaient de l'Hôtel-de-Ville à la Préfecture ? était-ce la peur qui conduisait ce cortége triomphal ? qui donc eût osé dire alors qu'il avait peur, et qu'on forçait ses convictions? Quand, plus tard, lors d'un imbroglio qui ne sera jamais éclairci, on mit certains commissaires du gouvernement à la porte, est-ce que l'on a trouvé que les démagogues étaient les plus forts et opprimaient la bourgeoisie? Et, si celle-ci a continué à se montrer, à se proclamer hardiment, intrépidement républicaine, est-ce qu'elle a pu dire, après sa victoire, qu'elle avait peur ?

Je ne te raconterai pas en détail, mon bon Jacques, ce que tu sais aussi bien que moi, les plantations des arbres de la liberté, les revues des gardes nationales, les cérémonies qui se succédaient fréquemment. A chaque fois, l'enthousiasme grandissait. Le 8 mars, la *Paix* qui devait faire un article sur l'abolition des gants et sur la nécessité de ne plus manger de brioches, la *Paix* s'écriait avec une ferveur évangélique : « Un des plus grands bienfaits de la révolution de « 1848, nous le disons sans crainte d'être démenti « par une seule voix, est d'avoir uni dans un lien désormais indissoluble, la souveraineté populaire à « la morale souveraine.

Est-ce que c'était encore la peur qui faisait dire cela à l'honnête journal ?

Le 15 mars, dans un article signé par le propriétaire, rédacteur et marchand de la *Paix*, sur la nécessité d'abolir les distinctions de républicains de la
veille, et de républicains du lendemain, on lit que
sous la monarchie légitime il y avait aussi des royalistes de la veille qui prétendaient au monopole du dévouement. « Places, emplois, travaux, direction d'en-
« treprise, honneurs, dignités, tout aux fervents lé-
« gitimistes de la veille, tout aux très-fidèles sujets
« de Louis *le désiré*, de Charles *le bien aimé* ! »

Ne trouves-tu pas l'ironie charmante de la part
d'un journal qui se proclame aujourd'hui *sujet de la
veille* de son altesse le comte de Chambord ? Mais
alors il s'agissait bien de la légitimité ! La *Paix* n'en
voulait plus : elle refusait d'incarner *un peuple dans
une famille, dans une dynastie*; elle embrassait la République, et après avoir flétri les exclusifs, les intolérants de la veille, elle s'écriait : « Il n'y a plus au-
« jourd'hui que des Républicains. Qu'importe qu'ils
« soient de la veille ou du lendemain ? Ne nous suf-
« fit-il pas d'être convaincus que leur adhésion aux
« principes proclamés sur les barricades du 24 fé-
« vrier est *loyale, sincère, sans arrière pensée* ! »

Je n'en finirais pas, si je voulais tout te citer. Il

faudrait réimprimer tous les journaux du temps. Pas un seul jour qui ne donnât des preuves de leur dévouement à la République !

Cependant la France se couvrait d'arbres de liberté. On en plantait partout, et partout les gros bonnets, les hommes importants choisissaient leur plus bel arbre, leur peuplier le plus droit et le mieux venu, pour l'offrir à la République. Les journaux ne cessaient de raconter ces plantations avec les discours qui les avaient précédées ou suivies. C'était à verser des larmes d'attendrissement. Est-ce que c'était la peur qui poussait à cette plantation universelle ?

Des comités électoraux s'organisaient partout. C'était bien le cas où jamais, n'est-ce pas, mon ami Souffrant, si l'on ne voulait pas de la République, si on la subissait, de choisir des représentants en conséquence, et d'établir des comités royalistes ? Mais non. La République était la première condition de toute candidature, et pas un seul comité n'eut voulu s'organiser, sans réciter d'abord le *Credo* républicain.

Après le Comité départemental, voici venir le Comité de l'agriculture et du commerce. Celui-là aussi dans une proclamation signée de certains membres éminents de la conférence de Saint-Vincent-de-Paul, et de quelques sociétaires futurs de la solidarité royaliste, se placent sous l'égíde républicaine. Est-ce donc que la peur dictait cette proclamation ?

Les jeunes gens, qu'on ne saurait accuser de pusillanimité ni de calcul, s'assemblent et organisent également un club qu'ils appellent *club de l'Union.* Les clers de notaire, d'avoué, les employés du commerce, vont à cette jeune tribune protester de leur foi. Certes, on ne dira pas qu'il y avait là de la peur, et l'énergique résolution qui respire dans les premières paroles de cette assemblée atteste son dévouement entier, absolu. Ecoute plutôt :

« Adhésion franche, loyale, sans arrière pensée, à
« la République ! Plus de royauté ; elle ne reviendrait
« parmi nous qu'au milieu des horreurs de la guerre
« civile. Plus de royauté ; elle est démontrée impuis-
« sante pour le bonheur du pays : c'est le régne égoïste
« du privilége, le triomphe de la corruption et du
« favoritisme, l'oubli injurieux des besoins du pauvre
« et du travailleur.

« Le gouvernement de la nation par elle-même et
« pour elle-même, sans distinction de classes; la Ré-

« publique avec la liberté, l'égalité, la fraternité
« pour principes. C'est là que sont l'avenir et la pros-
« périté de la France; c'est là l'utopie sublime qu'il
« faut réaliser et féconder......

« A l'œuvre donc et résolument!... »

Quel républicanisme dans ces volontaires de 1848!
Peut-on trouver quelque chose de plus pur, de plus
spontané que cette explosion? On m'a dit que certains signataires de cette jeune et héroïque proclamation se sont confessés depuis, et, après s'être établis, ont été chercher des clients dans la fameuse réunion de la Montée-St-Pierre. On le dit; mais je ne le
crois pas. Des républicains de cette trempe et de cette
résolution ne sauraient transiger. Tenons-nous-en
donc à la proclamation de 1848!

Je ne ferai pas défiler devant toi, mon ami Jac-
qnes, tous les candidats (et Dieu sait s'ils étaient nombreux!) qui vinrent à cette époque solliciter les suffrages; mais tu te rappelles si jamais aucun d'entre
eux émit quelques restrictions, quelques doutes à
l'endroit de la République; tous voulaient la défendre; tous juraient de lui consacrer leur sang, leur
énergie.

M. Blavoyer était désigné par la garde nationale de Bourguignons et par le journal la *Paix*, comme représentant spécialement l'agriculture. Il avait, en 1847, lors de la disette, vendu à qui voulait en prendre, du blé assez mauvais, un peu moins cher que du bon; il n'en fallait pas davantage pour signaler M. Blavoyer au choix de ses concitoyens. Tu te rappelles sa profession de foi : il commençait par saluer *la noble et belle devise* de Février; puis il résumait ainsi ses intentions :

« Une loi électorale qui en appelant tout le peuple « à nommer ses représentants, assure le triomphe de « la majorité;

« L'indépendance des municipalités, et à leur tête « des magistrats choisis seulement par ceux qu'ils « doivent administrer;

« L'instruction libre, universelle et gratuite ;

« Un système équitable d'impôt direct qui ne fa- « vorise plus les capitaux aux dépens de la propriété « foncière;

« L'abolition de tout impôt indirect frappant sur

8

« sur des objets de première nécessité, véritable ser-
« vitude dont le fardeau pèse plus sur le pauvre que
« sur le riche ;

« L'économie dans les dépenses publique par la di-
« minution des gros traitements, des cumuls et des
« sinécures ; etc., etc. »

Que dis-tu de cela? Est-ce que M. Blavoyer était
forcé de se poser candidat? Et, l'ambition lui venant,
qui donc le contraignait à tant promettre de réformes,
pour en accorder si peu? Tu sais que non content de
s'être exprimé ainsi, le châtelain de Foolz, après son
élection, quand il n'avait plus peur de n'être pas
nommé, m'adressa une lettre fort aimable, dans laquelle il me répétait à satiété qu'il était républicain et
qu'il voulait *changer les bases de la société*. Etait-ce moi
qui lui faisais peur, qui le forçais aux épanchements
démocratiques? Celui-là ne peut donc pas non plus
alléguer la pression, la violence.

Je sais bien qu'il ne s'est servi ensuite de son programme que pour voter précisément le contraire de
ce qu'il avait promis ; mais ces votes lui ont-ils été
plus imposés que ses promesses ?

M. Gabriel de Vendeuvre ne se sentant pas assez démocrate, déclarait refuser toute candidature, mais votait pour tous les candidats républicains et notamment pour le candidat des ouvriers ! Etait-ce la peur qui dictait ce vote ?

M. Casimir Périer, lui, ne jugeait pas son heure venue et restait à l'écart, se contentant de distribuer des tubercules aux travailleurs de Romilly, tubercules qu'on lui rendit plus tard en bulletins électoraux. Quant à la République, il s'y soumettait, et n'osait pas encore en proposer la révision au conseil général.

Cette fièvre républicaine était contagieuse. Tout le monde en était atteint. Nommait-on à Troyes un colonel de la garde nationale ? Le général Husson déclarait « *qu'il était un ancien élève du Prytanée français,* « *et que les principes républicains qui lui avaient été* « *inculqués dans son jeune âge, avaient toujours été* « *plus forts que sa volonté.* »

Il paraît que, depuis, la volonté a fini par triompher des principes, et le vice-président de la société du Dix-Décembre ne ferait plus cette imprudente profession de foi ; mais alors, dans l'entraînement uni-

versel, n'était-on pas fort excusable, et est-il besoin
d'attribuer cette délaration à la peur de qui que ce
soit?

Tu sais le résultat des premières élections. Les républicains furent nommés. L'*Aube* vota pour eux, et
bien que la crise fut passée et qu'il n'y eut plus de
pression à redouter, la loyale feuille déclarait spontanément, quelques jours après, que nos nouveaux
représentants répondaient à son attente et étaient
parfaitement dignes des suffrages qu'elle leur avait
donnés.

Je ne te raconterai pas les premiers travaux de la
Constituante; comment, dans sa première séance, elle
proclama dix-sept fois la République; comment, depuis le 4 mai jusqu'au 28 juin, ainsi que le constate
la *Presse,* on renouvela *cinquante-huit fois* cette manifestation. Tu connais tous ces faits; tu sais que la
dénomination de *République démocratique* fût votée par
777 voix contre 0.

Je ne pousserai pas plus loin ma revue rétrospec-
tive; je ne relirai pas un article de l'*Aube* du 22 juin
dans lequel Caussidière est proclamé comme l'homme

le plus honnête, le plus vrai, le plus patriotique de l'Assemblée !

Mon papier ne suffirait pas à accumuler les citations, les commentaires.

Ce que j'ai voulu, mon bon Jacques, te rappeler à propos de l'anniversaire de Février, c'est que cette pauvre République, si répudiée, si calomniée, a été accueillie, acceptée, adoptée et baptisée par tous ; c'est que ceux qui prétendent qu'ils ont cédé en 1848 à la peur ne calomnient pas seulement leurs contemporains, mais se calomnient eux-mêmes.

Qui donc leur a fait peur ? Quand les existences, les libertés, les propriétés ont elles été menacées ? Quels clubs ont été plus forts que la volonté nationale ? Dans ce département, un seul homme, un seul, a-t-il le droit de dire qu'à cette époque sa conscience ait été violentée ?

Je ne comprends rien à ce besoin qu'éprouvent les royaliste de se vanter d'avoir été lâches. Que gagneront-ils à cette humiliante fanfaronade ? Mon bon Jacques, cet anniversaire ne devrait éveiller dans tous que des idées riantes, sereines. Non, il n'est pas vrai que la France, libre, souveraine, maîtresse d'elle-même, ait menti en 1848 par la crainte d'offenser une poignée de démocrates !

Le mouvement a été unanime, parce que la révolution a été d'une évidence fulgurante. Tout le monde a salué la lumière, parce que la lumière a été visible pour tous. Nous serions un peuple bien misérable si nous avions tremblé devant quelques chansons, et quelques pavés surmontés de lampions ! Non. Ce souvenir ne doit peser en rien sur la conscience du pays. Si quelques hommes ont menti alors, ils l'ont fait gratuitement, par goût; c'est qu'ils ont *eu peur d'avoir peur*, voilà tout, et je comprends que l'on ne pardonne pas aux témoins de cette insigne faiblesse; mais qui osera soutenir, qui osera dire que tout le pays a joué la comédie et a mis un masque ?

Cette calomnie, qui vient tard, n'a donc rien qui puisse nous émouvoir. Laissons dire ! Ces coups de canif dans l'arbre effleurent l'écorce, n'arrêtent pas la sève, et toutes les fois que l'anniversaire du 24 février reviendra, fêtes-le sans crainte, sans remords !

Quant à moi, mon ami Jacques, je crois à la République, précisément parce que personne ne l'attendait, ne la préparait, ne la voulait; parce qu'elle n'est pas le fait d'une conspiration ; parce qu'elle a été imprévue, et que chacun s'y est rallié, comme à la vérité. Il n'y a que les événements providentiels pour s'accomplir ainsi. Une révolution, qui se fait en deux jours, qui bouleverse si profondément le sol, et qui ne fait jaillir de son cratère, ni lois de proscription, ni échafaud est une révolution bénie. Laissons-la donc blasphêmer ! Dieu et le peuple sont pour elle.

Au revoir Jacques. Cette lettre est longue; mais j'ai pensé que nous entrions en carnaval, et que tu me pardonnerais d'avoir fait défiler devant toi toutes ces mascarades politiques. C'est une revue d'occasion. Seulement, j'ai dérogé à la coutume traditionnelle de ce pays, et, dans mon cortége tu ne trouveras pas d'âne : bien au contraire!

SEPTIÈME LETTRE.

LA POLITIQUE ET LE SOCIALISME.

PREMIÈRE PARTIE. — LA POLITIQUE.

7 Mars.

Je t'ai prévenu, mon ami Jacques, en commençant ces lettres, que je n'aurais pas peur des mots, et
qu'avant de nous en servir nous les ferions résonner,
afin de juger ceux qui sont creux et fêlés, ceux qui
depuis longtemps sont vides de l'idée qui leur donnait
un sens, et qu'on agite encore à tes oreilles, comme
des grelots dont le battant est perdu.

J'ai donc écrit résolument en tête de cette lettre,
je devrais dire de cette étude, deux mots formidables
dont l'un est en quelque sorte le revers de l'autre,
deux mots que les partis se jettent à la tête, sans les
définir, sans les expliquer, sans les comprendre, et
qu'il serait bien temps de ramasser et de débarrasser
de la rouille sanglante qui les couvre.

Tous les jours on va répétant d'un côté : le socialisme ; c'est l'anéantissement de la société ; c'est la
destruction de la famille, de la religion, de la propriété ! — La politique, réplique-t-on d'autre part, c'est
une science vaine, illusoire, odieuse ; c'est un fantôme stérile qui n'a pas de corps, qu'on ne saurait
atteindre ni fixer, et qui pourtant, pour se nourrir, a
bu bien des larmes, et fait bien des cadavres !

Que faut-il croire ? que faut-il penser ? Est-il vrai
qu'on ne doive rien chercher en dehors des moyens
traditionnels de gouvernement, et pour tout résumer
dans une formule, faut il admettre que la révolution
de 1848 n'est qu'une *révolution politique,* et qu'on la
fourvoierait en en faisant *une révolution sociale ?*

Tu le vois, je pose carrément la question, je ne cherche pas d'équivoque, et je veux que nous sortions

tous deux de cette étude, emportant une foi nette, pré-
cise, sachant bien ce que nous voulons et ne nous laissant plus prendre au leurre des grands mots.

Le premier point à examiner, pour être méthodi-
ques, c'est celui-ci : Qu'est-ce que la politique? Si c'est
une science, est-elle incompatible avec le socialisme?
doit-elle le repousser ou s'y soumettre?

La politique ! j'en ai cherché partout la définition,
et partout j'ai rencontré des opinions contradictoires.
Chez les nations jeunes, elle représente la force; chez
les nations vieillies l'intérêt; mais partout elle cache
l'ambition. Il nous reste à savoir quelle est cette ambition, si elle est noble, légitime, et si l'heure n'est pas
venue d'en faire justice.

Tous les dictionnaires, à la vérité, te diront que la
politique *c'est l'art de gouverner une nation!* En sais-tu
beaucoup plus qu'avant? et ne sommes-nous pas tous
d'accord, royalistes, impérialistes, républicains, 'socialistes, sur cette pensée que les nations ont besoin
d'être gouvernées !

Si donc, on prétend que les révolutions doivent se
borner à être politiques, il faudrait dire qu'elles doivent

se borner à changer une forme de gouvernement pour en substituer une autre. Mais alors, à quoi bon ce changement, s'il n'y a pas amélioration ? Quand un malade souffre d'un côté, lui suffit-il, pour être radicalement guéri, de se tourner et de dormir sur l'autre côté ? Quand un peuple est mal gouverné, lui suffit-il d'entasser des pavés, de brûler de la poudre et de tuer quelques honnêtes gens, pour qu'à l'avenir il soit mieux gouverné ?

— Non, diras-tu ; il faut qu'il y ait progrès moral. — Mais, ce progrès, comment se constatera-t-il ? est-ce par l'état de la société en général ou seulement par l'état de quelques personnes ? Assurément, il faut que la société, dans son ensemble, subisse des améliorations, pour qu'elle se satisfasse des changements apportés par l'émeute ; sans cela la partie serait à recommencer.

Or, si nous admettons que la société doit s'émouvoir, nous sommes bien près d'admettre que toutes les révolutions sont des révolutions sociales, et nous risquons fort de tomber dans le socialisme.

Je pourrais, en prolongeant un peu ce raisonnement, arriver promptement à une conclusion ; mais je veux que tu décides toi-même, mon ami Jacques, et je craindrais de paraître t'enlacer dans des sophismes, si j'argumentais toujours, sans te citer de preuves. Attachons nous donc encore à cette définition de la politique, et voyons comment il faut comprendre cet idéal devant lequel se sont inclinés tant d'hommes d'Etat, tant de générations de penseurs.

Si je ne consulte que les impressions reçues, que les souvenirs, une première chose me frappe. Toutes les fois qu'un homme a été habile, cauteleux, toutes les fois qu'il a eu assez de résolution pour sacrifier à un je ne sais quoi de convention, ses affections les plus légitimes, ses devoirs les plus chers, et que ce sacrifice a profité au gouvernement qu'il servait, on a dit de cet homme que c'était un grand politique.

Tous les rois de France, à peu d'exceptions près, ont commis, fait commettre ou laissé commettre des assassinats; on les a cependant fort dévotieusement enterrés, et nul n'a songé à réclamer leurs augustes cadavres pour le gibet; c'est que ces gens-là avaient été auteurs ou complices d'assassinats par intérêt politique, et que la fin justifie les moyens. Je ne veux pas évoquer toutes les tragédies lugubres qui se sont jouées au Louvre; mais au bout de tous les poignards, dans l'ombre de toutes les ruelles, de tous les corridors, de tous les souterrains qui cachaient les meurtriers, au fond de tous les alambics où se sont distillés les poisons royaux, partout, rayonnait ce grand mot : la politique ! l'intérêt de la politique !

Henri III attire le duc de Guise dans le château de Blois, et l'y fait égorger par des sicaires à gages ; puis, quand ce cadavre a roulé, le roi sort de sa cachette, vient tâter du pied le corps chaud encore de son ennemi, et croit avoir agi pour la plus grande gloire de sa politique !

Henri IV abjure la religion de ses pères, et écrit à Gabrielle d'Estrées, *qu'il a fait le saut périlleux* ! c'est-à-dire, qu'il a pactisé avec sa conscience qu'il l'a fait mentir. C'est là de la politique !

Richelieu, un grand homme, un prêtre, teint une seconde fois sa robe de cardinal dans le sang de la noblesse de France. Est-ce que tu crois que Richelieu dormait moins tranquillement que toi ? Non ; il disait à chaque échafaud qui se dressait : c'est l'intérêt du roi qui l'exige, c'est la politique !

Le cardinal Dubois, qui était le plus infernal gredin que les tripots de Paris eussent vomi, qui était marié et qui s'était fait faire évêque, cardinal, et qui a sucédé à Fénélon, Dubois, le débauché, a sa statue en marbre blanc, parmi les gloires de Versailles, parce que Dubois a fait le traité de la *quadruple alliance*, que c'est là un acte politique important, et qu'il n'est pas besoin d'être un homme pur, honnête, pour être un habile ministre, un grand politique.

Je n'en finirais pas, si, fouillant l'histoire, je montrais tout ce qui a été immolé à ce Dieu muet, insensible, véritable Dieu Teutatès des Gaulois, ce Dieu, qui a exigé de Napoléon la mort du duc d'Enghien, de Louis XVIII, la mort du maréchal Ney, ce Dieu qu'on veut nous faire adorer encore, et qui est tout pourri par l'humidité du sang humain, ce Dieu : la politique.

C'était la politique qui faisait descendre M. Guizot, un des esprits les plus élevés, les plus sérieux de ce temps-ci, à ces indignes tripotages de conscience, à ces marchés électoraux, qui ont fini par soulever l'indignation et le mépris ; c'était la politique qui poussait Louis-Philippe à faire déshonorer par M. Thiers la duchesse de Berry dans la citadelle de Blaye ; c'était la politique qui traînait sur la claie de la curiosité et de la risée des badauds, cette pauvre femme que son double titre de parente et de prisonnière ne défendait pas contre l'ignoble vengeance du roi ; c'était la poli- tiqui qui racontait tout haut les souffrances, les an- goisses, la grossesse et l'accouchement de cettte nièce de la reine Marie-Amélie.

En somme, il n'y a pas une trahison, une félonie, un trafic honteux, une infamie commise dans les ré- gions du pouvoir, sans que cet acte déshonorant ne soit couvert tout aussitôt de ce grand mot : la poli- tique ! On croit avoir tout amnistié, tout réhabilité, quand on a arboré ce pavillon-là.

Est-ce donc que la politique, c'est-à-dire l'art de gouverner les nations, ne doive reposer que sur des moyens équivoques ? Est-ce donc qu'il suffise de gou- verner, c'est-à-dire, de conduire un peuple, pour que le programme soit rempli ? Est-ce qu'il y aurait par hasard, deux morales dans le monde, l'une faite pour le peuple, pour la vile multitude, l'autre plus douce, plus accommodante, faite pour les gouvernants ?

Ne crois pas, mon bon Jacques, que j'exagère ; et,

qu'interprétant à ma manière certains faits histo-
riques, j'en tire des conséquences forcées. La politique est bien au fond ce que l'histoire nous la montre,
l'art de mener les peuples par tous les moyens possibles.
Mais les mener à quoi? à quel but? à quel idéal?
Hélas ! à des révolutions sans doute.

Montaigne, dans lequel on trouve si souvent une si
docte, une si fortifiante morale, dit positivement :
« Qu'il y a certains vices qui concourent à maintenir
« l'ordre social, tout au contraire de certaines vertus
« qui ne tendraient qu'à le compromettre, et que
« ce qui est juste et légitime suivant notre conscience,
« peut se trouver injuste et illégitime suivant les lois.
« Il en résulte que, nous montrer par trop exigeants
« sur la délicatesse des hommes chargés du manie-
« ment des affaires publiques, ce serait vouloir, à
« moins de mal entendre le monde, leur imposer une
« tâche souvent impraticable.

« Il faut, ajoute encore le même philosophe, que
« l'homme public *sache commander à sa vertu,* que, la
« proportionnant aux aberrations de l'esprit humain,
« il prenne à tâche de la faire plier aux exigences de
« son siècle, ou que, s'il n'est maître de l'*assouplir* en

« mainte occasion, il se retire incontinent des affaires
« du monde. (1) »

Est-ce là, sérieusement, le principe qui doit diriger
l'homme public ? Le gentilhomme périgourdin, qui a
dit tant et de si excellentes vérités, n'a-t-il pas menti
dans cette circonstance ? On voudrait le penser ; mais
non, il a bien défini les nécessités fâcheuses dans lesquelles la politique met la vertu. Il y a toujours con-
tradiction entre elle et l'honnêteté.

Charles XII disait : « La politique, c'est mon
épée ! » Et cet aveu d'un roi bravache revient au mot
odieux de Louis XIV : « L'Etat, c'est moi ! «

Machiavel, qui n'était pas seulement le plus grand
politique, mais aussi le plus grand poète comique de
son temps, et qui, à ce double titre, devait parfaitement connaître les hommes, Machiavel disait : *Que la
politique était l'art de tromper* ! M. de Talleyrand s'est
depuis approprié cette définition.

Un philosophe anglais, Hobbes, a dit : « Si notre

_____

(1) *Etudes sur Montaigne, Analyse de sa philosophie,* par
Etienne Catalan.

« maître nous ordonne une action coupable, nous de-
« vons l'exécuter, à moins que cette action ne puisse
« être réputée nôtre. » Cette maxime consolante au-
torisait toutes les turpitudes de la part des ministres,
et à l'intérêt de la politique ajoutait encore l'é-
goïsme pour régle des actions !

Un roi, *un Bourbon*, Ferdinand, de Naples, disait
qu'il ne fallait que trois F pour gouverner un peuple :
Festa, *Furca*, *Farina,* des fêtes, des fourches et du
pain. Voilà le code bourbonnien, il est bref, et je t'engage, mon ami Souffrant, à bien t'en meubler la mémoire. Les Romains, avilis et dégénérés, se décla-
raient heureux s'ils avaient du pain et les jeux du
cirque. Ferdinand, de Naples, s'est souvenu de la
maxime ; seulement, comme les peuples modernes se
soulevaient parfois pour réclamer cette autre chose
inconnue de l'antiquité, la Liberté, le Bourbon ajoutait au pain et aux fêtes, l'antidote de la liberté, les
fourches !

Voilà quelques définitions de la politique que je
n'invente pas, que je ne prends ni sous ton bonnet ni
sous le mien, et qui me semblent catégoriques.

En 1085, Grégoire VII avait dit déjà : « J'ai aimé la

« justice et haï l'iniquité, voilà pourquoi je meurs en
« exil ! » Ainsi, le vicaire de Jesus-Christ lui-même, .
avait reconnu que pour se maintenir sur la chaire de
saint Pierre, pour être un homme politique, il lui eût
fallu être injuste, méchant; et à son heure dernière,
ce grand prélat déplorait la perversité des voies humaines.

Que devons-nous conclure de ce qui précède ? C'est
que le grand but, la grande fin que se proposaient
tous les hommes d'Etat jusqu'ici, c'était de se maintenir avant tout et surtout au pouvoir : le reste n'était
qu'un intérêt secondaire. La science de la politique a
donc quelque chose de l'art de l'acrobate. Il s'agit de
marcher sur une corde raide, sans faire de faux pas ;
car il suffit d'un mouvement pour tomber, et il y a
tout autour des spectateurs prêts à siffler et à rire.

L'habileté! voilà le grand moyen. L'ambition person-
nelle ! voilà l'idéal. En dehors de cela, rien, nul but,
nulle idée fixe. S'il est bon qu'un homme politique
flatte les besoins, les passions du peuple, il les flattera,
mais sans songer sérieusement à calmer ses besoins,
à adoucir ses passions. La grande affaire des gouvernements, jusqu'ici, c'était de conduire les peuples en
laisse, et d'agir avec assez de dextérité, de leur jeter

à propos assez d'os à la moelle, pour n'en être point mordus. Les maladroits, et non pas les plus indignes (bien au contraire) se laissaient dévorer.

« Toute l'occupation des rois, dit J.-J. Rousseau
« dans son jugement sur la paix perpétuelle, ou de
« ceux qu'ils chargent de leurs fonctions, se rapporte
« à deux seuls objets : étendre leur domination au
« dehors, et la rendre plus absolue au dedans ; toute
« autre vue, ou se rapporte à l'une de ces deux, ou
« ne leur sert que de prétexte ; telles sont celles *du*
« *bien public, du bonheur des sujets, de la gloire de la*
« *nation ;* mots à jamais proscrits du cabinet, et si
« lourdement employés dans les édits publics, qu'ils
« n'annoncent jamais que des ordres funestes, et que
« le peuple gémit d'avance quand ses maîtres lui
« parlent de leurs soins paternels.

« Chacun voit, ajoute plus loin le citoyen de Ge-
« nève, que les premiers conquérants font pour le
« moins autant la guerre à leurs sujets qu'à leurs
« ennemis, et que la condition des vainqueurs n'est
« pas meilleure que celle des vaincus. *J'ai battu les*
« *romains,* écrivait Annibal aux Carthaginois, *en-*
« *voyez-moi des troupes : J'ai mis l'Italie à contribu-*
« *tion, envoyez-moi de l'argent.* Voilà ce que signifient

« les *Te Deum*, les feux de joie et l'allégresse du
« peuple au triomphe de ses maîtres ! »

Si j'ai ajouté, à ma citation, ce dernier paragraphe
concernant les conquêtes, c'est qu'on t'a dit bien souvent, mon pauvre Jacques, que la grande, la belle
politique, c'était celle de la gloire ! J'ai voulu te montrer que l'idéal des héros ne vaut pas mieux que celui
des politiques de cabinet.

« Il y a cette différence entre les conquérants et
« les voleurs de grand chemin, a dit le père de Gus-
« tave-Adolphe, que le conquérant est un voleur
« illustre, et l'autre un voleur obscur ; l'un reçoit
« des lauriers et de l'encens pour le prix de ses vio-
« lences, et l'autre, la corde ! »

Est-ce à dire qu'il n'y ait pas de conquêtes légitimes, ni de conquérant qui mérite bien de l'humanité ?
Non Jacques ; mais le plus ordinairement, voilà ce que
c'est que cette politique d'action qui, pour maintenir
un homme à la tête d'un peuple remuant, précipite ce
peuple dans des guerres sans fin, mais aussi sant but
avouable.

J'aurais pu, au lieu de cette lettre, mon ami Jac-

ques, t'écrire un volume ; mais c'est assez, grand Dieu,
des quelques citations que j'ai cru devoir te faire. Je
n'ai déjà que trop peur d'être accusé de pédantisme,
et pourtant je te jure que je n'ai été préoccupé dans
cette étude, dans ces recherches que d'une seule chose,
te rendre la vérité visible, palpable, te faire juger définitivement cet être mystérieux qu'on t'oppose toujours, à tout propos, et qui n'a ni cœur, ni entrailles,
ni conscience, la politique !

On veut que tu repousses le socialisme, on te le
dépeint avec des airs farouches, des intentions atroces ; il te menace, il veut t'égorger. Nous verrons ce
qu'il y a de vrai dans ce reproche, et nous ferons subir au socialisme le même examen sévère. Mais, qui
osera dire que la politique par elle-même soit plus
rassurante, plus consolante? elle n'égorge pas toujours ; non, c'est vrai ; mais elle asservit, mais elle
corrompt, mais elle fait du peuple l'instrument de
quelques ambitieux.

Sais-tu ce que tu gagnes, Jacques, à des révolutions simplement politiques? tu y gagnes, pardonne-
moi cette expression triviale, de changer seulement
les sauces auxquelles tu dois être mangé ; mais au
fond, tu restes toujours le mets destiné à l'appétit

des gouvernants. Si après 1848 les abus de la monarchie sont maintenus, où sera ton bénéfice, sinon que tu seras accommodé avec des condiments républicains, au lieu de l'être avec les épices de la royauté. Mais, diras-tu : « Je ne veux pas être mangé ! » Ah! alors, mon cher ami, tu changes la question et tu fais du socialisme.

Un sujet comme celui que j'ai soulevé aujourd'hui ne peut pas être élucidé ni complété dans une lettre. Nous y reviendrons.

Ce qui reste de cette lettre-ci, c'est ce point essentiel, que la politique est une viande creuse qui use les dents sans profit, et qu'il te faut quelque chose de plus substantiel. La politique, c'est un moulin qui broie du vent, quand il ne broie pas des hommes; c'est l'activité stérile du frelon qui pille le miel et est impuissant à produire, en un mot, c'est l'intrigue, et il n'est pas encore démontré que les intrigants soient une nécessité providentielle !

Je t'ai dit que Machiavel était un grand poète comique en même temps qu'un profond politique. Nous avons eu, nous aussi en France, un homme qui a fait jaillir du masque de la comédie les éclairs étincelants d'une observation implacable, et voici ce que Beaumarchais fait dire à Figaro, au sujet de la politique. C'est là mon résumé et je n'y ajouterai rien :

FIGARO. — « Feindre d'ignorer ce qu'on sait, de « savoir ce qu'on ignore ; d'entendre ce qu'on ne « comprend pas, de ne point ouïr ce qu'on entend ; « surtout de pouvoir au-delà de ses forces ; avoir « souvent pour grand secret de cacher qu'il n'y en « a point ; s'enfermer pour tailler des plumes, et pa- « raître profond, quand on n'est, comme on dit, que « vide et creux ; jouer bien ou mal un personnage ; « répandre des espions et pensionner des traîtres ; « amollir des cachets, intercepter des lettres, et tâ- « cher d'ennoblir la pauvreté des moyens par l'im- « portance des objets : voilà toute la politique, ou je « meure ! »

LE COMTE. — « Eh ! c'est l'intrigue que tu définis ! »

FIGARO. — « La politique, l'intrigue, volontiers ; « mais comme je les crois un peu germaines, en fasse « qui voudra ! *J'aime mieux ma mie, au gué !* »

Tu es de l'avis de Figaro, n'est-ce pas, mon ami Jacques ? D'accord sur un point essentiel, nous n'avons donc plus qu'à nous éclairer et à nous concerter sur d'autres. C'est ce que je ferai dans mes prochaines lettres, sans lesquelles celle-ci n'aurait pas de conclusion.

Au revoir et pardonne encore une fois les appels que je fais à ton érudition. Je sais que tu as lu un peu d'histoire autrefois à l'école. Hélas! ton fils qui apprend sous le bon plaisir du Conseil académique, n'en pourra pas faire autant!

LETTRE HUITIÈME.

LA POLITIQUE ET LE SOCIALISME.

—

DEUXIÈME PARTIE. — IMPUISSANCE DE LA POLITIQUE.

14 Mars.

Je t'ai défini la politique, mon ami Jacques. Il paraît que la définition n'a pas plu à certaines gens, et depuis huit jours, bien que nous soyons en carême, la plus effroyable accumulation d'épithètes brutales et saugrenues qui puissent s'échanger au Mardi-gras n'a cessé de me poursuivre.

Tel que tu me connais, mon bon Souffrant, je suis un communiste, ni plus ni moins ; je rêve la destruction de la propriété, de la famille. On ne dit pas encore que je mange les petits enfants, et sur ce point on a tort d'être réservé, car lorsque je les embrasse, le mien surtout, je les dévore, à vrai dire, de caresses.

Blanqui, le farouche, l'impitoyable Blanqui, n'est qu'un innocent mouton, et Marat n'était qu'un réactionnaire près de moi ; si je continue, je réaliserai le type gracieux et original d'Han-d'Islande : Je boirai dans des crânes et je me nourrirai de chaire humaine.

Voilà, mon ami, ce que je suis devenu depuis huit jours, selon certaines personnes fort honnêtes, fort modérées surtout, et fort chrétiennes, parce que je n'ai pas trouvé que la politique fut un Dieu si sublime auquel on dût immoler sans examen la philosophie de l'avenir ; parce que je n'ai pas professé un suffisant respect pour le gâteau à l'aide duquel les nations ont été jusqu'ici plus ou moins endormies, et parce que j'ai laissé entrevoir l'intention de souhaiter pour les gouvernements futurs une autre recette que le procédé infaillible qui a abouti depuis plus de cinquante ans à de si agréables et si fréquentes catastrophes.

J'ai confondu, dit-on, *la politique légitime, permise, avec celle que l'histoire condamne, que la conscience réprouve.* Répondre à cette objection, c'est rentrer dans le sujet dont je devais continuer aujourd'hui le développement.

Qu'est-ce donc qu'on entend par *la politique, légitime, permise*? Peut-on me citer dans l'histoire un idéal moral, un principe, autre que l'intérêt, auquel les gouvernants ont dû se soumettre, et dont l'oubli constitue la politique mauvaise et condamnée?

Louis XI était un meurtrier, mais il a commencé le premier à saper la féodalite, il a créé un code municipal, il a favorisé le commerce, les lettres, il a encouragé l'imprimerie qui naissait. On peut donc être un politique très-habile et un profond scélérat. Cette politique, heureuse par les résultats, infâme par les moyens, est-elle légitime, permise? Si on dit oui, tous les crimes alors sont justiciables; si l'on dit non, si l'on pose la justice pour base essentielle et immuable de la politique, il n'y a plus alors dans l'histoire que bien peu d'hommes politiques qui puissent trouver

grâce, et il faut dire comme nous, que la politique
doit être immolée à un autre principe.

On s'est beaucoup choqué de ce que je n'ai pas
attribué la conversion d'Henri IV à une révélation
subite de la lumière, et de ce que, rappelant le mot
du Béarnais à Gabrielle d'Estrées, j'ai montré le rusé
compère *faisant le saut périlleux*, et gagnant Paris par
la messe. Mais où donc a-t-on vu que ce pacte avec
la conscience du protestant n'a pas été un acte politique, et j'ajoute même un acte politique plein d'a-
vantages sérieux? Cette félonie du roi de Navarre
envers la religion de ses pères fut, au dire des historiens, le salut de l'unité nationale. En concluera-t-on
que l'habileté doit être le seul mobile digne des gouvernants, et que la morale ordinaire ne doive pas
s'appliquer aux actions des hommes d'Etat aussi bien
qu'aux actions des particuliers? Faut-il absoudre tout
ce qui a été avantageux?

Je t'ai dit que la politique n'était que l'intrigue, et
que les ambitieux substituant à l'amour du bien, le
culte de leurs intérêts, cachaient l'égoïsme sous le
grand mot de la *raison d'Etat*. La diplomatie n'est que
l'art de rendre la vérité inaccessible à ses ennemis et

d'écouter à leurs portes ; un fort vilain métier que tu
qualifies durement.

La religion, la philosophie, le socialisme lui-même,
tout confus qu'il semble encore, ont des lois, des
règles, des principes. Mais où donc apprend-on la
science politique ? Quelles sont les lois qui présidaient
jusqu'ici à l'art de gouverner les hommes ? N'était-ce
pas le caprice ? Chacun n'avait-il pas son système,
son moyen, sa ficelle ? pourvu que l'impôt rentrât
exactement, que les cotes de la Bourse fussent ras-
surantes, que les discussions de la chambre ne don-
nassent pas trop de matières aux journaux, Louis-
Philippe était content. Quand les rouages s'engre-
naient mal, quand les ressorts criaient un peu, M. Guizot versait de l'huile puisée aux fonds secrets, et
tout était dit.

Mais il arriva un beau jour que l'huile ne suffît
plus. La machine rencontra une résistance au choc
de laquelle elle se détraqua, et maintenant, quand les
morceaux sont à terre, quand les soudures faites à différentes époques attestent la fragilité de la mécani-
que, on veut la raccommoder, la rajuster, et te prier
de vouloir bien t'y atteler encore une fois !

Ah ! tu n'es pas assez fou, assez niais, mon bon Souffrant, et tu ne crois pas que le bon Dieu puisse avoir permis l'effusion du sang humain, simplement pour substituer M. Baroche à M. Guizot.

La politique avait une bien belle occasion de se réhabiliter et de prouver au pays qu'elle portait réellement dans son bissac autre chose que du vent ou que de la poudre à jeter dans les yeux. La Révolution de 1848 venait de livrer passage à toutes les rêveries, à tous les projets de rénovation sociale. Le peuple, mécontent du passé, demandait quelque chose à l'avenir ; mais l'horizon de ce côté-là était obstrué d'une innombrable quantité d'oiseaux rouges, jaunes, bleus, qui chantaient, chacun son ramage ; toutes les intelligences en travail depuis longtemps accouchaient à la même heure d'une infinité d'utopies pour chacune desquelles on sollicitait le baptême de la République. Vingt écoles socialistes surgissaient et prêchaient, et en présence de ce mouvement formidable, discordant quant aux doctrines, mais unanime quant à l'inspiration première, il était impossible de méconnaître une crise légitime, providentielle.

L'histoire n'offre pas une seule trace d'une pareille fermentation, sans qu'une cause réelle, sérieuse, l'ait produite. Le caprice, l'engouement, la mode ne créent pas de si profondes révoltes, de si chaleureuses protestations. Tant de voix criaient à la fois ; qu'il était conforme au bon sens de constater un mal sérieux, une plaie violemment aigrie.

On n'osa pas recourir aux médecins nouveaux, on consulta un vieux praticien, très-expert, très-fin ; on dit, en un mot, à M. Thiers : — « Vous qui êtes un « homme si habile, un si profond politique, dites- « nous donc un peu ce qu'il faut croire de ces récla- « mations dont on nous brise les oreilles ! Est-ce que « vraiment la société, telle qu'elle est, a besoin de « subir une réforme ? Voyons ! cherchez ! creusez ! « fouillez ! interrogez ! On s'est battu hier au nom du « travail et du pain ; la question est opportune, elle « peut se représenter demain plus formidable encore « qu'hier ; dites-nous votre avis. Faut-il bourrer nos « fusils, ou relever nos manches et nous mettre à « raccommoder, à rajuster l'édifice social. Parlez ! « vous serez notre oracle. »

L'oracle a répondu, mon ami Jacques, comme les oracles anciens, par des réponses ambiguës, ou plutôt je me trompe, il fut très-explicite et très-logique dans sa réserve. L'homme d'Etat s'enferma quelques jours dans son somptueux hôtel ; il ne s'inquiéta pas de savoir s'il y a dans les villes manufacturières des ouvriers vivant dans des caves, des enfants couchés sur du fumier ; il n'alla pas demander à l'artisan des campagnes s'il est vrai que l'usure soit le chancre de l'agriculture ; il ne se mêla pas au peuple, à la vile multitude.

Mais il appuya son front sur le velours de son fauteuil ; mais il rêva à ce terrible problème dans son cabinet splendide, et quand il eut mis la dernière main à son rapport, il fit atteler ses chevaux à sa voiture, s'élança preste et pimpant, son réquisitoire contre le socialisme roulé sous le bras, et vint de sa voix la plus douce, de ses inflexions les plus caressantes, déclarer qu'il n'y avait rien à faire, que tout était pour le mieux, et qu'en agrandissant légèrement les hôpitaux, qu'en aérant un peu les salles d'asile, qu'en ouvrant quelques prisons de plus pour l'ouvrier mendiant et invalide, qu'en rétablissant les tours pour les enfants trouvés, on aurait fait tout l'essentiel, et qu'il ne resterait plus à l'homme de bonne volonté qu'à se croiser les bras et à se faire canoniser par M. de Montalembert, sous l'invocation de saint Vincent de Paul.

Ainsi l'aveu est complet, formel; ainsi la politique mise en présence d'une plaie béante, n'a pu que sourire de dédain, railler, se moquer et déclarer que c'était là une fiction, *une frime*, comme tu dis, mon bon Jacques ! Ainsi un des deux ou trois hommes qui se sont disputés le pouvoir pendant dix-huit années, un de ceux qui prétendent au gouvernement des peuples, déclare qu'il n'est pas choqué du spectacle de la misère; que si de braves gens meurent de faim, c'est qu'il est rationnellement impossible que tout le monde vive; et tout déshérité qui réclame humblement une petite part dans l'héritage humain est un criminel bon pour la prison. L'hôpital, Clairvaux et la Morgue, voilà les trois étapes nécessaires du peuple. Il n'y a rien à voir, rien à changer à cela. Cela existe depuis longtemps; donc cela doit exister toujours.

Voilà la réponse de la politique à la révolution de 1848, et tu juges de quels applaudissements elle fut couverte : — « A la bonne heure au moins, « s'écria-t-on ! en voilà un qui entend raison, qui « nous rassure, qui retire de nos doux oreillers les « épingles que le doute y mettait parfois. M. Thiers, « qui s'y connaît, l'a dit : le peuple n'est que de la « vile multitude. Nous sommes, nous, la véritable, « la seule nation. A nous seuls le gâteau et les miet-

« tes ! Tout est pour le mieux ! La République n'est
« qu'une insignifiante transformation politique qui,
« malgré son air, ne doit rien changer à la vieille so-
« ciété monarchique. La devise : *Egalité, Fraternité,*
« n'est qu'un joujou dont nous n'avons que faire,
« une sentimentalité qui ne vaut pas l'ancienne de-
« vise : *Ordre public* ! A bas les études sociales ! à bas
« les socialistes ! faisons de celles-là des bourres de
« fusil que nous enverrons au besoin à la tête de
« ceux-ci. »

Voilà ce que le chœur répondit à son grand prêtre,
et de tous côtés on applaudit, et le char de la République, légèrement embourbé, continua à s'enfoncer
de plus en plus ; mais il suffirait d'un rayon de soleil
pour sécher toute cette boue, et d'un coup d'épaule
pour tirer la roue de l'ornière !

Tu as eu sous les yeux, à côté de toi, mon ami
Souffrant, un édifiant exemple de l'impuissance de la
politique. Ne te souvient-il plus du fracas dont nos
représentants emplissaient naguères la ville pour le
triomphe de l'association *anti-socialiste*? Jamais
grosse caisse ne retentit sous des coups plus énergi-
ques; jamais cimbálles de charlatan ne furent plus
violemment secouées : — Demandez, faites-vous ser-

vir! Voici des livrets de caisse d'épargne! Voici un antidote contre le socialisme! voilà un préservatif contre la corruption des temps!

Cette merveilleuse drogue, étiquetée par nos honorables et débitée sous leur patronage, resta pour le compte des fabricants. On n'en vendit pas. Les livrets de caisse d'épargne ne se placèrent pas, et nos représentants furent réduits à se les offrir et à s'en gratifier mutuellement. Les badauds applaudirent à la parade, louèrent les beaux messieurs qui voulaient bien quitter leurs châteaux pour leur parler un tantinet des affaires publiques, mais ce fut tout. L'entreprise fit le fiasco le plus complet, et à l'heure où je t'écris, il n'est pas plus question *de l'association anti-socialiste* qu'il ne sera question, dans un mois, des baladins établis aujourd'hui sur le champ de foire!

La politique stérilise tout ce qu'elle touche, et tu sais ce qu'elle engouffre de millions par an, sans que tu puisses apprécier ce qu'on te donne en retour de ces énormes budgets. Le budget! c'est le vampire des peuples. A chaque révolution, on le regarde, on le mesure de l'œil, on espère le voir diminuer de férocité et d'embonpoint. Mais plus le peuple marche pour l'éviter, plus il augmente son pas et son appétit.

Cette année, la question toujours la même, toujours poignante, se représente encore, et sera résolue, n'en doute pas, comme elle l'a toujours été. L'Assemblée va faire passer à un tamis, un peu gros, les millions indispensables à ceux qui te gouvernent, et cette année comme toujours, on fera semblant d'économiser par ci, par là, sur les appointements de quelques pauvres employés. On rognera les liards, mais on laissera les gros écus dans toute leur rondeur. Les ministres, les préfets, les fonctionnaires n'auront leur digestion troublée par aucune préoccupation d'économie forcée. Pas un fil ne sera retiré aux habits brodés; quelques habits de gros drap seront peut-être invités à s'habiller de bure, voilà tout!

C'est que tu ne sais pas que toute la force de la politique, précisément, réside dans le budget ; c'est que tu ne sais pas qu'aux impuissants qui n'ont ni l'ascendant du mérite, ni le prestige de la vérité, il faut des moyens de gouvernement factices. Les gros budgets sont le contrepoids des politiques creuses et vides, qui seraient entraînées, si elles ne se retenaient au sol par ces sacs d'écus habilement distribués.

Il serait facile avec tout cet argent d'ordonner des études sociales véritablement profondes, il serait facile

de réparer bien des brèches dans les mâsures du
pauvre, d'aider à la création de bien des établissements de crédit, de soulager l'agriculture aux abois ;
mais ce serait là concéder quelque chose aux besoins
du temps ; mais ce serait reconnaître la légitimité des
plaintes et renoncer à de doux priviléges ; et au lieu
de cela, comme il faut que ces hommes sans entrailles, sans initiative féconde, sans études, se main-
tiennent au pouvoir, ils soudoient avec ce budget
monstrueux des légions de fonctionnaires, race parasite qui entrave les affaires, loin de les accélérer, mais
qui a l'avantage d'envelopper le pays d'un réseau, de
former une sorte de société en commandite, pour le
maintien des ambitieux qui font pleuvoir d'en haut la
manne précieuse.

Les fonctionnaires, ce sont les racines tenaces par
lesquelles l'autorité se maintient longtemps encore
contre la volonté nationale. C'est une armée préto-
rienne dont chaque soldat est numéroté et qui répond
sur sa vie, sur l'avenir de sa famille, de son dévouement au pouvoir.

Parlez donc d'économies à des gens qui ont besoin
sans cesse de préparer des élections devenues impro-
bables, de savoir ce qui se passe à toute heure, et qui

pensionnent les vices sociaux au profit de leur ambition. Tu es, mon pauvre Jacques, au milieu de cette nuée de moucherons qui sucent le miel du budget, comme Gulliver à Lilliput. Quand ce dernier se réveilla après son naufrage, il se trouva attaché au sol par une multitude de fils, qui, depuis la tête jusqu'aux pieds, paralysaient tous ses mouvements, tu es garrotté de même par ces mille liens ; les fonctionnaires sont ta lèpre, mais plus tu essaies de t'en guérir, plus le mal s'étend et se propage ; plus tu aspires à l'indépendance, plus on t'enveloppe de témoins, de gardiens, de confidents, de délateurs.

Les gouvernements à bon marché seraient ceux qui s'appuieraient uniquement sur la justice et la vertu. La vérité n'a pas besoin de payer sa propagande par des fonds secrets.

Je t'ai dit que les fonctionnaires étaient les racines du pouvoir, et jamais mot ne fut plus juste, car ils pompent en vérité la vie au sein du peuple, pour la faire remonter, par une infinité de canaux, au cœur du pouvoir qui la garde et ne rend rien.

La première question que l'on pose à un aspirant préfet, ce n'est pas celle-ci : — Que savez-vous ? Qu'a-

vez-vous étudié ? Mais bien cette autre : — Que pensez-
vous ? De combien de voix vous engagez-vous à
disposer au besoin ? — Tu t'imagines peut-être qu'on
envoie aux départements manufacturiers des hommes
rompus aux affaires, familiarisés avec les grandes
questions industrielles ; tu crois que le premier magis-
trat d'un département agricole sera un agriculteur ?
Erreur ! mon ami.

L'aptitude, l'intelligence, l'éducation ne sont rien ;
on change indifféremment et au hasard les préfets selon
que l'on a besoin de leur concours électoral, mais il
n'arrive jamais que l'on consulte leur spécialité.
Pourvu qu'ils aient bon air, bonne maison, qu'ils
mettent leurs limiers en campagne au moment critique,
qu'ils sachent ouvrir leurs salons à propos, faire
danser à l'époque où le pouvoir a besoin de connaître
exactement l'opinion, pourvu qu'ils soient familiers
avec le langage banal, solennel qui se colporte partout
et se débite toujours avec un égal succès, pourvu
qu'ils soient dévoués au ministre qui les nomme, peu
importe le reste !

Quel examen, quelles conditions, quels travaux
préliminaires exige-t-on ? J'ai eu la satisfaction de
voir un certain nombre de mes camarades du col-

lége et des écoles, se faufiler dans les salons ministériels et dans les préfectures. Ces beaux amis
me font un effet superbe dans leurs habits brodés. Je
me rappelle qu'ils se distinguaient en général au
collége par leur persistance à garder la queue de la
classe. L'un excellait à adapter aux extrémités des
mouches d'insolentes miniatures de cornets en papier,
que les insectes promenaient ensuite, au grand ébahis-
sement des élèves.

L'autre se présenta trois fois au baccalauréat, et
trois fois fut repoussé : c'est un de nos préfets les plus
distingués.

Un troisième était très-fort sur le cornet à piston ;
un autre, un sous-préfet, fabriquait fort joliment la
romance, et j'ai appris qu'il faisait encore les délices
de ses administrés par ses petites soirées de musique.
Celui dont le chemin fut le plus rapide, était un tenor.
Il n'y avait pas moyen de lui résister quand il chantait
l'air de *Lucie*. Aussi, est-il préfet de première classe.
Troupe aimable, gracieuse, folâtre, parfaitement en-
regimentée et décidée à faire circuler des listes en
faveur de la prorogation des pouvoirs présidentiels,
mais troupe dévouée avant tout au budget, ignorante
des besoins du temps, et ne connaissant de la poli-

tique que les dépêches ministérielles, les rapports quotidiens et confidentiels et les tripotages électoraux!

Administrer un département, tu crois peut-être Jacques que c'est s'occuper d'étudier sérieusement sa nature? Mais en eussent-ils l'intelligence et la bonne volonté, qu'ils ne le pourraient pas, ces malheureux préfets, qu'un caprice change, déplace, pièces mobiles de l'échiquier politique. A leur arrivée, ils jurent invariablement de se consacrer à leurs administrés! Ils feront ceci, cela; ils n'ont pas de plus beau rêve que de rester toujours au milieu des chers administrés! Trois mois après ils décampent, n'ayant eu ni le temps ni le loisir de rien apprendre, et ils vont porter ailleurs le même bagage de sentiment banal, la même bonne volonté, le même étalage de dévouement stérile.

Tous les ans, à l'époque du conseil général, M. le préfet signe un rapport tout fait que lui remettent les bureaux, donne deux ou trois grands dîners, un bal, et passe ainsi l'époque la plus critique pour lui, celle où son intelligence est mise surtout à l'épreuve. Quelquefois un préfet novateur, ou plutôt novice, suggère quelque idée hardie. Voulant flatter un peu les théories en faveur, il proposera par exemple l'extinction de la mendicité. Grande et noble question! diras-tu, problème difficile ! Tu n'y es pas. Il s'agit bien de réformes sociales; il s'agit bien de créations inconnues. On affiche aux quatre coins du département que la mendicité est interdite, on traque les mendiants, on les emprisonne, on les chasse, on fait que ce qui est parfaitement innocent dans le département voisin, soit coupable et criminel dans le département philantrope, et le problème est résolu : et on acquiert ainsi des droits aux congratulations du conseil général et à la reconnaissance éternelle des administrés !

Voilà, mon cher ami, la politique dans ses détails, dans ses rouages, dans son application. Tu peux la juger par ce que tu vois tous les jours, et dis-moi maintenant si une science aussi parfaitement illusoire vaut bien qu'on la défende et qu'on l'oppose sans cesse à l'inconnu. Dis-moi si la société n'est pas plus menacée de périr quand elle se soutient par ces étais fragiles, vermoulus, que quand elle cherche une solution dans des études, dans des théories, dans des systèmes qui contiennent sans doute beaucoup d'erreurs, beaucoup de folies, beaucoup d'utopies irréalisables et dangereuses, mais qui renferment aussi les étincelles éparses dont on peut faire la lumière de l'avenir, l'auréole de la vérité ?

Dans ma prochaine lettre, nous verrons ensemble comment la République, celle que la Constitution de 1848 définit et consacre, doit entendre la politique.

LETTRE NEUVIÈME.

LA POLITIQUE ET LE SOCIALISME.

TROISIÈME PARTIE. — LA POLITIQUE ET LE SOCIALISME.

25 Mars.

J'aborde, mon bon Jacques, le point véritablement épineux de la question. J'ai prouvé que la politique, telle qu'elle a été conçue et pratiquée jusqu'ici, n'a été que l'intrigue, que l'égoïsme ; il me faut maintenant substituer à cette science vaine et illusoire les principes d'une science nouvelle, qui symbolise le dévouement et satisfasse dans le présent aux conditions d'ordre et de stabilité, en même temps qu'elle garantisse, pour l'avenir, les progrès nécessaires à la vie de l'humanité.

. Le socialisme, puisqu'il faut l'appeler par son nom, a t-il des droits incontestables à l'héritage de la politique, et est-il dès maintenant assez sûr de lui, assez ferme, pour continuer l'œuvre si malencontreusement entreprise par la politique ?

Je ne veux ni te tromper, ni inventer des arguments pour le besoin de ma thèse ; je vais donc te parler, mon ami, avec la plus grande franchise, comme s'il n'y avait pas à côté de nous des réactionnaires prêts à s'emparer de nos moindres paroles pour les défigurer et les envenimer, et des socialistes impatients et jaloux de nous voir dans leurs rangs.

L'habileté ne suffit plus pour gouverner les peuples ; il faut la justice. Le socialisme se présente à nous précisément comme l'avocat du droit, pour exercer la revendication du faible, de l'opprimé, contre l'oppresseur et l'injuste. Mais le socialisme, pour être une protestation légitime, n'en est pas moins encore une protestation confuse, désordonnée, multiple. Tout le

monde crie à l'abus, tout le monde demande la réforme, mais on ne sait s'entendre sur les moyens à appliquer pour opérer cette réforme.

En faut-il conclure que le mal est inguérissable, et
qu'on a tort de s'en préoccuper? Non, assurément. Tu
sais bien, mon ami Jacques, quand la fièvre fait cla-
quer tes dents, quand ta femme souffre, quand tes
petits enfants se tordent dans les convulsions, tu sais
bien qu'il faut appeler le médecin ; et si les docteurs
de la politique du corps humain ne sont pas d'accord
sur les remèdes à employer, tu n'en tires pas cette
conséquence qu'il n'y a rien à faire, et tu ne pousses
pas l'absurdité jusqu'à t'écrier qu'une plaie qu'on n'a
pas su guérir est absolument comme si elle n'existait
pas. Les mauvais juges, les jésuites et les charlatans
n'empêchent jamais de croire à la justice, à la religion, à la science.

Eh bien, il en est un peu du socialisme comme de
ces trois choses respectables. De ce que la discorde
est au camp des réformateurs, de ce que Proudhon
met Louis Blanc en pièces, avec des débris de Considérant ; de ce que tous les chercheurs de vérité s'accusent mutuellement de sacrifier à l'erreur, il ne faut

pas en conclure qu'ils ont eu tort de se mettre en route et qu'ils sont tous des fous !

Le socialisme n'existe pas à l'état de science rigoureuse, algébrique; mais il est comme une inspiration, comme un sentiment. Je ne te dirai pas : « Enrégimente-toi avec celui-ci ou avec celui-là ! » Mais, en te montrant l'unanimité, la parfaite concordance des plaintes, je te dirai : — « Sache qu'il est un mal sérieux et incontestable à guérir. La politique doit désormais tendre tous ses efforts à opérer cette guérison, et dans ce but elle aura besoin de faire appel à toutes les intelligences, à toutes les études, à tous les systèmes, à toutes les bonnes volontés ! »

Considère donc le socialisme, non pas comme une formule, non pas comme un plan parfaitement déterminé d'avance, non pas comme le dernier mot d'une révolution achevée, mais comme l'esprit vivifiant de tous les travaux, de toutes les révolutions modernes. Dis-toi bien que c'est l'ardent désir de gouverner les hommes par la justice et de garantir, par des améliorations successives, le dégagement pacifique des destinées de l'humanité.

Sous ces réserves et en déterminant bien le point de

vue philosophique où nous nous tenons, il nous sera
permis de dire que nous sommes tous, les républicains
de 1848, des socialistes ; tous, nous voulons que la
politique ne soit plus seulement l'art de conduire les
peuples, c'est-à-dire de les enjôler, de les berner, de
les tricher au jeu, mais l'art de les perfectionner par
les institutions, *l'art de conduire les hommes au bonheur
par la justice* [1].

Oui, le bonheur de l'humanité et le règne de la
justice, voilà le double idéal qui doit rayonner au-
dessus de la politique moderne, la vivifier, la féconder, la transformer. Si ce principe sert désormais à
diriger les actions de ceux qui nous gouvernent, les
révolutions violentes sont à jamais condamnées et
supprimées. Le suffrage universel sera le flux et le
reflux qui porteront ou déposeront les hommes du
pouvoir, et la justice sera le phare dont devront s'é-
clairer les navigateurs avant de tenter cet océan.

Ne commets pas l'impiété de croire, mon ami Jacques, que je substitue des rêveries sentimentales à une
science positive et pratique, et que cet idéal soit sim-

_____

[1] Louis Blanc, *Nouveau Monde*.

plement le spécieux prétexte des ambitions mécon-
tentes, inassouvies.

De tout temps, à toutes les époques, il s'est trouvé
des esprits sérieux, précurseurs, pour annoncer ces
vérités; mais l'ignorance et la brutalité des masses
ajournaient ce règne du droit et de l'équité. La seule
question est donc de savoir si l'heure est venue de l'i-
naugurer. Sommes-nous mûrs pour cette régénération sociale? Voilà tout le problème, et, à vrai dire, il
me semble résolu depuis le 24 février.

J'ai lu autrefois, dans un livre traduit du Chinois,
et qui traite de la morale de Confucius, ce singulier
récit que le grand philosophe, le père de la sagesse,
fait des ministres de son temps :

« Il y eut autrefois, dans le royaume de *Li*, un
« préfet qui tua son roi. Un autre préfet du même
« royaume, regardant avec horreur le crime de ce
« parricide, quitta sa dignité, abandonna ses biens et
« se retira dans un autre royaume. Ce sage ministre
« ne fut pas assez heureux pour trouver ce qu'il
« cherchait; il ne trouva dans ce nouveau royaume
« que des ministres iniques et peu attachés aux inté-
« rêts de leur maître. Ce ne sera pas le lieu de mon

« séjour, se prit-il à dire, je chercherai ailleurs une
« retraite. Mais, ayant rencontré toujours des hom-
« mes semblables à ce perfide ministre, qui l'avait
« forcé par son crime à abandonner sa patrie, sa di-
« gnité et tous ses biens, il courut par toute la
« terre. »

Tu remarqueras, mon ami Jacques, que ceci était
écrit environ 550 ans avant Jésus-Christ; et ce ministre, honnête homme, qui dans ce temps-là parcou-
rait toute la terre sans rencontrer un gouvernement
juste, ne serait pas plus heureux aujourd'hui.

Puisque nous parlons des Chinois, empruntons-leur
encore des citations. Il y a moins loin qu'il ne semble
d'abord du royaume de *Li* au beau pays de France,
et la politique que les sages flétrissaient il y a cinq
cents ans ne vaut pas moins que celle d'hier.

Thing-Tseu, disciple de Confucius, dans ses commentaires sur le Ta-Hio ou la *grande étude*, dit à
propos de la politique : « — Celui que l'on dit paci-
« fier la terre, c'est celui qui administre bien son
« royaume...

« Il n'est jamais arrivé que lorsque le prince (ou

« le supérieur) est vertueux et bienveillant, le peuple
« n'aimât pas la justice. Il n'est jamais arrivé qu'un
« peuple plein d'amour pour la justice ait négligé
« ses devoirs ; et l'on n'a jamais vu, dans de telles
« circonstances, que les revenus publics n'aient pas
« été exactement payés. »

Voilà des Chinois qui parlent comme des Français ;
et quand nous répétons tous les jours que les révolutions n'ont été que les protestations de l'humanité
méconnue contre l'exploitation de l'ambition person-
nelle, nous n'inventons rien de nouveau, nous répétons les dires des journalistes qui écrivaient 550 ans
avant Jésus-Christ, nous sommes les plagiaires des
sages de tous les temps. Oui, quand la justice est en
haut, l'ordre et la soumission volontaire sont en bas.

Si les Chinois paraissent, en pareille matière, des
autorités un peu contestables, et si nos mandarins
modernes n'acceptent pas ces doctrines, sous le prétexte qu'elles ont été débitées par des gens dont la civilisation a précédé la nôtre, et que, par conséquent,
elles sont trop avancées, j'en appellerai au témoignage
d'Henri IV, ce roi de joyeuse mémoire, qui, non-seulement, souhaitait la poule au pot pour chacun de ses

sujets, mais qui était encore d'humeur à aller la manger chez eux.

Or, voici ce que disait le fin Béarnais : « Tous tu-
« multes, désordres et mutinations proviennent quel-
« quefois de légitimes causes et plus souvent d'avoir
« du mal que du désir d'en faire. » Voilà les insur-
rections singulièrement justifiées, et il n'y a pas loin
de cet aveu du vainqueur d'Ivry à la déclaration des
Droits de l'homme qui proclame, dans bien des cas,
la révolte comme le plus saint des devoirs.

Je me suis souvent demandé ce qui serait advenu, si
Henri IV se fût trouvé à la place de Louis XVI. Le
compère, qui faisait si à propos *le saut périlleux*, eût-il
été de taille à ruser la révolution, ou bien son bon
sens l'eût-il préservé de l'abîme dans lequel s'est jeté
la déplorable victime du Temple ?

Peut-être bien que toute la finesse du gascon eut
échoué contre la formidable sommation signifiée au
nom de la liberté et de l'esprit moderne à la vieille
société monarchique ! Il y a des gouffres qu'on ne re-
ferme qu'en s'y précipitant, comme Décius. Louis XVI
a reculé ; Henri IV eut cherché un détour ; la vieille

politique ne pouvait rien comprendre à cette soudaine explosion...

Quoi qu'il en soit, ne trouves-tu pas étrange, mon bon Jacques, cet aveu d'un roi qui fut obligé de conquérir ses sujets? Si *les mutinations proviennent plutôt du mal que l'on souffre que du désir d'en faire,* chaque fois que le sang humain aura coulé, ne faudra-t-il pas qu'une plaie ait été guérie, qu'un mal ait été corrigé; et les révolutions simplement politiques suffisent-elles à ces améliorations que pressentait, que reconnaissait, que justifiait Henri IV?

Bossuet, qui valait bien à coup sûr monseigneur l'évêque de Chartres, a fait pour l'éducation du dauphin un traité de politique à l'aide de l'Evangile, dans lequel il prouve, ou plutôt il essaie de prouver que les rois ne sont ni plus ni moins que des représentants de Dieu sur la terre. Je n'engage pas les parodistes de l'aigle de Meaux, à s'empêtrer dans une pareille question, car ils éprouveraient un grand embarras à démontrer que le dernier Dieu chassé de France, ait été autre chose que le Dieu des banquiers et de l'agio.

Mais tout en s'appuyant des saintes écritures pour

établir son système de monarchie absolue, Bossuet rencontre en chemin des objections soudaines que sa bonne foi, sa conscience, son âme de prêtre, son génie lui empêche de nier ou d'esquiver. C'est ainsi, qu'en cherchant l'origine du droit divin, il nous montre les sources de la souveraineté populaire, et trouve dans la Genèse une première application du suffrage universel. « Abraham, dit-il, demande le droit de sé-
« pulcre *à tout le peuple assemblé*, et *c'est l'assemblée qui*
« *l'accorde.* (Genèse, XXIII, 3, 5.)

Monseigneur le dauphin a dû bien rire d'Abraham, qui s'avisait de consulter la populace, ce que M. Thiers appelle la *vile multitude*. Mais, ce n'est pas tout. Bossuet est un peu de l'avis d'Henri IV ; quand le peuple se révolte, c'est souvent qu'il a des plaintes légitimes :
« Qui presse trop la mamelle pour en tirer du lait, en
« l'échauffant et en la tourmentant, tire du beurre ;
« qui se mouche trop fortement, fait venir le sang ;
« qui presse trop les hommes, excite des révoltes et
« des séditions. C'est la règle que donne Salomon. »

A la page suivante, le grand prélat, le grand chrétien se permet d'être d'un avis différent de celui de monseigneur l'évêque de Chartres. Il ne croit pas, lui, que la justice éternelle ait parqué l'humanité dans des

classes, et que la misère soit une nécessité providentielle. S'il parle à l'héritier de Louis XIV de la quasi-
divinité de sa charge, il ne dédaigne pas de lui montrer tout en bas, loin de lui, le peuple souffrant, tra-
vaillant et ayant droit, aussi bien que l'oint du
Seigneur, à une part dans les biens et dans les joies de
la terre.

Ecoute, mon ami Jacques, ces nobles et fortifiantes
paroles, et si tu connais des jésuites, des ultramon-
tains, des prêtres implacables et égoïstes, fais-leur lire
et méditer ces lignes du plus grand prélat, du plus
grand homme que l'Eglise de France ait produit :

« Parmi le dénombrement des richesses immenses
« de Salomon, il n'y a rien de plus beau que ces pa-
« roles : Judas et Israël étaient innombrables comme
« le sable de la mer.

« Mais voici le comble de la félicité et de la
« richesse. C'est que tout ce peuple innombrable man-
« geait et buvait du fruit de ses mains, et chacun sous
« sa vigne et son figuier, et était en joie. »

Qu'en dis-tu, mon pauvre ami Souffrant? Qu'en
dites-vous, M. l'abbé Clausel de Montals? Sommes-

nous des impies, des anarchistes, des démagogues, d'envier avec votre maître à tous, ces *fruits*, cette *vigne*, ce *figuier*, plantés, cultivés, récoltés par le peuple et sous lesquels il a droit de dormir et de se tenir en joie? Direz-vous que Bossuet méconnaissait les lois éternelles de la justice, en souhaitant ce partage des biens du Seigneur, et l'accuserez-vous de prêter une arme aux projets les plus détestables, en traçant ce tableau divin?

Ecoutez, écoutez encore! Voici bien autre chose et nous tombons ici dans le plus complet socialisme!

Bossuet, quelques lignes plus bas, dit (et à qui le dit-il? à l'héritier de Louis XIV!) qu'un moyen *certain* d'augmenter le peuple, c'est qu'il soit *un peu à son aise*. Les deux mots *un peu* sont là pour politesse. C'est la dernière concession du courtisan. Cette réticence une fois émise, l'homme évangélique dit rudement et catégoriquement la vérité :

« Sous un prince sage, l'oisiveté doit être odieuse...
« elle produit les mendiants, race qu'il faut bannir
« d'un royaume bien policé, et se souvenir de cette loi:
« *qu'il n'y ait point d'indigent, ni de mendiant parmi*
« *vous.* (Deut. xv, 4.) On ne doit pas les compter par-

« mi les citoyens, parce qu'ils sont à charge à l'Etat,
« eux et leurs enfants. MAIS POUR OTER LA MENDICITÉ,
« IL FAUT TROUVER DES MOYENS CONTRE L'INDIGENCE. »

Eh bien! prétendra-t-on encore que la sollicitude pour les pauvres, que l'extinction de la misère est une rêverie impossible? Traitera-t-on toujours dans les sacristies, de *déclamations artificieuses et hypocrites*, ce langage simplement évangélique?

J'ai voulu chercher des arguments dans l'Eglise, précisément parce qu'on voulait la rendre solidaire de cette doctrine odieuse et insensée dont M. l'évêque de Chartres est le champion. J'ai voulu prouver que loin d'attaquer la religion, nous savons l'appeler à notre aide, quand elle est interprétée dignement et servie saintement.

Je n'en finirais pas si je voulais citer tous les passages dans lesquels Bossuet proclame les droits de l'humanité : « La société est *tenue* de rendre la vie commode à tous. » dit-il. Ce n'est plus là un conseil, c'est une obligation qu'il impose.

Il renouvelle son injonction dans des termes plus précis encore, et définit la politique nouvelle, celle

que nous invoquons, celle qui doit se substituer à
l'ancienne, celle que nous appelons du nom de socialisme, faute de mot plus exact pour la caractériser.

« Les Egyptiens, écrivait Bossuet, sont les premiers
« où l'on ait su les règles du gouvernement. Cette
« nation grave et sérieuse connut d'abord *la vraie*
« *fin de la politique qui est de rendre la vie commode et*
« *les peuples heureux.* »

Je voudrais bien avoir sur ce passage de l'aigle de
Meaux l'avis des oisillons qui se perchent sur les
chaires des églises pour parler de plus haut. Ainsi, tu
as maintenant, mon ami Jacques, la vraie, la seule
définition de la politique, de celle que nous n'avons
pas encore rencontrée dans l'histoire.

Te dirai-je maintenant, ce qu'écrivait en 1834, à
l'époque où l'on ne pouvait guères l'accuser de démagogie, un homme bien souvent calomnié et bien rarement compris ! Ecoute M. de Lamartine dans son
voyage en Orient :

« Les prolétaires, classe nombreuse, inaperçue
« dans les gouvernements théocratiques, despotiques
« et aristocratiques, où ils vivent à l'abri d'une des

« puissances qui possèdent le sol et ont leurs garan-
« ties d'existence au moins dans leur patronage ;
« classe qui, aujourd'hui, livrée à elle-même par la
« suppression de leurs patrons et par l'individua-
« lisme, est dans une condition pire qu'elle n'a jamais
« été, a reconquis *des droits stériles* sans avoir le né-
« cessaire et remuera la société jusqu'à ce que le So-
« CIALISME ait succédé à l'odieux individualisme. »

Voilà ce que disait après la Révolution de 1830,
l'homme qui devait représenter dans la Révolution de
1848, l'élément modéré, bourgeois !

Dira-t-on que M. de Lamartine est un démagogue,
et nos adversaires ne s'en rapporteront-ils pas à cette
autorité ? Eh bien ! en voici un que les royalistes ne
récuseront pas ! en voici un que les partisans du
comte de Chambord seront bien forcés de reconnaître
pour un des leurs. M. le vicomte de Châteaubriand
dit dans les mémoires d'Outre-Tombe :

« *Un temps viendra* où l'on ne concevra plus qu'il
« fut un ordre social dans lequel un homme comp-
« tait un million de revenu, tandis qu'un autre
« homme n'avait pas de quoi payer son dîner. *Un*

« *noble marquis et un gros propriétaire* paraîtront des
« personnages fabuleux, des êtres de raison. »

Proudhon, ce cauchemar du propriétaire, a-t-il
rien dit de plus audacieux que ce que signait M. le
vicomte de Châteaubriand ? N'est-il pas bien extraordinaire que le Paladin de la légitimité ait été contraint
de s'incliner devant la raison des révolutions modernes ? Qui donc pourra se plaindre d'être traité de
socialiste, quand il a pour lui de si nombreux, de si
augustes parrains.

Si je n'avais emprunté des arguments qu'aux révolutionnaires contemporains, qu'aux réformateurs modernes, mon raisonnement eût paru suspect. Je n'ai
donc puisé qu'à des sources parfaitement brevetées et
garanties pures par les gouvernements. C'est Confucius, c'est la Bible, c'est Henri IV, c'est Bossuet, c'est
Châteaubriand, que j'invoque. Dieu, des sages, des
rois, des évêques, voilà mes complices. Un seul peut
paraître suspect, c'est M. de Lamartine, et tu convien-
dras, Jacques, qu'on peut se trouver compromis en
plus mauvaise compagnie.

Tu sais donc maintenant ce que j'entends par la
politique nouvelle, par le socialisme. C'est le dévoue-

ment substitué à l'égoïsme, c'est la justice substituée
à l'intrigue. Dans une autre lettre, je ferai l'application
tion de ces principes aux événements contemporains.
Pour aujourd'hui, j'ai voulu te prouver que sans nous
prononcer pour telle ou telle théorie, nous pouvions
en notre âme et conscience reconnaître, avouer le but,
la fin des dernières révolutions.

J'aurais pu faire défiler encore une assez grande
quantité de socialistes malgré eux, et sans le savoir
(c'est-à-dire les meilleurs, les plus vrais). J'aurais pu
te citer les paroles, les circulaires de l'empereur Napoléon, qui rêvait pour la France l'extinction du paupérisme, mais j'aime mieux terminer par la citation
d'une autorité beaucoup moins sublime, mais qui ne
manque pourtant pas de valeur.

Je signale à M. Carlier, le pourfendeur des socialistes, un monsieur assez bien vu, fréquenté par la
soi-disant meilleure société de Paris, et qui n'a pas
craint d'écrire ces lignes abominables :

« Aujourd'hui, le but de tout gouvernement habile
« doit être de tendre, par ses efforts, à ce qu'on
« puisse dire bientôt : *le triomphe du christianisme a*
« *détruit l'esclavage ; le triomphe de la Révolution*

« *française a détruit le servage* ; LE TRIOMPHE DES
« IDÉES DÉMOCRATIQUES A DÉTRUIT LE PAUPÉRISME. »

Le démagogue, le socialiste qui écrivait ces lignes
s'appelait M. Louis-Napoléon Bonaparte. Le bruit a
couru qu'il avait été nommé président de la République française ; mais nos enfants ne voudront pas le
croire ; car il est évident que ce n'est pas la même
main qui a signé cette profession de foi, et qui se refuse à parapher aujourd'hui tous les projets de loi que
présentent les républicains en faveur des classes pauvres. Nous dénonçons donc ce dangereux Sosie à la
vigilance de M. Carlier. Quant aux vœux anarchiques
contenus dans l'écrit cité plus haut, en dépit de nous,
nous ne pouvons nous empêcher d'y souscrire et de
leur dire : AMEN !

LETTRE DIXIÈME.

————

LA POLITIQUE ET LE SOCIALISME.

—

QUATRIÈME PARTIE. — RÉSUMÉ ET CONCLUSION.

7 Avril.

Tu as bien compris, jusqu'à présent, mon ami Jacques, dans quelle limite et sous quelles conditions nous reconnaissons le socialisme. Toi qui as du bon sens et de la bonne foi, tu hausses les épaules quand tu entends qu'on me reproche d'être un communiste, un fouriériste, etc., etc..., un ennemi juré de la religion, de la famille et de la propriété.

Plaise à Dieu que nos ennemis n'apprennent pas
un jour trop violemment qui, d'eux ou de nous, défendaient le mieux ces choses trois fois saintes! Plaise à
Dieu que la vérité soit pure et sans tache, dans son
triomphe, comme elle est sans fiel et sans colère dans
son travail! Ces hommes qui répondent par la calomnie à nos studieux efforts seraient responsables,
devant Dieu et devant l'humanité, des troubles, des
révolutions que leur mauvaise volonté aurait suscitées.

Quant à nous qui n'avons pas d'autre intérêt que
la justice, d'autre souci que la liberté; quant à nous
qui trouverions peut-être le compte de nos appétits
et de nos ambitions personnelles à flatter les riches
et les puissants, à ramasser un peu de leurs miettes;
quant à nous qu'on ne saurait accuser d'orgueil et d'é-
goïsme, puisque nous ne défendons que la cause des
faibles, des opprimés, nous devons plus que jamais
nous armer de patience, de résignation, de douceur.
Il faut laisser tout l'odieux de la violence aux hommes qui ne peuvent marcher qu'avec des fusils. Nous
avons, ou plutôt nous aurons, le suffrage universel;
la liberté n'est pas tellement bâillonnée qu'elle ne
puisse faire entendre encore, de temps en temps, une
plainte, un soupir. Combattons avec ces seules armes.

Montrons par le respect de nous-mêmes, par notre
culte intérieur, par la moralité de nos familles, par
l'amour de nos enfants, qu'on peut fort bien être républicains sans être antropophages, et que notre socialisme consiste à affermir la société, non pas à
l'ébranler !

Sais-tu bien que quand nos descendants liront un
jour l'histoire de ces temps-ci, ils seront étrangement
surpris, s'ils essaient de juger les événements contemporains, d'après les témoignages des écrivains de la
réaction. — « Quoi ! diront-ils, serait-il vrai qu'il y
« a eu, à cette époque, une partie de la nation, at-
« teinte de vertige et de rage, et qu'on a été forcé de
« museler, parce que, sous le prétexte de socialisme,
« elle voulait piller, égorger, brûler, se repaître de
« sang et de ruines ? Mais ces affreux socialistes n'a-
« vaient donc ni femmes ni enfants ? Ils avaient donc
« sucé les mamelles d'une lionne ! Ils vivaient donc
« dans des tannières ! » Et quand pour achever de
s'éclairer, nos neveux liront l'histoire selon les écrivains socialistes, ils seront tout surpris de trouver de
ce côté un culte passionné pour la nature et pour
l'humanité, les sentiments de fraternité poussés jusqu'au délire, et pour tout défaut, des illusions trop généreuses !

Eh mon Dieu ! qu'il y ait des fous et des imbéciles parmi les républicains ; je l'accorde. Mais ces messieurs de la royauté sont-ils bien certains d'être tous, sans exception, des gens d'esprit, de probité, de moralité? N'y a-t-il des assassins, des filous, des escrocs, des mouchards, des adultères, que dans le camp des novateurs, et les meurtriers du général Bréa sont-ils plus monstrueux que le duc de Pralins?

Quand donc voudra-t-on voir l'humanité comme elle est, et faire la part égale de vices, de préjugés entre tous les partis? Quand donc l'homme qui regardera ses voisins de gauche cessera-t-il de dire : — Dieu! qu'on est laid de ce côté-là ! — sans s'apercevoir que ses voisins de droite n'ont ni le nez mieux tourné, ni le teint plus fleuri, ni le tempérament plus sain !

J'avoue très-volontiers qu'il y a derrière nous des gens sans aveu, sans avenir, qui trouveraient commode de prendre le bien des autres et de culbuter tout pour tirer les épaves. Mais n'y a-t-il pas aussi, parmi les premiers rangs de nos adversaires, des voleurs d'une autre espèce, des trafiquants du travail et des sueurs du pauvre, des usuriers, des banqueroutiers frauduleux ? Est-ce que les tribunaux civils, où l'on voit tous les jours des frères se disputer l'héritage paternel, des mères se sauver de l'accusation d'adultère en révélant les turpitudes de leurs maris, des associés s'accuser réciproquement de fraudes, des compagnies, fondées sous le patronage de gens parfaitement décorés, repousser les prétentions des actionnaires flibustés ; est-ce que les tribunaux civils ne sont faits que pour les socialistes ? Est-ce que la probité est un monopole ?

Les bons et les méchants sont également répartis. Seulement, il y a moins d'hypocrisie du côté des pauvres, mais aussi moins de sécheresse. C'est donc une mauvaise guerre, une lutte déloyale, que de se jeter à la tête des accusations qui, si elles étaient justifiées, transformeraient la France en un bagne immense en pleine insurrection !

Si les idées que nous défendons peuvent servir les desseins de quelques bandits, est-ce une raison de les abandonner, quand nous les croyons justes ? Les combattants de Février, ces hommes déguenillés qui transportaient intacts les diamants de la couronne, avaient mis sur les monuments cette inscription : « *Mort aux voleurs* ! » Eh bien ! c'est le seul cri de vengance que nous voulions reconnaître ; et nous souhaitons que nos

fusils ne nous servent jamais que contre ceux de nos
alliés qui nous déshonoreraient !

S'imagine-t-on, bêtement, que, parce que l'Assemblée législative aurait accordé la liberté de la presse et
de la pensée, aurait fondé des établissements de crédit
foncier, aurait pourvu à l'assistance publique, aurait
ouvert les sources de l'enseignement, réformé l'impôt,
diminué le budget, fait des économies de fonctionnaires, croit-on que, si tout ce que nous demandons nous était accordé, nous en monterions
moins la garde autour de nos maisons, et nous sup-
primerions les tribunaux et les gendarmes? Mais,
la société telle que nous la voulons, n'aime pas plus
les voleurs que l'ancienne. Peut-être même s'en ac-
commode-t-elle moins !

La Révolution a-t-elle dit son dernier mot? Suffit-il,
pour aider au progrès et à la civilisation, qu'un prince
ait été culbuté ? Le sang répandu, ne l'a-t-il été
que pour fournir l'occasion à quelques ambitieux, de
prendre la place de MM. Guizot et compagnie? Voilà
toute la question. Nous, nous soutenons avec tous les
esprits dégagés d'intérêt personnel, que l'humanité
doit franchir un degré à chaque révolution ; nous affirmons que les révolutions simplement politiques sont

des duperies qui font le compte de quelques intrigants, nous maintenons que la misère et l'ignorance sont deux monstres possibles à détruire; et nous croyons que tous les enfants de Dieu ont droit à un morceau de pain et à la liberté, comme ils participent également tous à la lumière et à l'air qu'on respire.

Voilà toute la querelle! Ne la cherchons pas ailleurs. Les représentants que ton voisin a nommés, mon ami Jacques, sont peut-être bien tout aussi honnêtes que ceux que tu veux nommer en 1852; mais ils n'ont pas l'intelligence des besoins de l'époque. Tu continueras donc à les estimer, si tu veux, mais tu les combattras avec acharnement aux élections!

Sois donc insensible, mon bon Souffrant, aux injures que les badauds répètent à tes oreilles, sur le conseil de quelques intrigants! Tu sais bien que si je te parle de progrès, je te conseille aussi la patience, le travail, et par-dessus tout l'humanité.

Je t'ai démontré que l'ancienne politique était immorale et inféconde; je t'ai dit que celle qui doit la remplacer, ne peut être acceptée qu'à la condition de s'appuyer sur la justice, c'est-à-dire, sur l'égalité, sur la fraternité, ces deux bases de la liberté; je t'ai per-

mis d'appeler cette politique-là *Socialisme,* puisqu'il
n'y a pas d'autre mot, et invoquant des témoignages
non suspects, je t'ai prouvé que tous les nobles cœurs,
quand ils dépouillaient les préjugés de leur temps,
quand ils rentraient en eux-mêmes, rêvaient cette
équitable répartition des droits et des charges que la
Révolution de 1848 doit consacrer, sous peine de révolutions nouvelles.

1789 a été, dit-on, une révolution politique! C'est
là une erreur grossière, et je crois, au contraire, que
si le socialisme, aujourd'hui, a des exigences qui
offusquent, que si les réclamations sont nombreuses
et pressantes, c'est précisément qu'on n'a pas creusé
un lit assez large, assez profond, à cette révolution
de 1789, qui était une révolution sociale dans toute
l'acception du mot, et que les folies de la terreur ont
fait dégénérer en une révolution politique. L'Empire
a été l'écluse qui a permis à la Restauration de com-
bler à moitié cette rivière dont le jaillissement avait
fait tressaillir le monde.

Quoi! Ce n'était pas une révolution sociale que ce
mouvement qui ébranlait un trône, qui faisait crouler
les vieux manoirs féodaux, qui consumait la Bastille,
ce symbole de pierre, qui faisait de tous les vassaux

de France des citoyens libres et égaux ? Quoi ! Ce n'é-
tait pas la chute du vieux monde que cette séance
solennelle dans laquelle le clergé renonçait à ses
dîmes, la noblesse à ses priviléges ? Quoi ! ce révolu-
tionnaire candide, qui faisait prêter le serment du
Jeu de Paume, ce Bailly, qui émancipait la classe
moyenne ? Quoi ! Mirabeau qui répondait à M. de
Dreux-Brézé : *Qu'il était sur son banc de par la volonté
du Peuple !* ces hommes-là ne bouleversaient pas, ne
renouvelaient pas la société ? Quoi ! ces hommes, nos
pères, nos modèles, n'étaient pas des socialistes ?

Mais que faut-il donc faire et tenter contre les préjugés sociaux, contre les démarcations, contre les
inimitiés héréditaires pour être socialistes ? Ah !
Louis XVI, cette victime expiatoire des orgies et des
crimes de Louis XV, le sentait mieux que vous, et
c'est là précisément ce qui lui inspira ses fatales pensées de trahison !

S'il n'avait vu qu'un changement politique, il s'y
fût prêté peut-être ; mais il sentit le sol trembler sous
ses pas, mais il entrevit vaguement qu'il lui faudrait
un renoncement héroïque. Le roi de France eut peur
de perdre son inviolabilité divine, il ne comprit pas
ce rôle de citoyen auquel le conviait la nation, il es-

saya de trahir une révolution qui dépassait ses calculs, et cette révolution, dans son sanglant vertige, commit le crime d'emporter le roi avec la royauté, et retarda, par cette faute, de cinquante ans la République.

Dieu merci! la révolution de 1789 peut être continuée aujourd'hui sans que nous ayons à redouter de payer ses conquêtes par des échafauds et par du sang. La fureur des Conventionnels serait de nos jours plus qu'une horrible faute, ce serait la plus monstrueuse des stupidités. La violence n'est jamais excusable; mais elle n'aurait pas même aujourd'hui l'ombre d'un paradoxe à invoquer.

Je t'ai dit, mon bon Jacques, que Louis XVI sentait bien venir la révolution sociale, et, en effet, si je consulte les journaux du temps, je trouve dans le discours par lequel le roi ouvrit les Etats-généraux, le 5 mai 1789, des pressentiments, des exclamations, qui trahissent dans le représentant du vieux monde près de sa chute la conscience du danger.

« Une inquiétude générale, disait le roi, *un désir*
« *exagéré d'innovations se sont emparé des esprits et fi-*
« *niraient par égarer totalement les opinions, si on ne*

« se hâtait de les fixer par une réunion d'avis sages
« et modérés. »

Ne te semble-t-il pas comme à moi, mon ami Souffrant, qu'il y a une analogie frappante entre ces allu-
sions aux opinions près de s'égarer, et ces *passions en-
nemies ou aveugles* que Louis-Philippe voulait flétrir
quelques jours avant sa chute ?

Le 5 mai 1789, on pensait des réformateurs en général ce qu'on pense aujourd'hui des républicains, et
pour quelques fous qui n'avaient pas plus de crédit
alors que n'en rencontrent parmi les révolutionnaires
sensés de 1848, quelques utopistes contemporains,
pour quelques gens enivrés de l'avenir, qui rêvaient
tout haut, on condamnait sans rémission tous les esprits novateurs.

Le garde-des-sceaux, M. de Barentin, parlant
après Louis XVI, renchérissait encore et disait :

« Vous rejeterez, Messieurs, avec indignation, ces
« *innovations dangereuses* que les ennemis du bien pu-
« blic voudraient confondre avec ces changements
« heureux et nécessaires qui doivent amener *cette ré-
« génération,* le premier vœu de sa majesté. »

Je trouve dans cette phrase que je copie textuellement sur un journal de l'époque, un aveu précieux, en même temps que la preuve de ces terreurs funestes dont je te parlais plus haut. On reconnaît que l'heure est sonnée d'une *régénération*, mais on ne veut pas la confondre avec des *innovations*. C'est précisément ce mélange de bonne foi et d'hésitation, de révolution apparente et de contre-révolution clandestine, qui a tout compromis, tout perdu.

Oui, la révolution commencée par nos pères était une révolution sociale, c'est à nous de l'achever, de la compléter, s'il plaît au Ciel. Nous rêvons, dit-on, le communisme, le fouriérisme, etc., etc. Non, nous croyons que dans toutes les utopies, même les plus folles, il y a cependant un indice à recueillir. C'est de toutes les erreurs comparées que se dégage souvent la vérité. Nous ne voulons pas plus la promiscuité des familles que le partage des biens. Nous ne rêvons ni la ruine des châteaux, ni le pillage des riches ; mais nous souhaitons que les pauvres soient presqu'aussi bien couchés que certains chiens de chasse, et nous ne croyons pas que tout soit pour le mieux, parce qu'il y a des dalles de pierre dans les hôpitaux pour recueillir les suicidés de la misère.

On nous accuse de démolir l'autorité, parce que
nous signalons les bévues de quelques fonctionnaires, et les complaisances exagérées de certains
préfets pour tous les pouvoirs ; mais croit-on que si
l'on nous donnait des hommes animés du désir du
bien, inspirés par la passion de la justice, nous ne serions pas des premiers à les aimer et à les faire aimer
aux autres.

Je te l'ai dit en commençant ces lettres, et je te le
répéterai souvent, mon ami Jacques, on fait trop de
politique haineuse ; quand donc en fera-t-on avec les
bons instincts, avec les purs sentiments ?

Jean-Jacques Rousseau, un socialiste qu'on a mis au
Panthéon, et qui ayant eu le malheur d'exprimer dans
un français limpide, des idées passablement neuves,
s'est attiré la haine éternelle des cuistres, Rousseau
qui défraie, sans qu'on s'en doute, tous les philosophes humanitaires, tous les républicains, Rousseau
disait en parlant des devoirs des gouvernements,
chapitre : *de l'Economie politique* :

« Quoique le gouvernement ne soit pas le maître
« de la loi, c'est beaucoup d'en être le garant et d'a-
« voir mille moyens de la faire aimer. Quand on a la

« force en main, il n'y a point d'art à faire trembler
« le monde, et il n'y en a pas même beaucoup à ga-
« gner les cœurs; car l'expérience a depuis long-
« temps appris au peuple à tenir grand compte à ses
« chefs de tout le mal qu'ils ne lui font pas, et à les
« adorer quand il n'en est pas haï. Un imbécile obéi,
« peut comme un autre punir les forfaits; le véritable
« homme d'Etat sait les prévenir ; c'est sur les volon-
« tés, encore plus que sur les actions, qu'il étend son
« respectable empire. S'il pouvait obtenir que tout le
« monde fît bien, il n'aurait lui-même plus rien à
« faire, et le chef-d'œuvre de ses travaux serait de
« pouvoir rester oisif. Il est certain, du moins, que le
« plus grand talent des chefs est de déguiser leur
« pouvoir pour le rendre moins odieux, et de con-
« duire l'Etat si paisiblement qu'il semble n'avoir
« pas besoin de conducteurs. »

Plus loin, Jean-Jacques, qui était fortement de
l'avis d'Henri IV sur les causes réelles et légitimes de
la plupart des mutinations, dit encore :

« A la Chine, le prince a pour maxime constante
« de donner le tort à ses officiers dans toutes les al-
« tercations qui s'élèvent entre eux et le peuple. Le
« pain est-il cher dans une province, l'intendant est

« mis en prison. Se fait-il dans une autre une émeute,
« le gouverneur est cassé, et chaque mandarin ré-
« pond sur la tête de tout le mal qui arrive dans son
« département. Ce n'est pas qu'on n'examine ensuite
« l'affaire dans un procès régulier ; mais une longue
« expérience en a fait prévenir ainsi le jugement.
« L'on a rarement en cela quelque injustice à répa-
« rer, et l'empereur, persuadé que la clameur publi-
« que ne s'élève jamais sans sujet, démêle toujours,
« au travers des cris séditieux qu'il punit, de justes
« griefs qu'il redresse.

« C'est beaucoup que d'avoir fait régner l'ordre
« et la paix dans toutes les parties de la République ;
« c'est beaucoup que l'Etat soit tranquille et là loi
« respectée; mais, si l'on ne fait rien de plus, il y
« aura dans tout cela plus d'apparence que de réalité,
« et le gouvernement se fera difficilement obéir, s'il
« se borne à l'obéissance. S'il est bon de savoir em-
« ployer les hommes tels qu'ils sont, il vaut beau-
« coup mieux encore les rendre tels qu'on a besoin
« qu'ils soient : l'autorité la plus absolue est celle
« qui pénètre jusqu'à l'intérieur de l'homme, et ne
« s'exerce pas moins sur la volonté que sur les ac-
« tions. Il est certain que les peuples sont à la longue
« ce que le gouvernement les fait être ; guerriers,

13

« citoyens, hommes, quand il le veut ; populace et ca-
« naille, quand il lui plaît ; et tout prince qui mé-
« prise ses sujets se déshonore lui-même en mon-
« trant qu'il n'a pas su les rendre estimables. For-
« mez donc des hommes, si vous voulez commander
« à des hommes : si vous voulez qu'on obéisse aux
« lois, faites qu'on les aime, et que, pour faire ce
« qu'on doit, il suffise de songer qu'on doit le
« faire. »

Voilà, mon ami, la politique telle que nous l'entendons. Qui osera dire que ce soit celle que nous avons
vue pratiquée jusqu'ici? C'est pour atteindre ce but
que nous demandons des réformes sociales. Le règne
de la justice et le bonheur de l'humanité, voilà, encore
une fois, les deux pôles de notre nouveau monde.

Il me semble, mon ami Jacques, que je me suis suffisamment expliqué, et que j'aurai le droit de ne pas
répondre à qui calomnierait désormais les définitions
que je t'ai données de la politique et du socialisme.
Nous voulons tout améliorer, nous ne voulons rien
détruire.

Mirabeau disait aux réactionnaires de son temps,

en même temps qu'aux imbéciles qui voulaient faire
aller trop vite les aiguilles de l'horloge :

« Nous ne sommes point des sauvages arrivant
« nus des bords de l'Orénoque pour fonder une so-
« ciété, nous sommes une nation vieille, sans doute
« trop vieille pour notre époque. Nous avons un gou-
« vernement préexistant....., des préjugés préexis-
« tants ; il faut, autant qu'il est possible, assortir
« toutes ces choses à la Révolution, et *sauver la sou-*
« *daineté du passage.* »

Eh bien ! ces paroles franches et convaincues de
Mirabeau expriment admirablement ce que nous res-
sentons, ce que nous voulons. Ni toi, ni moi, mon
bon Jacques, ni tous ceux qui ont salué la République, nous ne sommes des sauvages ; nous avons
des choses à assortir aux besoins de l'époque, et nous
devons avoir pour effort constant de *sauver la soudai-*
neté du passage !

Une autre fois nous examinerons ensemble quelles
sont les plaies les plus urgentes à guérir : pour aujourd'hui, nous sommes d'accord, n'est-ce pas,
qu'une révolution simplement politique est du temps
perdu, et qu'il n'y a eu de fécond jusqu'ici que les

révolutions sociales. Rappelle-toi ce principe, et si tu veux en dégager les conséquences, ne te laisse pas escamoter, pauvre ami, la révolution de Février!

LETTRE ONZIÈME.

LA RELIGION DU PASSÉ ET LA RELIGION DE L'AVENIR.

—

31 mars.

Quand je t'ai signalé le mandement de M. l'archevêque de Paris, je t'ai prévenu, mon bon Jacques, que
cet avertissement ferme, élevé, véritablement chrétien,
n'empêcherait peut-être pas l'entraînement aveugle
qui conduit le clergé à sa ruine, et je t'ai dit que le
prélat métropolitain serait renié par ses confrères,
comme le Christ par saint Pierre, précisément parce
que la résignation et le renoncement aux choses d'ici-

bas sont les vertus les plus difficiles, les plus impraticables pour ceux qui jurent de les observer.

J'avais raison, et en dépit de la fureur des feuilles de sacristie qui me goupillonnaient à tour de bras, comme un damné, parce que je voulais protester au nom de la loi pure de l'Evangile, en dépit des jésuites et de leurs calomnies, mes prévisions se sont réalisées; tout ce que j'avais prédit est arrivé. Le pasteur a été maudit par ceux qu'il voulait sauver et ramener aux vrais sentiers du Calvaire.

La politique, cette infernale tentatrice, a mis le fiel et l'amertume sur des lèvres d'où ne devaient tomber que des paroles de paix et d'amour; la rage des partis, la misérable et vulgaire ambition des affaires a soulevé des cœurs que la sainte rosée du mandement de l'archevêque devait à jamais apaiser et adoucir.

A l'heure périlleuse où le clergé ne peut se sauver que par une immolation sincère de ses rancunes, de ses préjugés, de ses prétentions; à l'heure où le Christ se détache de sa croix, et où il serait besoin d'un exemple de charité chrétienne, de piété évangélique, pour le reclouer et l'enraciner dans le roc; à l'heure

enfin où le vicaire de Jésus, hier, roi détrôné et
chassé, ne doit songer aujourd'hui qu'à se faire pardonner sa restauration due à des mains violentes et
étrangères, à cette heure critique et décisive, il se
trouve des insensés, des ambitieux assez emportés
par la fougue de leurs désirs pour revendiquer haute-
ment des droits auxquels le Christ a renoncé en leur
nom, il se trouve des prêtres anarchiques pour soulever l'étendard de la discorde dans un camp qui devrait donner à tous l'exemple de la paix et de la
fraternité.

Quand l'esprit moderne, avec la pointe enflammée
du paradoxe, entame la cuirasse ébréchée du Christianisme, au lieu de songer à retremper dans l'acier
des vertus, à revêtir du diamant invincible de la
vérité, cette armure qui craque et s'en va en pièces,
un prêtre, un prélat, commet le sacrilége de chicaner
sur des incompatibilités électorales, et de réclamer
son droit d'aînesse dans le but visible et unique de
l'échanger contre le plat de lentilles de la Royauté !

Ah ! ces hommes sont fous, et nous devons être,
mon bon Jacques, chrétiens plus qu'eux et malgré eux,
pour les sauver. Si le doute eût jamais besoin d'une
arme, la voici ! Si les hommes qu'on accuse toujours

de rêver l'anarchie ont besoin de se justifier ; voilà
leur justification !

Eh bien ! non ; soyons plus grands que ces misérables vendeurs du temple ! Soyons plus qu'eux, des
apôtres du Christ; rejetons le fouet dont nous pourrions les déchirer ; jetons un voile sur cette nudité,
ou plutôt, si le scandale arrive, s'il a eu lieu, sachons
ne nous en servir que pour fortifier la défense de la
justice et de la vérité, et ne l'exploitons pas au profit
du trouble, du désordre.

M. l'évêque de Chartres a répondu au généreux
mandement de M. l'archevêque de Paris : la religion
étroite, mesquine, intrigante, intolérante, a protesté
contre la religion véritablement libérale, évangélique;
ne profitons de cette attaque insensée que pour conso-
lider celle-ci. La religion du passé n'a pas eu le bon
esprit, la pudeur de se taire ; que la religion de l'avenir trouve une occasion de triomphe dans cette
attaque inouïe, odieuse, et soyons des ouailles de
l'archevêque de Paris, contre les ouailles de l'évêque
de Chartres.

L'avenir est gros de réformes religieuses, mais il
serait imprudent de les réclamer sans un plan par-

faitement convenu et adopté. Contentons-nous donc d'en appeler aux principes chrétiens et de revendiquer les préceptes de l'Evangile contre ces ambitieux qui les oublient et les dénaturent.

On entend dire souvent que la religion est menacée par la révolution. Je le crois très-sincèrement; mais qui donc l'a fait intervenir dans le débat? Qui donc a créé ce danger? Quand les bras nus de Février plantaient des arbres de la liberté, et les faisaient bénir par des prêtres, est-ce que la religion était mise en péril? Quand, au milieu de la bataille, le Christ allait triomphant des Tuileries à St-Roch, est-ce que l'on songeait à l'insulter?

Oui, je le crois, la religion telle que la comprend M. l'évêque de Chartres, cette religion qui a poussé nos soldats sur le chemin de Rome, qui s'empare de l'enseignement et vise à la domination, cette religion gothique est menacée; mais celle de l'archevêque de Paris, la religion sublime qui ne songe qu'au sacrifice, qu'au dévouement, cette religion de préceptes divins n'est pas menacée et ne saurait l'être par la suite, que si des imprudents comme M. l'évêque de Chartres continuaient leurs réclamations maladroites, impopulaires, impies.

Tu te rappelles le langage apostolique de M. Sibour, de cet homme digne de s'asseoir sur un siège ensanglanté par un martyr. Tu as applaudi comme moi
à cette profession d'une foi nouvelle ou plutôt antique; écoute maintenant la parole froide, acerbe, impitoyable de M. Clauzel de Montals.

Il commence par déclarer qu'*il a été comblé des mar-*
ques de confiance et d'amitié qu'il a reçues de la part
de monseigneur l'archevêque de Paris, et qu'il lui doit
un attachement aussi inviolable que vrai. Sa conduite,
il le prévoit, sera considérée comme *extraordinaire,*
mais nous sommes dans un temps où on voit tant de
choses extraordinaires, qu'une de plus passera dans
le nombre.

Et après ce petit adoucissement aux scrupules de
sa conscience, M. l'évêque de Chartres revet l'armure
et entre en campagne, pret à pourfendre tous ces pleur-
nicheurs qui perdent leur temps à bander des plaies,
à rêver des adoucissements aux douleurs populaires,
pendant qu'il y a des places à conquérir, des honneurs
à réclamer, des positions à usurper.

M. l'archevêque de Paris posait un principe qui paraissait assez vraisemblable. La religion, se devant à

tous, doit se garer des exclusions de partis, des préfé-
rences politiques. Elle descend, quand elle prend un
autre drapeau que les linceuls du calvaire, et elle ne
doit considérer la terre que comme le fumier du ciel,
et non pas comme un paradis, où tous les fruits lui
sont bons à cueillir.

Cette maxime pouvait être chétienne, mais elle
n'était pas consolante, et M. l'évêque de Chartres la
répudie bel et bien. Ce qu'il faut avant tout au clergé,
ce sont les positions, les honneurs, c'est la direction
des gouvernements. Il excommunie quiconque n'est
pas prêt à prendre la route de Rheims pour le sacre
d'un nouveau roi :

« *Pendant quinze cents ans, dit-il,* la France a été
« tranquille et *florissante.* Point de ces révolutions
« destructives et cruelles qui ravagent nos belles con-
« trées depuis soixante années. »

Tu le vois, Jacques, il te faut reprendre le collier
de vasselage ! La révolution de 1789 fut une hérésie ;
les prêtres qui, dans cette fameuse nuit, immolèrent
les premiers leurs priviléges, leurs bénéfices, furent des
infidèles. La Liberté ? vain mot ! l'Egalité ? tromperie ! la Fraternité ? sottise ! Commander et rançonner,

voilà le droit des forts, c'est-à-dire de l'Eglise et des nobles ; obéir et payer, voilà l'obligation du pauvre.

Je n'exagère pas, écoute plutôt :

« Mais, dit-on, comment expliquer cette inégalité mystérieuse dont on se scandalise tant aujourd'hui, et qui s'est toujours montrée entre les riches et les pauvres ? *Pourquoi ne pas laisser du moins tomber sur les indigents quelques rayons de ce soleil qui donne à tous l'aisance et le bien-être?* DÉCLAMATION ARTIFICIEUSE ET HYPOCRITE qui, sous des paroles flatteuses, couvre des projets sinistres et détestables, propres à tout confondre, à tout perdre, que dis-je ? à multiplier les maux qui soulèvent l'orgueil contre la Providence. Depuis l'origine du monde, des hommes plus sensibles et plus éclairés que vous, qui vous parez d'une humanité simulée, ont reconnu ce désordre apparent et n'ont pu le réformer. Pourquoi ? Parce que *cela est impossible. Oui, cet état de choses est l'œuvre de la sagesse éternelle:* il faut la justifier. »

Si jamais paroles impies sortirent d'une bouche de prêtre, ce sont celles-là. Quoi ! la sollicitude paternelle de l'archevêque de Paris pour les pauvres n'était *qu'une déclamation artificieuse et hypocrite.* Quoi ! M.

Sibour *excitait les déprédations, les rapines*, ainsi que
le dit M. Clauzel, quand il écrivait ces paroles :

« En repoussant certaines calomnies répandues de
« nos jours contre l'Eglise de Dieu, accusée de s'op-
« poser à tout ce qui peut améliorer le sort des mal-
« heureux, le concile nous reconcilie avec les âmes
« grandes et généreuses qui compatissent aux mi-
« sères de leurs semblables, et il nous trace en
« même temps la ligne que nous devons tenir si nous
« voulons, comme le divin Sauveur, pour l'honneur
« de notre ministère et pour le salut des peuples,
« nous faire suivre jusque dans le désert de cette
« multitude tant de fois et si tendrement bénie par le
« fils de Dieu »

Prétendre que la sagesse éternelle a relégué les misérables sous le pied des grands comme leur litière,
et qu'on perd son temps à essayer leur rédemption de
la pauvreté, ce serait là un blasphême contre l'humanité, si ce n'était déjà un crime contre la religion !

Poursuivant l'exposition de son implacable théorie, M. l'inquisiteur de Chartres déclare qu'on se
trompe beaucoup quand on plaint les pauvres. Les
malheureux, selon lui, ce sont les riches qui ont des

passions ; le misérable que la souffrance aiguillonne, est beaucoup plus vertueux, par conséquent la conscience doit lui suffire. On ne dit pas si *la conscience du pauvre* doit donner du pain à sa femme et à ses enfants. La mendicité est toujours là pour les cas difficiles.

« *Quant au pauvre dont rien ne réprime ou n'arrête* « *les passions*, ajoute le prélat, *c'est, j'en conviens,* « *le plus malheureux des mortels, mais il n'a le droit* « *d'en accuser personne.* »

Ainsi, l'ignorance est le crime du malheureux. Ainsi les passions que l'éducation peut et doit corriger doivent lui être imputées à lui seul. Si dans son dénûment il désespère et attente à sa vie par l'abrutissement ou par le suicide, qu'il soit maudit, damné !

Cette charmante et évangélique exposition de doctrine me rappelle une préface que j'ai lue en tête d'un petit livre publié en 1514 par ordre de Léon X, et intitulé *Taxes de la Chancellerie apostolique.* Dans ce délicieux recueil où sont tarifés tous les péchés, où l'on indique le prix qu'il faut donner pour chacun d'eux, où l'on trouve par exemple qu'un simple prêtre qui en tue un autre, ne pourra recevoir l'absolution qu'après avoir payé 137 liv. 6 sols, et que le meurtre d'un évêque et d'un abbé, par un laïque, coûte moins cher, c'est-à-dire, pour le premier 131 livres 14 sols 6 deniers, et, pour le second 24 livres seulement, dans ce fameux recueil, qui fut un des premiers prétextes de la Réforme, on lit : « *Observez que ces fa* « *veurs et dispenses ne s'accordent point aux pauvres,* « PARCE QU'ILS NE SONT RIEN, *et* QU'ILS NE PEUVENT « ÊTRE CONSOLÉS. (1)

Les pauvres *ne sont rien!* Entends-tu cela, Jacques, et le Christ traînant après lui ces déshérités qu'il consolait, qu'il enseignait, qu'il nourissait, serait chassé maintenant par ces ministres infidèles qui ont tarifé autrefois le pardon du ciel, et qui se cramponnent aujourd'hui aux bénéfices de la terre !

M. Sibour, interdisant absolument la politique à ses prêtres, leur expliquait comment tous les gouvernements qui remplissent leurs devoirs doivent imposer le respect et la soumission. M. Clauzel se rit de cette théorie. Un seul gouvernement, selon lui, est bon, et

(1) Et nota diligenter quod hujusmodi gratiæ et dispensationes non conceduntur pauperibus, quia non sunt, idéo non possunt consolari... (Taxarum cancellariæ apostolicæ, Parisiis, 1545, fol. 130.)

loin de s'isoler de la politique, le clergé doit au contraire s'y jeter à corps perdu. L'archevêque de Paris
blâmait le zèle inconsidéré des soi-disant journaux
religieux, l'évêque de Chartres le loue très-fort, et déclare que, lors même que ceux-ci mêleraient à leurs
polémiques *des erreurs légères et sans venin*, on devrait
les remercier et les couronner.

O Escobar! ce sont là de tes doctrines! les Jésuites n'en professaient pas d'autres. « Faites ce que
« votre conscience vous dictera, écrivait *Antoine Cas-*
« *nédi*. Si vous croyez, par une erreur invincible,
« qu'il vous est ordonné de mentir, mentez...... et,
« probablement pourvu que vous soyez pur d'ail-
« leurs, Jésus-Christ pourra vous dire : Venez le béni
« de mon père, parce que vous avez menti et blas-
« phêmé, croyant que je vous ordonnais de blasphê-
« mer et de mentir. »

Ainsi, quand à Troyes, le journal du goupillon écrivait qu'on avait volé des manteaux au bal du ministre de l'instruction publique, et que ce vol pouvait fort
bien avoir été commis par des instituteurs vindicatifs,
l'honnête et pieuse feuille mêlait, dans l'intérêt de la
sainte cause, des erreurs à la vérité. C'est cette tou-

chante polémique que l'on veut voir continuer au profit de l'Eglise!

S'expliquant sur l'aptitude du clergé, pour les affaires publiques, M. Clauzel dit :

« Il est impossible que le clergé, qui compte au-
« jourd'hui quarante mille membres, ne renferme pas
« quelques prêtres nés avec un esprit ferme et péné-
« trant, *éminemment propre aux grandes affaires.*

« C'est la remarque du cardinal de Richelieu, dans
« son *Testament politique*, et le prince de Talleyrand
« a prononcé, peu de temps avant sa mort, dans
« l'Académie des sciences morales, un discours où
« il prouvait que les études ecclésiastiques condui-
« sent ceux qui s'y livrent aux saines notions de la
« politique et à l'intelligence des maximes d'Etat. »

Ne trouves-tu pas étrange, mon ami Jacques, que
ce soit précisément l'exemple des prêtres qui n'ont pu
travailler aux affaires politiques qu'en trahissant leur
devoir de prêtre, qu'on aille chercher? Ainsi, Richelieu, l'Eminence rouge, cet homme qui disait : « Je
« renverse tout, je fauche tout et ensuite je couvre
« tout de ma robe rouge! » Cet homme cruel et cau-

14

teleux et M. de Talleyrand, cet apostat, ce traître à son pays et à son Dieu, ce type de la corruption, de la dissimulation effrontée et implacable, voilà l'autorité de M. l'évêque de Chartres ! Voilà les parrains avec lesquels il pose sa candidature au ministère! Quel ministère ? Celui de l'abbé Fleury? Celui de l'abbé Dubois ?

M. l'archevêque de Paris recommandait aux prêtres l'amour de la patrie; M. l'évêque de Chartres dit qu'il n'y a pas de patrie, là où il y a diversité d'opinions. La patrie? elle était autrefois avec les rois à Versailles, avec les princes émigrés à Coblentz ; elle ne saurait être en France qu'avec M de Chambord. Sans s'expliquer aussi catégoriquement, M. Clauzel est au moins assez explicite pour que cette conclusion soit tirée sans effort de ses paroles.

Que te dirais-je enfin, mon bon Jacques? Tout ce mandement n'est qu'une réfutation de l'éloquente et apostolique homélie de M. Sibour. C'est la réclamation aigre et impérieuse du vieux catholicisme noble et despotique contre la religion démocratique de l'avenir. Au risque d'éveiller le scandale, au risque de compromettre les affaires de la religion qui ne peuvent s'arranger que par la douceur, l'oubli, le

renoncement ; au risque de susciter l'insulte contre le
seul homme capable en France de rendre au clergé le
prestige perdu par sa faute ; au risque d'armer le so-
phisme et de susciter les passions, l'évêque intolérant
a écrit cette épître tout à la fois doucereuse et brutale, qui est la revendication de l'esprit inquisitorial,
envahissant, exclusif, contre l'esprit tolérant, humanitaire des temps modernes.

Ce mandement, qui ose accuser M. Sibour *d'avoir
favorisé les desseins de ceux qui ne rêvent que carnage,
exterminations et malheurs,* serait au contraire l'arme la
plus terrible, donnée aux démolisseurs, si le clergé ne
se hâtait de désavouer, de condamner ce langage impie, si l'église de France ne repoussait la solidarité de
ces passions sauvages, de ces préjugés gothiques, de
cette ambition mauvaise.

« La plaie est profonde, » s'écrie le prélat de
Chartres. Oui elle est profonde ! mais c'est vous qui
l'avez faite, c'est vous qui l'envenimez, et elle ne peut
être guérie que par des mains délicates et pures, et
ces mains là ne sont pas celles qui se mêlent aux tripotages humains, au maniement des rouages plus que
suspects de la vieille politique.

« Prémunissez-vous contre les lâches terreurs, »
dit en terminant le prélat. Prémunissez-vous contre
les orgueilleuses tentations! dirons-nous au clergé.
Votre part reste belle puisque c'est celle de l'avenir
des âmes et de l'humanité. Mais hâtez-vous, hâtez-
vous de quitter la place publique, où le sol se dé-
trempe et rejaillit sur vos robes en taches de boue!
Hâtez-vous de rentrer dans ce milieu paisible où
l'homme ira toujours chercher la paix et les consola-
tions divines pour les déceptions terrestres; mais où
il n'aime pas à trouver les frivoles calculs, les mesquines préoccupations, les sottes ambitions, qui tous
les jours lui font faire fausse route à lui-même.

M. l'archevêque de Paris a déféré au prochain
concile le mandement de M. l'évêque de Chartres
son suffragant, comme irrévérencieux, comme ca-
lomnieux, comme excitant à la désobéissance. Le
concile, je l'espère, donnera raison à la cause de la
tolérance, de la liberté, de la justice, contre l'intolérance, le despotisme et la barbarie! Le pasteur véritablement chrétien verra sa morale évangélique con-
sacrée par ses Pairs! Sans cela, ce serait véritablement alors à désespérer de la religion!

Sur ce point, Jacques, tu penses comme moi, et si

tu n'aimes pas les goupillons, à plus forte raison les détestes-tu, quand ils veulent s'emmancher dans les poignées des vieux sceptres brisés.

LETTRE DOUZIÈME.

———

LES CHARLATANS ANTI-SOCIALISTES.

—

11 Avril.

Qu'est-ce que nous voulons, mon ami Jacques, nous autres républicains? Réconcilier toutes les parties de la société, mettre l'harmonie où il y a la discorde, et donner pour élément civilisateur, la Fraternité et non plus l'antagonisme, la lutte.

Que veulent les royalistes blancs ou bleus, les impérialistes, les fusionnistes? Empêcher cette récon-

ciliation de toutes les classes, qui serait la mort des
priviléges, des abus, des exploitations de l'intrigue
et de l'ambition, et à cet effet, jeter, entretenir la défiance entre les citoyens, ou bien n'opérer d'alliance
qu'à la condition d'un trafic dans lequel les uns donnent leur indépendance, leur liberté de conscience, et
les autres vendent quelques misérables avantages
matériels.

On parle de la fureur des socialistes. Les rapins de
la réaction les peignent avec des couleurs violentes et
atroces ; à en croire ces Raphaëls d'enseigne, tout
homme qui rêve les institutions démocratiques, occupe
ses loisirs à poignarder en effigie les propriétaires et
les autorités constituées, et se fait servir à chaque
repas une blanquette de petits enfants.

Mais si les royalistes avaient à se peindre eux-
mêmes, comment se représenteraient-ils ? Les bras
tendus vers le pauvre ? pansant ses plaies ? lui faisant
partager leur table ? l'aimant d'un amour fraternel, et
unissant dans une chaleureuse étreinte la main rude
et calleuse, durcie au travail et au frôlement de la
misère, à la main douce et dégénérée d'un fainéant ?

La vérité serait-elle plutôt ici que là ? Non ! Exa-

gération, mensonge dans les deux tableaux! les faits
seraient les démentis de ces peintures, et il ne me serait
pas difficile de te le prouver.

Nous avons une Constitution que les royalistes se
plaisent à appeler Constitution-Marrast, précisément
parce que M. Marrast était un des rares républicains
qui l'ont élaborée dans la commission, et qu'elle est
due surtout à la coopération de MM. Dupin, Odilon
Barrot, Tocqueville, Vivien, Dufaure, Corbon, G. de
Beaumont, etc., tous, socialistes enragés. La Constitution pose en principe l'Egalité, la Fraternité. Il ne faut
pas être bien savant pour comprendre que cela veut
dire que les priviléges de caste et d'argent sont abolis,
et qu'en les engageant à se traiter en frères, on ne re-
commande pas précisément aux enfants du même pays
de s'injurier, de se calomnier, de se combattre, de se
tuer et de se déporter réciproquement.

Vous autres, mon ami Jacques, qui n'avez pas le
bonheur d'avoir appris le fin fonds de la politique et
de la sagesse dans les boudoirs, dans les anti-
chambres, dans la bonne compagnie où l'on passe son
temps à penser le contraire de ce que l'on dit, vous
vous imaginez bêtement que le meilleur moyen de
faire de la fraternité, c'est de s'aimer, de se soutenir,

de s'aider, et que la vraie égalité consiste à mettre au
même niveau le crétin aux armoiries vermoulues, le
marchand de peaux de lapins enrichi, l'épicier retiré,
l'humble employé qui travaille, l'ouvrier qui remplit
honnêtement tous ses devoirs et l'homme de génie qui
meurt de faim.

Tu crois, ainsi que tant d'autres, que l'argent,
comme la terre, est un instrument confié à ceux qui
savent et peuvent s'en servir; et tu trouves que l'usurier, que l'avare est aussi coupable en faisant un
mauvais usage de son argent, que le maladroit qui
ne sait pas labourer ni ensemencer le sol. L'un et
l'autre profanent les dons de Dieu ; il ne te vient pas
à l'idée, pourtant, de commettre un crime pour réparer ces fautes. Tu ne te dis pas, ainsi que des
méchants voudraient le faire croire à des imbéciles,
qu'il faut prendre l'argent du mauvais riche, et les
champs du mauvais laboureur; non, mais tu veux
que les institutions amènent forcément le riche à se
départir de son égoïsme, de ses calculs; de même que
l'éducation, que l'exemple apprendra au laboureur à
mieux cultiver.

On a gouverné jusqu'ici par l'oppression ou par la
corruption ; tu veux que l'on gouverne par la justice,

par la moralité. Voilà tout ton socialisme, et pour voir arriver des choses aussi justes, aussi saintes que celles-là, on a plus besoin de faire de la propagande par la douceur, par la persévérance, par la résignation, que par la violence et les complots.

Conspirer? mais il n'y a, aujourd'hui, que les partis monarchiques qui conspirent et qui aient ce droit là. Nous autres qui croyons à l'invincible ascendant de la foi et de la vérité, nous autres qui avons, qui aurons, pour nous le suffrage universel, nous ne pourrions conspirer que contre nous. Qu'est-ce que nous irions faire dans les associations ténébreuses, dans les clubs clandestins? Y décider le pillage des riches? la mort des réactionnaires? Mais outre que ce serait un crime, ce serait la plus monstrueuse des stupidités. Quand les républicains auraient tué et pillé, que feraient-ils? pourraient-ils prouver qu'ils veulent la Liberté, l'Egalité, la Fraternité? Gardiens de la vie des nations, ils auraient pris la mort pour auxiliaire, et en seraient les premiers atteints.

Tu ris donc, avec raison, de ces maladroits réactionnaires qui courent, tête baissée, au-devant d'une révolution qui arrivera assez vite sans eux, et s'amusent à poser sur le corps de la société des cataplasmes, précisément à l'endroit où la société ne souffre pas. Tu hausses les épaules quand tu vois tous ces chinois s'user les ongles à bâtir une formidable muraille autour de leurs petits priviléges, s'imaginant les préserver, et ne voyant pas que le monstre n'a pas de griffes, mais a des ailes, et que quand on veut l'empêcher d'avancer sur le sol, on le force tout simplement à s'envoler et à franchir les murs par les airs.

Que voyons-nous faire et écrire dans le camp des réactionnaires ? Leurs écrits ? ils ne renferment que la négation des principes formulés en Février, principes qu'ils ont pourtant reconnus très-respectueusement les premiers jours. Si la révolution s'est faite aux cris de : « Vive la Réforme ! » c'est justement pour ces messieurs, parce qu'il n'y a pas besoin d'opérer des réformes et que tout est pour le mieux. C'est là de la logique ! Puis, après cette protestation entêtée, viennent les calomnies inévitables contre les républicains. Le partage des biens, la promiscuité des sexes, et par-dessus tout la guillotine ; voilà l'idéal sous lequel ils nous rangent.

Leurs actes sont la conséquence de leurs écrits : compression, délation, espionnage incessant, et par-

fois, quand la peur les talonne trop fort, quand ils
entendent remuer quelque chose, de ces concessions
apparentes et puériles qui achèvent de les faire mépriser et qui nous apportent un surcroît de force et
de raison.

Il paraît que les royalistes de ce département commencent à avoir passablement peur ; car après avoir
fait manœuvrer l'intimidation, la compression, la
délation, par les rouages ordinaires que le gouvernement de M. Louis Bonaparte met aux mains de la
réaction dans la personne de ses fonctionnaires, la
grande armée (un peu tohu-bohu) de l'ordre, en est
à ce chapitre des prétendues concessions. Il y a trève
apparente. On feint de ne plus vouloir de la lutte, et
on essaie de l'embauchage. Comme les mouches ne
se sont pas laissées prendre au vinaigre, on tente du
miel ; mais ce qui reste de vinaigre mal étanché,
corrompra le miel, et la farce offre trop de chances
d'être démasquée pour réussir.

Il y avait autrefois dans ce pays , et toi-même,
mon ami Souffrant, tu m'as raconté cela, une association formée dans le but fort honnête et fort modéré
de ruiner les journaux républicains, de préparer la
réélection des représentants royalistes, et de propager

par tout le département une sainte horreur pour la République et une disposition générale à faire, au besoin, le coup de fusil en faveur du gouvernement qui permettrait de maintenir les gros budgets et les gros emplois.

Cette société que j'eus l'indiscrétion de signaler trop tôt aux sympathies de nos concitoyens, jurait de défendre la religion, la famille et la propriété, de la même façon que chacun de ses membres en particulier défend ces trois choses.

Tu te souviens du mirifique discours de M. Casimir Périer à l'inauguration de cette ligue du salut public. Absolument comme dans une fable de Florian que ton aîné a dû apprendre à l'école (au temps où on apprenait quelque chose dans les écoles) on faisait défiler devant les yeux du public ébahi les plus séduisants tableaux de la lanterne monarchique, qui a cessé d'être une lanterne magique : — Ceci vous représente l'ordre défendant la société, s'écriait M. Périer, en montrant M. Blavoyer ! — Ceci vous représente la société venant au secours de tous ses membres, répondait M. Blavoyer, le bienfaiteur de la garde nationale de Foolz, en désignant M. Périer. Mais les assistants avaient beau ouvrir les oreilles, dilater

leurs yeux, ils ne voyaient goutte. Ces grands mon-
treurs de choses curieuses n'avaient pas de lumière
dans leur lanterne, et ils avaient beau secouer leurs
verres peints, on ne distinguait rien.

La représentation fit fiasco; pour ne pas en avoir le
démenti, l'association déclara qu'elle existait, qu'elle
fonctionnait, et comme de toutes les choses éminemment utiles de la monarchie, on n'en entendit plus
parler.

Mais voilà que 1852 approche. 1852 ! le grand
quart-d'heure de Rabelais, où tous les comptes doivent
être réglés, apurés ! MM. Blavoyer, Périer et consorts
sentirent un vent frais, qui venait de leurs arron-
dissements et faisait trembler les feuilles de bulletin sur
leurs fronts.

« Vous ne serez pas renommés, leur écrivait-on,
« vous avez voté, vous, M. le seigneur de Pont, con-
« tre le suffrage universel. On sait que vous faites des
« procès aux gens qui ne saluent pas avec assez de
« respect les bêtes de votre parc; on sait que vous
« avez été à Claremont protester de votre antipathie
« contre la République. On sait que vous faites desti-
« tuer et nommer les préfets, sous-préfets, etc., tous

« les fonctionnaires enfin, dont vous croyez avoir be-
« soin pour assurer votre réélection ; on sait tout ce-
« la et bien d'autres choses encore, si bien qu'il faut
« changer de ficelles ou renoncer à jouer de celles
« qui vous ont déjà servies. »

« Prenez garde! écrivait-on d'autre part à M. Bla-
« voyer, vous vous embourbez ! vos vignerons ne
« vous pardonneront jamais d'avoir voté l'impôt des
« boissons ; ceux qui ont gardé vos professions de
« foi savent que vous n'avez pas tenu un seul de vos
« engagements ; que vous avez voté contre l'ensei-
« gnement gratuit promis par vous, contre la dimi-
« nution des impôts, contre les établissements de
« crédit foncier, contre la souveraineté du peuple en-
« fin que vous adoriez autrefois à deux genoux et que
« vous embrassiez de vos deux bras ! On trouve que
« le bagage de vos travaux parlementaires n'est pas
« assez lourd pour peser dans la balance, en regard
« de vos engagements protestés. Vous êtes coulé. C'est
« le cri général ! »

« Pendez-vous ! écrivait-on au général Husson.
« Vous, colonel de la garde nationale de Troyes, vous
« qui trinquiez avec un si chaleureux abandon au
« banquet républicain des artilleurs de Troyes, vous

« avez eu la maladresse de participer à la confection
« de cette loi de défiance contre la garde nationale,
« contre l'artillerie ! Vous avez été trop ouvertement
« décembriste, et on sait que vous n'avez pas brûlé
« la cervelle à M. de Lasteyrie qui a traité de *coquins*
« les 10,000 *napoléonâtres* ! Vous êtes perdu, vous,
« un des vice-présidents de la société ! Général, vous
« ne serez pas renommé ! »

M. Gabriel de Vendeuvre recevait des correspondances analogues. L'effroi était au banc de nos honorables ; il y avait nécessité, urgence, de réveiller
la société endormie, peut-être bien morte, et de la
faire manœuvrer. Le moment était venu de lui demander de remplir son but ; l'ordre fut donné, les
lieutenants se mirent en œuvre, et, depuis huit jours
l'Union anti-socialiste, qu'on devrait bien plutôt appeler anti-sociale, à cause du tort qu'elle fait aux intérêts légitimes qu'elle a la prétention de défendre,
l'Union convoque le ban et l'arrière-ban de ses
soldats.

Oui, 1852 approche ; oui, la République peut
l'emporter enfin et mettre décidément à leur place,
c'est-à-dire à la porte, tous ces législateurs républicains qui ne travaillent aujourd'hui que pour le

15

compte de la monarchie; il est temps de courir aux armes, c'est-à-dire aux poches et de combattre avec ses arguments, c'est-à-dire avec l'argent.

En conséquence, les fortes têtes, les gros bonnets de l'Union anti-socialiste, s'assemblèrent ; on déclara la bonne cause en danger et les propos suivants furent à peu de chose près échangés :

« Messieurs, le péril approche ! les rouges s'agitent, « s'organisent, ils sont embrigadés ; la faiblesse du « jury de l'Aube qui ne veut pas condamner les « mauvais journaux, désarme la société ! Les feuilles « socialistes font une propagande désastreuse dans « les campagnes. On dit que le *Propagateur* va don- « ner un dividende à ses actionnaires, résultat im- « possible, idéal, auquel l'*Aube* n'a jamais pu parve- « nir ! C'en est fait de nous, si nous n'agissons « promptement et énergiquement. Les avis sont ou- « verts ! »

Je ne te dirai pas, mon bon Jacques, tous les pro- jets hasardeux qui furent mis en avant; mais quand on fut bien convaincu que les préfets et sous-préfets étaient au bout de leur rouleau; qu'on avait persé- cuté, destitué tout ce qu'on pouvait raisonnablement

ruiner en fait d'instituteurs, de petits employés, de
délégués cantonaux, etc., etc. Quand on eût acquis la
preuve qu'on ne pouvait ni faire arrêter, ni faire déporter ces odieux républicains, on arriva à l'idée d'aller tout bonnement proposer de l'argent aux sociétés
de secours mutuels. De cette façon, en spéculant sur
les bons sentiments du peuple, on attirait à soi par la
reconnaissance les prolétaires dont on ne pouvait se
passer.

L'idée, pour partir de l'Union anti-socialiste, n'é-
tait pourtant pas dépourvue d'agrément; on objecta
bien que c'était faire du socialisme. Oui, mais quel
bon socialisme! un socialisme honnête et modéré,
un socialisme qui ressemblait si parfaitement à l'au-
mône qu'on pouvait fort bien lui donner ce dernier
nom !

Quelqu'un fit sans doute la remarque que cet argent, offert précisément au printemps, semblait légèrement ironique. Passe encore, s'il était venu au mois
de décembre, quand on avait besoin de feu, de bois;
mais bah ! les prolétaires iront acheter des bouquets
de violettes, et ceux qui ne sont pas morts de misère
auront la part meilleure.

Les présidents des diverses sociétés furent convoqués ; quelques-uns se sont déjà rendus à l'invitation ; on leur tint quelque chose approchant ce langage :

« Eh bon jour, Messieurs ! que vous êtes jolis, que vous nous semblez beaux ! Sans mentir, si vos bulletins ressemblent à vos physionomies, vous êtes de bien braves gens ! Nous venons donc vous donner un excellent conseil. Voici une crise horrible qui se prépare. La Constitution est si vicieuse, qu'il est impossible que nous vous fassions travailler pendant l'année. Tout nous porte donc à croire que vous mourrez de faim ! ce serait bien fâcheux ; car vous avez quelque peu de famille à nourrir. Rendez-nous donc le service d'accepter de l'argent. Prenez ! Ne vous gênez pas; entre amis ! »

Quelques sociétés, les menuisiers, les tailleurs, par exemple ont déjà refusé. Les bonnetiers ont accepté (1), et après réflexion, j'ai fini par trouver qu'ils avaient été plus fins que messieurs les anti-socialistes. Acceptons l'argent, ont-ils pu se dire, cela ne nous engage pas à accepter les hommes, et comme les écus

---

(1) Depuis, revenant sur une première décision, les bonnetiers ont définitivement rejeté l'argent de l'association.

sont les armes de la réaction, ma foi, désarmons les réactionnaires.

Si ce calcul a été fait, bien qu'il n'équivale pas à un renoncement héroïque, il a du bon.

Je ne te dirai pas Jacques, ce qui serait arrivé si les sociétés de secours s'étaient permis de recevoir de l'argent de la *Solidarité républicaine* qui n'était pas plus société politique que la *Solidarité royaliste.* Je ne te dirai pas qu'on eut profité de cette réception d'argent pour conclure à l'embauchage ; et comme cet embauchage eût été fait au profit des idées républicaines, il se serait trouvé tout naturellement des préfets de M. Louis Bonaparte pour le trouver mauvais et dangereux.

Je n'ai pas besoin de te prévenir non plus de ce qui arrivera plus tard : « Vous êtes des ingrats, dira-t-on, à ceux qui auront reçu et qui voteront mal. Nous avons fait de la libéralité, de la fraternité avec vous, et vous ne votez pas pour nous ! »

Quant aux dédaigneux qui ont préféré leur liberté de conscience aux billets de banque des royalistes, on leur dira : « Vous voulez la guerre et nous vous portions

la paix ! Vous avez repoussé les arrhes. Eh bien !
que tout soit rompu : la guerre ! »

Ainsi, corruption ou violence, voilà l'alternative po-
sée indirectement par l'*Union anti-socialiste*. Quand
donc, encore une fois, comprendra-t-on que le seul
moyen de sauver la société, est de pacifier les esprits
et qu'on ne peut parvenir à cette pacification qu'en
les éclairant, qu'en les aimant sans condition, et en ne
songeant pas seulement au peuple la veille des élections ?

Cette dernière velléité de l'*Union anti-socialiste*
échouera comme ont échoué ses premiers efforts. Le
mouvement républicain de 1852 se fera en dépit de
tous et malgré tous. Les améliorations tant de fois
promises, et tant de fois ajournées, se présenteront
plus pressantes que jamais, et alors tu verras, mon
ami Jacques, ce que tu as vu en 1848, des ambitieux
remonter sur les tréteaux, se barbouiller encore une
fois les lèvres de miel, et renouveler au profit du socialisme les promesses mensongères et artificieuses
qui ont été faites en 1848 au profit de la République.

En attendant cette seconde parade, mon ami Souffrant, poursuis laborieusement ton chemin, opposant

plus de pitié que de colère à ces fous qui veulent te
corrompre, ne pouvant plus t'asservir. Sois bon, sois
humain, sois juste. Ils sont plus aveugles que méchants. Il y a des préjugés incrustés dans la peau de
certaines gens ; laisse les faire d'eux-mêmes peau
neuve : tu ne gagnerais rien à les écorcher vifs. Si les
intrigues royalistes, si les tentatives contre la Constitution suspendent le commerce, ferment les usines,
souffre et fais crédit à la République des trois mois
ou des six mois d'épreuve que tes frères de Paris
avaient déjà mis à son service après la révolution de
Février.

La justice, la loi, le fait, l'avenir, sont pour toi,
sont pour nous ; ne compromettons pas de si purs
alliés par de folles tentatives. Laisse agir les gens
qui s'imaginent que tu ne peux parler bas à un ami
sans conspirer avec lui, et qui croient que je me
rends à un congrès socialiste toutes les fois que je
vais dîner à la campagne ou voir mon enfant en
nourrice !

On t'espionne, on te cajole, on te calomnie ! Reste
insensible et conserve jusqu'à la fin le droit de maudire et de faire juger, comme un criminel, le premier
qui oserait élever en l'air le canon d'un fusil ou remuer

un pavé pour une barricade. La violence ne peut pas venir de toi qui as raison. Elle viendra de nos ennemis ; tant mieux : ils achèveront plus complétement ainsi leur défaite dans le présent et dans l'avenir.

Un dernier mot que tu pourras confier à tes camarades des sociétés de secours mutuels : dans une petite ville d'un département voisin , l'Yonne , je crois. Il y avait une société Dix-Décembriste, Anti-Socialiste, etc... Elle faisait la pluie et le beau temps à la sous-préfecture et ailleurs; elle crut de son honneur de lutter contre un simple ouvrier typographe, qui haussait les épaules et disait parfois sa pensée quand il voyait passer les sauveurs de la Société. L'association prit ombrage de ce brave enfant du peuple qui avait du sens commun ; elle alla signifier à son patron, que si on ne le renvoyait pas du pays immédiatement, avant huit jours, l'association fondait une imprimerie et ruinait celle qui existait et commettait le crime de nourrir un père de famille entaché de républicanisme. L'imprimeur céda; il eut peur d'être ruiné, et par précaution, jeta sur le pavé l'ouvrier dont s'éffarouchait la puissante association !

Demande à tes amis ce que devront répondre, dans ce pays-là, les sociétés de secours mutuels, si

jamais la Sainte-Ligue leur offre de l'argent, et demande - toi (bien qu'ici l'Union anti-socialiste soit
beaucoup plus polie, beaucoup plus modérée), s'il
n'est pas de la dignité des ouvriers de ce département, de leur devoir, de repousser ces présents per-
fides qu'on leur opposerait un jour pour les taxer
d'ingratitude, ou pour exiger d'eux des services qu'il
ne peuvent promettre pour de l'argent!

Adieu! j'en ai assez dit pour être compris de toi,
et pour être injurié par les royalistes : mon but est
rempli.

LETTRE TREIZIÈME.

─────

LES PAYSANS.

─

18 avril.

Comment as-tu trouvé le grand marché du Jeudi-Saint, mon ami Jacques? Ta femme a-t-elle fait provision de lard? On dit que le jambon n'était pas cher, et que c'était vraiment à n'avoir qu'à le faire peser. Tant mieux! diras-tu. Eh oui ! tant mieux, si la société était organisée comme le veut la République· Tant mieux, si cette diminution sur le prix des aliments ne coïncidait pas avec un symptôme alarmant

pour les campagnes. Tu dis tant mieux, parce que le
jour de Pâques tu verras arriver pour ton déjeûner le
bienheureux jambon, escorté d'une bouteille de Villery. Toi, qui jeûnes plus souvent que l'Eglise ne l'exige,
et qui fais ton Jubilé toute l'année, tu te dédommages
deux ou trois fois en douze mois, et le jour de Pâques
est un de ces jours de compensation. Bon appétit!
Mais, pendant que tu boiras joyeusement à la belle
récolte qui s'annonce, au pain à bon marché, ton
ami Simplet, le laboureur, viendra s'asseoir triste-
ment à sa table, et se dira que si le beau temps continue, que si les moissons restent belles, que si la récolte est abondante, c'est fini : il est ruiné !

Quoi ! diras-tu, il est possible que l'abondance
des biens de la terre soit un mal! Quoi! les sourires
du bon Dieu peuvent faire couler des larmes, et on le
maudira dans les campagnes pour ses largesses et ses
bienfaits! Hélas oui! mon pauvre Souffrant. Notre
organisation sociale est telle, l'agriculture a si peu
de sources de crédit, elle paie si cher l'argent dont
elle a besoin, il y a une si grande disproportion entre
la valeur convenue du sol et les produits, que le laboureur est ruiné par plusieurs années d'abondance,
et que j'ai entendu dire à des marchands de blé ve-

nus au grand marché de Jeudi, qu'une bonne famine
pouvait seule les sauver.

Entends-tu, Jacques ? La famine est leur salut !
Est-ce donc dans les desseins de la Providence ? Une
société que l'abondance embarrasse, tandis qu'il y a
tant d'affreuses misères, est-elle une société bien organisée ? Dira-t-on qu'il n'y a rien à faire en faveur
des agriculteurs que le moindre encombrement peut
ruiner ?

Diras-tu qu'il est juste, qu'il est humain, qu'il est
religieux, qu'il est d'une bonne morale de blasphémer
contre les richesses de la nature ? Faut-il laisser le
laboureur dans cet état précaire, spéculant sur la détresse, et souhaitant la faim du pauvre pour lui vendre plus cher son morceau de pain ?

Toutes les fois qu'une industrie souffre, on va répétant que c'est la faute de la République. Il faudrait
s'entendre, et je ne crois pas que la République soit
pour quelque chose dans ces faveurs du soleil, dans
ces richesses de la nature. Si le laboureur vend son
blé moins cher, ce n'est pas la faute de la République.
Elle n'a pas supprimé les estomacs ni l'appétit. Pourtant tu entendras tous les jours dans les campagnes,

la réaction exploiter contre la révolution des souffrances et des misères, que la révolution bien comprise et mieux appliquée aurait pour but au contraire
d'apaiser.

La révolution, la grande, la première, celle de 1789,
celle que nous continuons, a été la grande bienfaitrice
des laboureurs ; c'est elle qui les a affranchis de la
dîme, du servage ; c'est elle qui en a fait pour la première fois des hommes, des citoyens, et on ne saurait
admettre qu'un principe bienfaisant à son début,
puisse devenir funeste et fatal dans ses conséquences.

Veux-tu savoir quelle était la situation des travailleurs des campagnes sous le bon temps de la monarchie ? Je consulte des documents authentiques. C'est
dans un travail soumis à l'Académie des sciences morales et politiques par M. Moreau de Jonnès que je
prends mes renseignements. Tu ne lis pas ces choses-
là, toi, mon ami Jacques ; et les gens qui les lisent se
garderaient bien de les propager. La vérité n'est pas
bonne à dire pour certaines personnes, et celles, par
exemple, qui te chantent les délices de la monarchie,
seraient mal avisées d'en révéler les atroces misères.

Sous Louis XIV, le paysan gagnait sept sous pour

sa journée de travail et sa femme, trois. Ces dix sous
équivalaient à 83 c. qui faisaient 166 fr, pour deux
cents jours de labeur et pour le revenu annuel d'une
famille de cultivateurs ; et encore, le philosophe anglais, John Locke, qui faisait ces observations en
1677, avait-il le soin de remarquer, que ces salaires
étaient ceux des campagnes les plus florissantes, et
qu'il était bien loin d'en être de même en Saintonge.

Madame de Maintenon, la femme secrète du grand
roi, écrivait au mois de mai 1716, dans la plus belle
saison de l'année, que dans le Bourbonnais, sur une
étendue de quatre cents lieues carrées, au centre de
la France, on comptait dix-sept cents domaines ou mé-
tairies abandonnés. Les pauvres gens n'avaient pu
payer les effroyables impôts qui pesaient sur eux, et
on avait saisi, de par le roi, les bestiaux qui faisaient
la ressource du pays. Si bien que les champs n'étant
ni labourés, ni fumés, ni ensemencés, la viande aug-
mentait et qu'on mourait de faim.

En 1739, un ministre d'Etat, le marquis d'Argen-
son, peignait la détresse des campagnes de France
dans les termes suivants :

« La misère est parvenue à un degré inouï ; au mo-

« ment où j'écris, au mois de février, en pleine paix,
« avec les apparences d'une récolte, sinon abondante,
« du moins passable, les hommes meurent autour de
« nous comme des mouches, et sont réduits par la
« pauvreté à brouter l'herbe. Les provinces du Maine,
« Angoumois, Touraine, Haut-Poitou, Périgord, Or-
« léanais, Berry, sont les plus maltraitées; cela gagne
« les environs de Versailles. Aucune voix ne se lève
« plus entre le trône et le peuple ; le royaume est
« traité en pays ennemi, frappé de contributions de
« guerre. On ne songe qu'à faire acquitter l'impôt de
« l'année courante, sans penser, si l'habitant pourra
« payer encore l'année suivante. Le duc d'Orléans
« porta dernièrement au conseil un morceau de pain
« de *fougère*. A l'ouverture de la séance, il le porta
« sur la table du roi, en disant : Sire, voilà de quoi
« vos sujets se nourrissent ! »

Sous Louis XIV, mon bon Jacques, à cette époque
tant vantée, où les arts, le luxe florissaient partout, où
le génie s'épanouissait glorieusement, à cette époque où
toute la vie sociale se résumait dans un homme, le
roi, sais-tu, mon ami Souffrant, combien le peuple
des campagnes mangeait de pain dans l'année?
Ecoute : Voici des chiffres incontestables ; je t'ai dit
plus haut à quelle source sérieuse je les empruntais.

Sous Louis XIV, pendant soixante-douze ans, le prix moyen du blé fut de 18 fr. 83 c. soit 254 fr. pour treize hectolitres et demi, nécessaires à chaque famille pour vivre. Or, les salaires s'élevaient pour l'année à 135 fr., d'où il faut conclure par un déficit de 119 fr. Les paysans manquaient donc, sous ce glorieux règne, de pain la moitié du temps.

Sous Louis XV, le peuple ne manquait plus de pain que pendant un jour sur trois, et sous Louis XVI, la vieille société ayant donné tout ce qu'elle pouvait donner d'améliorations et de progrès, les paysans ne mouraient plus de faim que pendant un quart de l'année.

« De 1645 à 1715, le blé, dit M. Moreau de Jon-
« nès, pour être accessible aux paysans, aurait dû
« n'être payé que 10 fr. l'hectolitre et il en valait
« 18 fr. 85 centimes.

« De 1715 à 1774, son prix moyen fut de 13 fr. et
« les cultivateurs en y mettant tout leur salaire ne
« pouvaient l'acheter que 9 fr. 35 c.

« Enfin, de 1774 à 1790, il valut, terme moyen,
« 16 fr. et il aurait fallu qu'il ne montât qu'à 12 fr.

« pour servir à la consommation de la population des
« champs.

« Il était donc constamment hors·de prix et trop
« cher du double, du tiers ou du quart. »

Mais, diras-tu, Souffrant, vous parlez du blé, comme si le paysan tenait à manger du pain bien blanc.
Non, je reconnais avec toi qu'il se repaît d'orge et de
seigle ; mais alors, il lui en faut davantage, et d'ailleurs, nous n'avons mentionné absolument que le pain
pour toute nourriture. Or, quelque misérable que
soit l'existence, elle exige encore quelque autre chose,
et la différence du blé au seigle, ne suffisait pas à
payer la chaumière, les haillons, les impôts et en fin de
compte le lit de planches où l'on allait mourir.

Voilà, d'après des statistiques officielles, l'état des
campagnes sous la monarchie. Grâce aux corvées
gratuites, aux redevances, aux dîmes, aux impôts, le
paysan agonisait, quand l'heure de la réparation son-
na, quand la révolution de 1789 vint l'affranchir.
En 1813, sous l'empire, quand les heureux effets
produits par la révolution dans la condition des laboureurs se faisaient sentir, le salaire annuel pour
chaque famille était de 400 fr., la valeur des treize

hectolitres, de 283 fr., il restait donc en bénéfice 117 fr.

Aujourd'hui, le salaire est de 500 fr., le prix moyen de treize hectolitres, 256 fr.; il reste 244 fr.

Ne trouves-tu pas ce changement immense, merveilleux ? Il est dû tout entier à la révolution qu'on voudrait faire renier par les campagnes. Aujourd'hui, le paysan gagne deux fois et demi de plus que sous Louis XIV, trois fois de plus que sous Louis XV, deux fois de plus que sous Louis XVI et 25 pour 0/0 de plus que sous l'empire. Les laboureurs, les jardiniers, les vignerons, recevant en dédommagement de leurs travaux, deux milliards 300 millions de plus qu'il y a soixante ans, chacune de leurs pièces de 20 sols d'autrefois vaut aujourd'hui plus de 4 fr.

Est-il possible, après ce que je viens de te dire, Jacques, qu'un paysan doué de bon sens, puisse attaquer, calomnier la République, quand on lui prouve que la révolution dont la République n'est que la conséquence a amélioré si merveilleusement sa situation.

Sans doute, mon bon Jacques, il y a encore des

douleurs terribles pour l'homme des campagnes ; il a toujours des plaies qui le rongent, l'usure, par exemple : Sans doute, il faudrait que l'argent lui fût moins cher et ne fût pas en disproportion choquante avec les produits du sol; sans doute, un cultivateur qui emprunte de l'argent à 5 pour 0[0 et qui ne produit que 1 et demi, sera toujours ruiné par le taux soi-disant légal de l'emprunt ; mais en vérité, la République est-elle cause de toutes ces douleurs, de ces malaises ? Ne demande-t-elle pas au contraire, tous les jours, à toutes les heures, qu'on étudie ce problème, qu'on remédie à ce mal ?

Réponds donc à ton ami Simplet, mon bon Jacques, quand tu l'entendras pleurer sur les récoltes qui encombrent ses greniers, et soupirer tout bas après une disette, réponds à ce mauvais chrétien qui calomnie Dieu : — « Il ne faut pas maudire les prospérités de « la terre. Dieu fait bien tous ses présents; les institu-« tions humaines seules sont vicieuses, seules elles « doivent être réformées. Adressez-vous donc à ceux « qui demandent, qui sollicitent, qui proposent ces « réformes, et ne vous en prenez qu'à vous, si en « maintenant aux affaires les égoïstes, vous prolon-« gez ce malaise, cette crise. La révolution de 1789 « vous a affranchis, la révolution de 1848 doit conti-

« nuer et achever l'œuvre. Maintenez ses conquêtes,
« défendez son esprit et ne souffrez pas que cette es-
« pérance vous soit escamotée. »

Voilà ce qu'il te faudrait répondre, Jacques, à ceux
qui seraient tentés de blasphémer contre le Ciel et
contre la Liberté, et qui ouvriraient une oreille trop
complaisante aux propos de la réaction. Il y a des
gens qui osent dire au peuple qu'il n'y a rien à faire.
Ecoute le tableau terrible que M. Blanqui, l'économiste, vient de présenter à l'Académie dont je t'en-
trenais plus haut.

« On ne saurait croire, à moins de l'avoir vu com-
« me nous-même, de quels chétifs éléments se com-
« posent le vêtement, l'ameublement et la nourriture
« des habitants des campagnes. Il y a des cantons
« entiers où certains vêtements se transmettent de
« père en fils, où les ustensiles du ménage se rédui-
« sent à quelques misérables cuillers de bois, et les
« meubles à une banquette ou à une table mal assise.
« On compte encore par centaines de mille les hom-
« mes qui n'ont jamais connu les draps de lit : d'au-
« tres qui n'ont jamais porté de souliers, et par mil-
« lions, ceux qui ne boivent que de l'eau, qui ne

« mangent jamais ou presque jamais de viande, ni
« même de pain blanc. »

Pense à cet aveu d'un économiste de la monarchie,
mon ami Jacques, en mangeant ton jambon de
Pâques, et dis-toi que tout n'est pas encore pour le
mieux, et que l'exemple du passé prouve qu'on gagne
plutôt à aller en avant, qu'à reculer ou à s'arrêter,
pour obtenir les améliorations nécessaires, indispensables.

Prie ce bon Dieu, que tu iras visiter à la cathédrale,
d'amollir les cœurs indifférents, d'éclairer les esprits
rebelles, afin que l'on s'entende enfin sur le bien à
faire, et qu'on ne voie plus des créatures maudire les
richesses de la création, et souhaiter tout bas ou tout
haut, pour se sauver de la ruine, la détresse, la famine,
la mort de leurs frères.

Adieu, mon ami. Passe joyeusement ton jour de
Pâques : invite ton cousin Simplet, le laboureur, à venir trinquer avec toi, et lis-lui cette lettre pour le con-
soler un peu, et lui faire prendre patience. 1852 approche !

LETTRE QUATORZIÈME.

L'ANTAGONISME SOCIAL.

--

PREMIÈRE PARTIE.

Ce que je veux te prouver dans ces lettres, mon ami Jacques, c'est que la République est la seule garantie, le seul rempart de la société. Hors de la souveraineté populaire il n'y a plus qu'usurpation et, par conséquent, droit à la revendication; dès lors tumulte, conflit, révolution.

On dit de nous que nous sommes des démolisseurs de la société. Le fonctionnaire dont je dévoile l'impéritie, l'ambitieux dont je démasque les calculs, le journaliste dont je constate la palinodie, ne pourraient me répondre s'ils ne m'accusaient de conspiration anti-sociale. Ces messieurs n'osent pas invoquer l'inviolabilité de leurs chétives personnes, ils trouvent plus prudent de se couvrir de grands mots et d'étaler sur leur front ce drapeau sacré qui nous appartient plus qu'à d'autres, et sur lequel on lit : ordre, religion, famille, propriété.

Oui, j'en atteste ta conscience, qui te dit que je ne fais appel qu'à la raison, qu'à la justice ; oui, seuls, nous voulons la propriété inviolable, parce que seuls nous la voulons établie sur le droit, sur le travail; seuls nous honorons véritablement la religion, parce que seuls en cherchant à tirer l'homme de son ignorance, de sa misère, de sa dégradation, nous le rendons aux libres épanchements de sa raison, aux sublimes contemplations de la nature, de la vérité, à Dieu enfin ! Seuls, nous avons le respect de la famille, car seuls nous la voulons à l'abri des corruptions qu'engendre la vie factice et mensongère du monde; seuls, nous l'établissons sur l'amour et sur l'estime de soi-même, tandis que la vieille société la compose avec l'intérêt et l'orgueil, et lui donne pour

aliment les appétits grossiers de l'argent et les dérè-
glements de la vie sensuelle.

Où sont donc les ruines que nous avons faites, tandis qu'il est impossible de trouver sur la terre une
place qui ne soit encombrée par les débris de la vieille
société ? La liberté sèrait-elle, par hasard, plus mortelle aux peuples que le despotisme ? L'égalité cho-
que-t-elle plus la raison que l'injustice ? La fraternité
est-elle plus odieuse que la haine ?

Va ! va ! laisse-les dire, mon bon Jacques, ces défenseurs imbéciles d'un vieux système qui croule
sous eux ! Laisse-les nous calomnier ! Rien ne prévaut
contre la vérité ; et quand ces hommes, plus ignorants
que méchants, qu'il faut plaindre bien plutôt que haïr,
auront vu et acquis la preuve qu'en dehors de la République et des améliorations qu'elle réclame, il n'est
rien que confusion et désordre, alors l'intérêt qui les
tient éloignés les ramènera à nous ; ils nous deman-
deront de les sauver d'eux-mêmes et des effets de
leur résistance insensée, avec autant d'ardeur qu'ils
en mettent à nous accuser aujourd'hui de vouloir les
perdre !

J'ai parlé dans une de mes dernières lettres avec la

franchise que je t'ai promise et dont tu me sais gré, des priviléges d'argent, et à ce mot qui résume toute la sensibilité de nos adversaires, les clameurs se sont élevées et on a crié sur tous les tons qu'apparemment nous demandions la spoliation des riches, le vol.

Merveilleuse réponse ! Quand les hommes du Tiers-Etat réunis au Jeu de Paume juraient solennellement d'accomplir la révolution malgré les chicanes d'étiquette soulevées par la noblesse et le clergé; quand Siéyès invoquait le droit national; quand Mirabeau proclamait la volonté du peuple en face de la volonté royale; est-ce que ces révolutionnaires qui attaquaient ainsi la vieille organisation féodale en voulaient aux châteaux et aux nobles personnellement? De ce que je crois qu'un usurier n'est pas plus respectable qu'un grand seigneur immoral, de ce que je ne pense pas qu'un sac d'écus vaille une conscience honnête, est-ce que je te conseille d'aller au coin d'une rue demander la bourse ou la vie? Est-ce que je t'excite à une révolution pour te faire espérer deux heures de pillage? Stupide et atroce calomnie qui ne dégrade que ceux qui l'emploient! Tous ces bourgeois enrichis, ces parvenus de la boutique ou de la banque, te reprochant tes réclamations, outragent en ta personne, mon pauvre Jacques, leur aïeul qui a peut-être tourné la manivelle et filé le coton comme toi!

Il y a beaucoup de gens qui ne sont plus avec nous parce que nous sommes logiques, et qui cependant ont crié de tous leurs poumons après la réforme électorale! Quand MM. Odilon Barrot, Léon Faucher, Léon de Malleville, etc., organisaient des banquets pour réclamer l'adjonction des capacités, que faisaient-ils donc, sinon une protestation contre les priviléges de l'argent? Est-ce qu'on les accusait de conseiller le vol? Eh bien! nous demandons les conséquences des principes posés par ces révolutionnaires inconséquents; nous demandons que partout et toujours la capacité ne soit pas réglée par les écus; nous voulons que l'argent soit la condition du bien être matériel, mais ne tienne pas lieu d'intelligence, de dévouement, de probité. Nous voulons que les écus soient des instruments, mais ne soient pas le but de l'humanité. Est-ce donc bien immoral? bien subversif?

Dans la société, telle qu'elle est organisée, telle que nous la voyons maintenant, peut-on dire qu'il y ait harmonie, fusion, accord? Les républicains, les démocrates ont-ils le moindre effort à manifester pour achever la décomposition de ce cadavre qui s'en va de toutes parts. Est-ce à eux qu'on doit ces misères effroyables, ces oppressions insolentes, ces inégalités sacriléges qui offensent Dieu?

Un homme que je t'ai déjà cité et qu'on n'accusera pas de démagogie, le chevalier de la légitimité, M. de Châteaubriand a dit :

« Une société où des individus ont deux millions
« de revenus, tandis que d'autres sont réduits à rem-
« plir leurs bouges de monceaux de pourriture pour
« y ramasser des vers, vers qui, vendus aux pêcheurs,
« sont le seul moyen d'existence de ces familles, elles-
« mêmes autochthones du fumier; une telle société
« peut-elle demeurer stationnaire sur de tels fonde-
« ments, au milieu du progrès des idées ?

« La société, telle qu'elle est aujourd'hui, n'exis-
« tera pas. A mesure que l'instruction descend dans
« les classes inférieures, celles-ci découvrent la plaie
« secrète qui ronge l'ordre social depuis le commen-
« cement du monde; plaie qui est la cause de tous
« les malaises, de toutes les agitations populaires.
« La trop grande inégalité des conditions et des for-
« tunes a pu se supporter tant qu'elle a été cachée
« d'un côté par l'ignorance, de l'autre par l'organi-

« sation factice de la cité ; mais aussitôt que cette
« inégalité est généralement aperçue, le coup mortel
« est porté. »

Sont-ce les républicains, avec leurs prédications,
avec leur propagande qui ont ainsi placé sous la société
un foyer incandescent de douleurs atroces, de plaintes,
de reproches, de réclamations, et par conséquent de
révolutions ! Un observateur impartial, un homme
du grand siècle de Louis XIV, Labruyère, écrivait à
une époque où l'on ne songeait guères à la République, ni aux réformes sociales :

« On voit certains animaux farouches, des mâles et
« des femelles, répandus dans la campagne, noirs,
« livides, nus, et tous brûlés du soleil, attachés à
« la terre qu'ils fouillent et remuent avec une opi-
« niâtreté invincible. Ils ont comme une voix articu-
« lée, et quand ils se lèvent sur leurs pieds, ils mon-
« trent une face humaine, et en effet ils sont des
« hommes ; ils se retirent la nuit dans des tanières
« où ils vivent de pain noir, d'eau et de racines. Ils
« épargnent aux autres hommes la peine de semer,
« de labourer et de recueillir pour vivre, et méritent
« ainsi de ne pas manquer de ce pain qu'ils ont
« semé. »

Ce tableau, mon bon Jacques, ne serait-il plus res-
semblant aujourd'hui? serait-il exagéré? Toi qui entends la nuit, à travers les cloisons de ta mansarde, les
lamentations de tes voisins; toi qui vois tous les jours
passer la civière qui porte tes camarades à l'hôpital;
toi qui sais qu'une partie des gens de ton quartier
couchent leurs enfants dans des boîtes, sur de la
paille, ou plutôt sur du fumier, tu n'oserais pas me
démentir.

On a organisé partout des commissions pour les lo-
gements insalubres; ces commissions, avec une ponc-
tualité qui les honore, ont fonctionné à Troyes
comme à Paris; elles ont déposé le résultat de leurs
visites. Mais après? Qu'en résultera-t-il? Parce qu'on
aura assaini quelques maisons, aura-t-on porté la
consolation et l'espérance dans ces régions véritablement infernales où grouillent la misère et les vices,
et qui sont comme le chancre mortel de la société?

En 1834, le conseil de salubrité de Paris disait:

« On voit agglomérés dans des espèces de cages de
« malheureux chiffonniers au crochet qui n'ont pour
« lit qu'une couche de paille sale, pour eux et pour
« leurs enfants; encore est-elle placée au milieu de

« quelques chiffons triés d'où émane une odeur re-
« poussante..... De ces sortes de chenils, que l'on
« décore du nom d'hôtel garni, impossible de les
« faire sortir : ils y vivent le jour, ne le quittent que la
« nuit, et la police seule ose y pénétrer pour y exer-
« cer une surveillance souvent et trop souvent in-
« fuctueuse. »

Voici ce que M. le docteur Gosselet, médecin des
hôpitaux de Lille, écrivait sur la mortalité des enfants
dans les mauvais quartiers de cette ville :

« Il meurt, avant la cinquième année, un enfant
« sur trois naissances dans la rue Royale (le beau
« quartier); 7 sur 10 dans les rues réunies, et, dans
« la rue des Etaques, considérée seule, c'est, *sur* 48
« *naissances, 36 décès avant 3 ans que nous trouvons !*
« A ce fléau, il faut une barrière; il faut qu'en
« France on ne puisse pas dire un jour, comme à
« Manchester, que sur 21,000 enfants il en est mort
« 20,700 avant l'âge de 5 ans ! En attendant, nous
« ne cesserons de répéter : là, à deux pas de vous,
« dans la demeure de l'ouvrier, *sur* 25 *enfants, un*
« *seul peut atteindre la cinquième année!* »

Sommes-nous donc des insensés, des criminels,

d'en appeler au nom de toutes ces victimes à l'égoïsme, à l'indifférence, à l'aristocratie des écus! M.
Louis-Napoléon Bonaparte dans ses bons jours, c'est-
à-dire quand il était prisonnier à Ham, écrivait :

« La classe ouvrière est comme un peuple d'Ilotes
« au milieu d'un peuple de Sybarites..... La pauvreté
« ne sera plus séditieuse lorsque l'opulence ne sera
« plus oppressive. » (*Extinction du Paupérisme.*)

Dira-t-on que M. le président de la République en
constatant ces misères excitait les pauvres contre les
riches? Dira-t-on qu'en le citant nous évoquons les
mauvaises passions?

Non, toutes les fois que notre regard descend et
plonge au fond des entrailles de la société, il en remonte avec plus de larmes que de colère, et s'il s'a-
dresse énergiquement aux riches pour solliciter d'eux
de la commisération et de la justice, il les plaint surtout de leur aveuglement, et en recommandant aux
pauvres la patience et le travail, il invoque Dieu le
père de tous ces hommes si étrangement, si affreuse-
ment divisés !

Je viens, mon bon Jacques, de te montrer encore

une fois la plaie saignante que porte au flanc le vieux
monde. Ce n'est pas pour en tirer le texte de lamentations : c'est pour prouver qu'il y a une cause
effroyable de haine, de colère, au fond de la société ;
c'est pour prouver que ce ne sont pas les républicains
qui arment les classes pauvres contre les classes riches, mais que cet armement existe tout naturellement, et que nous venons au contraire nous jeter dans
la mêlée et dire à ceux-ci : soyez patients! à ceux-
là : soyez humains !

La féodalité était le couvercle de plomb qui pesait
sur ces iniquités, sur ces tourmentes intestines, sur
ces grouillements des bas fonds. Le sceau a été brisé
en 1789, et quelques hommes qui représentaient l'ancien privilége nobiliaire ont compris alors que ce
n'était pas assez pour la rédemption d'une partie de
l'humanité que cette révolution. L'évêque de Nîmes,
dans la fameuse séance où les nobles et le clergé ont
jeté au vent de l'avenir leurs prérogatives, leurs avantages aristocratiques, demandait que non-seulement
on ne fît plus peser sur le pauvre le joug saignant du
vieux droit féodal, mais encore qu'on l'exemptât d'impôts, et que ceux qui ont fussent seuls appelés à
payer.

17

La motion était trop hardie ; on la rejeta. Une partie de la révolution s'accomplit. Une aristocratie bourgeoise, insolente, badigeonnant ses écussons dans l'arrière boutique, se substitua à l'aristocratie historique. L'argent remplaça la noblesse : le peuple continua d'être écrasé. On ne le battit plus de verges, mais on l'expropria ; on lui fit suer l'impôt et l'intérêt de l'argent. On ne le livra plus au bourreau, mais à l'usurier.

Aujourd'hui les révolutionnaires de 1848 viennent dire à ces parvenus, à la noblesse aux mains rougeaudes : « vous avez les mêmes grondements, les « mêmes colères, les mêmes nécessités qu'en 1789 ! « Prononcez un renoncement héroïque et vous sau- « vez le pays de cruelles angoisses ! »

Il ne s'agit pas, mon bon Jacques, de dépouiller ceux qui ont, de proclamer un droit nouveau en attentant aux droits acquis ; il ne s'agit pas de substituer le vol à la propriété, la confiscation à l'exploitation. Il s'agit de donner au peuple des institutions telles que la loi le protège contre les tentatives des usuriers, des accapareurs du travail. Il s'agit de ne donner à l'argent que sa valeur numéraire, et de lui enlever ce prestige moral qui est une insulte à l'intel-

ligence, une profanation de l'esprit ; il s'agit de substituer à la soif de s'enrichir, la soif de bien faire, de
prouver aux hommes qu'ils ont, tout compte réglé
avec Dieu, plus d'intérêt sérieux à s'aimer et à se
protéger, qu'à se haïr et à se tromper.

Honni soit qui verrait dans mes paroles une amertume aussi loin de mon cœur que de mes lèvres ! Je
voudrais prouver la nécessité d'une réconciliation sociale, et je ne prêche pas une Jacquerie ! Quand j'examine l'organisation actuelle, je vois de la haine à la
base, de l'orgueil, de l'enivrement au sommet. Je vois
partout, depuis le pauvre accroupi sur son fumier,
jusqu'au prolétaire devenu millionnaire et aspirant à
la politique, je vois partout la jalousie circulant
dans les veines du vieux monde. Jalousie du mendiant contre l'ouvrier aisé, jalousie de l'ouvrier contre son patron, jalousie du patron contre le capitaliste, jalousie du capitaliste contre le puissant, jalousie du puissant du jour contre le compétiteur du
lendemain !

Partout on se hait, on s'épie, on se triche, on se
frappe. Pourquoi ? Parce que la société n'a pas
d'idéal moral ; parce qu'au lieu de marcher à la justice, on marche à la richesse ; parce que depuis la

simonie de l'Eglise jusqu'à la corruption qui s'exerce par les ministres, tout est tarifé au poids de l'or ; parce que tout se vend et s'achète, même la famille, même la religion ; et que dans cette fièvre qui fait de la Californie la terre promise et le but des croisades modernes, l'instinct du bon se déprave, le goût du beau se perd, les relations s'aigrissent, l'humanité s'amoindrit et Dieu disparaît des consciences.

Qui osera dire que les contemporains soient sur la terre pour autre chose que pour s'enrichir ? C'est à qui arrivera le plus vîte dans cette course au clocher. Dès lors, tout est permis pour empêcher son rival d'atteindre le but.

Le gouvernement a fait exposer sous un dais, au milieu des bougies, avec une escorte de soldats, un lingot d'or, et les populations ont défilé devant ce Dieu, avec adoration. Singulier spectacle que celui-là et qui peint bien notre époque ! Voilà bien leur idéal ! Un bloc insensible, de l'or, représentant les jouissances sociales, au milieu de deux soldats représentant l'ordre !

Eh bien, c'est précisément cet idéal que nous autres républicains nous voulons faire descendre de son

piédestal. A Dieu ne plaise que nous songions à calomnier la richesse ! Par elle-même, elle n'est rien ou
est elle tout. Ces piles d'écus qui représentent tant de
morceaux de pain, doivent être bénies ou maudites,
selon qu'elles servent à soulager ou à écraser. Nous
voulons tous être riches, et tous nous avons raison,
mon pauvre Jacques. Notre tort ne commence que
quand nous voulons l'être aux dépens de notre conscience, aux dépens de notre voisin, que quand nous
méconnaissons le but de l'humanité en devenant
égoïstes et en faisant de l'argent un instrument de
vanité ou de despotisme.

Les imbéciles disent souvent : — Oh ! les républicains ! ce sont des gens criblés, perdus de dettes, des
gens qui n'ont rien et qui veulent avoir notre bien. —
Que devient cet argument quand on prouve que les
chefs de la démocratie sont fort riches ? Je t'affirme
que si l'on voulait, on trouverait parmi les républicains
de l'Assemblée d'immenses fortunes nullement hypo-
théquées, et peut-être bien qu'on n'en trouverait pas
tant, de si parfaitement intactes, parmi les royalistes.

Il ne faut pas croire, disait le général Cavaignac,
que les républicains de la veille ne se lavent pas la fi-
figure et ne mettent pas de gants ! Ils aiment comme

d'autres, le luxe et le bien-être; la seule différence, c'est qu'ils ne veulent pas que ce luxe soit une usurpation ou une insulte à la misère des autres. Laissons donc là ces sottes calomnies. Les pièces de cinq francs ont pour nous autant de valeur que pour les royalistes; peut-être même en ont-elles davantage, car elles nous représentent le travail, les sueurs, les souffrances de l'humanité, et nous ne croyons pas qu'elles viennent comme les fleurs sur une tige, ni qu'elles nous soient exclusivement destinées.

Tu comprends donc bien, mon bon Souffrant, ce que j'entends par privilége de l'argent, et tu ne te méprendras pas sur la portée de mes paroles, quand je te dirai, dans ma prochaine lettre, que la révolution de 1848 avait pour but de faire fléchir cette aristocratie financière, comme la révolution de 1789 a fait fléchir l'aristocratie nobiliaire.

Ni pillage, ni spoliation! Des droits! des lois! Voilà ce que nous voulons d'abord, et, pour résultat final, de la concorde, de la paix, de la réconciliation, au lieu de l'effroyable antagonisme qui agite et mine la société!

Samedi je reviendrai causer avec toi sur ce sujet.

LETTRE QUINZIÈME.

L'ANTAGONISME SOCIAL.

—

DEUXIÈME PARTIE.

Je t'ai dit, mon bon Jacques, dans ma dernière lettre, que la société actuelle reposait sur la haine, et vivait par l'antagonisme. Je t'ai dit que ce mauvais principe n'était autre chose que l'amour de l'argent substitué à l'amour du bien. Je t'ai dit que notre espérance et nos efforts avaient pour but, tout en respectant profondément les droits acquis, d'introduire par la force des institutions le sentiment moral, la passion du bien et du beau dans ces cœurs stérilisés par la cor-

ruption des gouvernements monarchiques et par la
fièvre des appétits matériels.

Quoi que rien au monde ne me semble plus clair,
plus évident que ces idées, j'ai besoin, cependant, d'y
revenir ; je ne veux pas laisser l'ombre d'un passage
au doute ; je ne veux pas que tu puisses hésiter et te
demander si je n'exagère pas. Voyons ensemble !
Examinons la vérité, telle qu'elle s'agite, au-dessous,
à côté et au-dessus de toi.

Je prends ton voisin, l'ouvrier de fabrique, le pâle
et famélique artisan, moins fort, moins heureux que
toi, moins doué d'une âme juste et patiente. Il use ses
nuits et ses jours au travail, c'est une lutte implacable
et ardente ; mais dans cette rude et incessante escalade,
quel est son rêve, son souci, sa préoccupation ? Après
la légitime et sainte appréhension de la misère pour sa
famille, n'a-t-il pas l'orgueilleuse pensée d'arriver un
jour à un de ces relais où il pourra, d'abord et surtout,
jouir du bonheur d'écraser ses voisins, ses rivaux,
par ses succès ? A côté du sentiment de son devoir,
n'y a-t-il pas en lui une colère sourde contre son patron, contre son maître, colère aigrie encore par l'infatuation des parvenus, par les calomnies, par les dédains des échappés de la misère ?

Qui donc a mis ces mauvais sentiments au cœur de l'artisan ? Qui donc les entretient, les échauffe ? Les républicains ! direz-vous, les démocrates ! Oh ! non, et si dans tout parti, à l'arrière-queue, dans ces derniers rangs qui appartiennent confusément à la police et à la canaille , si, dans les flots impurs que l'écume rejetée fait derrière les vaisseaux, il se trouve des fous, des insensés, des bandits qui veuillent la guerre et le pillage , les républicains, en posant l'Egalité et la Fraternité pour bases de leurs principes, épurent le milieu dans lequel vit l'artisan, et en lui donnant la juste dignité de sa valeur comme homme, de ses droits comme citoyen, le réhabilitent, le relèvent, le satisfont, l'établissent par son cœur et par son travail au niveau de tous ; si bien que la haine lui devient un chaîne pesante et qu'il se considérerait comme un sacrilége d'en vouloir à ceux qui ne sont pas plus que lui, et dont il peut faire justice par le scrutin.

Voilà l'influence des idées démocratiques sainement appliquées. Quelle était l'influence des idées monarchiques? Le peuple des derniers échelons, l'artisan déguenillé n'était rien et ne devait rien être. C'était ce que M. Thiers a insolemment appelé *la vile multitude* ; on ne lui laissait d'autre droit que celui de payer

l'impôt et d'acheter chèrement l'air qu'il respire. On
le refoulait, on l'acculait dans les bas-fonds, on lui disait incessamment : — « Travaille! travaille! donne-
« nous tes fils pour qu'ils se battent à notre place à la
« frontière! donne-nous tes filles pour nos débauches!
« L'armée, la prostitution, l'hôpital, voilà trois termes
« auxquels tes enfants et toi vous arriverez. Si tu te
« plains de ton sort, il y a par là bas, dans des églises,
« où nous autres, beaux esprits, nous n'entrons jamais,
« il y a un Dieu qu'on te fait voir au milieu de l'or et
« de l'encens. Ce Dieu te consolera, te prêchera la ré-
« signation. La religion est faite pour toi! nous autres,
« nous nous en passons! Mais si par malheur, tu vou-
« lais sortir de ces régions qui sont ton domaine, si
« tu étais assez insolent pour vouloir réclamer quel-
« que chose, alors, nous te jetterions à la porte de
« nos ateliers, et nous t'empêcherions d'y rentrer en
« armant nos fusils! »

Voilà ce que disaient les monarchies! Etonnez-
vous alors que ce peuple ait eu des grondements terribles, d'effroyables colères, et dites-nous si les républicains, en répandant L'ÉGALITÉ, en propageant la FRA-
TERNITÉ, n'apportent pas des gages sérieux de pacification dans ces régions infernales! Dites-nous de quel
côté est la garantie de l'ordre et du repos! Vous com-

primez, vous attaquez, vous aigrissez. Nous consolons, nous instruisons, nous substituons le dévouement au despotisme. En posant le soin de s'enrichir, de gagner de l'argent, comme le seul, comme le plus précieux souci de l'humanité, vous faites de l'artisan une meule qui doit moudre sans crier, et qui n'a besoin ni de droits politiques, ni de sympathies. Hélas ! quelquefois, à force de moudre, la meule s'échauffait et prenait feu, l'incendie dévorait l'usine !

Les Indiens disaient que Brahma avait formé quatre régions humaines. Le prêtre était sorti de la bouche de Dieu ; le guerrier de son bras ; le commerçant de sa cuisse, et l'artisan de son pied ! Pauvre artisan ! de quoi te plaignais-tu alors, si l'on t'écrasait ! Le christianisme dérangea cette organisation et fit du prolétaire la bouche et le Verbe de Dieu. Mais, depuis, on a changé tout cela, et au mépris des lois évangéliques, l'artisan est redescendu au niveau que Brahma lui avait assigné !

Je t'ai cité un jour les paroles sacriléges consignées dans un livre où sont taxés les péchés que l'Eglise peut remettre, moyennant rançon, et tu te rappelles qu'il est dit, dans ce singulier opuscule, que, le pauvre *n'étant rien*, ne peut racheter ses péchés. C'était bien là la loi féodale, dont l'aristocratie financière a hérité : on refusait aux pauvres le droit de s'offenser des insultes, et le code chevaleresque déclarait que les *vilains n'avaient pas d'honneur.* Tout cela est-il sérieusement changé? Non; et si le prolétaire se résignait quand il sentait au-dessus de lui une aristocratie qu'il pouvait croire, dans son ignorance, de droit divin, il souffre plus impatiemment aujourd'hui la domination de cette aristocratie de boutique, sans prestige, sans gloire, sans génie, ne dominant que par la seule raison des écus.

Au-dessus de ce prolétaire infime, gangrené par la jalousie, toujours prêt à railler le riche qu'on insulte, qu'on diffame, qu'on traîne dans la boue, il y a l'ouvrier plus aisé, plus favorisé du sort, mais, par conséquent, plus implacable dans son ambition, dans sa jalousie, dans sa haine. L'homme qui n'a plus que quelques pas à faire pour arriver, qui peut être un jour un *bon bourgeois,* qui peut avoir aussi, comme son patron, un fils avocat, et humilier à son tour, avec son bel habit, la blouse qu'il a trop long-temps portée, celui-là est plus furieux, plus féroce, et se sentira moins disposé à céder. Il en veut à ceux qui sont au-dessus de lui, et il ne pardonnera jamais à ceux qui sont au-dessous, et dont il sent les tiraillements, dont il redoute les envahissements, les secousses, les ambitions désespérées.

La haine monte avec l'homme tel que la société monarchique l'a fait. Le rêve, l'idéal de l'ouvrier émancipé définitivement de la misère, c'est d'écraser, sinon par lui-même, au moins par son fils, *par son héritier*, la bourgeoisie qui l'a si long-temps dédaigné, conspué. Il se privera, se tuera, pour donner à ce fils heureux une éducation incomplète, superficielle, qui autorise ce vengeur des prolétaires à franchir quelques salons, à se prélasser au milieu de quelques benêts en gants jaunes. L'artisan se résignera aux plus cruelles privations pour voir de l'antichambre cet enfant de son ambition passer fier, au milieu des anciens maîtres de son père ; il consentira à être renié par ce jeune orgueilleux, pourvu que ce vainqueur soit bien insolent, bien dominateur à son tour.

Il y a autant de colère, tout au fond du cœur que d'amour paternel dans cette sollicitude de l'artisan pour son fils, et l'enfant qui ne se trompe pas à ces calculs devient égoïste, ingrat, sceptique. Appelé à composer cette bourgeoisie qui peut aspirer à tous les honneurs, à tous les emplois, il n'oubliera pas que la première condition de succès c'est la fortune, et il se jettera comme les autres à cette curée de l'argent qui est la clef de toutes les avenues.

Le bourgeois, fils décrassé d'un artisan, affectera des airs dédaigneux, hautains ; esprit frelaté, il rougira des mains rudes et calleuses qui l'ont béni au sortir du collége, et dans lesquelles il lui faudrait placer sa main blanche et gantée. Avocat, notaire, commerçant, il se bouchera le nez en passant devant l'échoppe ou le taudis où son père a célébré son baptême.

Cette bourgeoisie ainsi composée n'aura qu'un amour, celui d'elle-même; qu'une passion, celle de l'argent, avec lequel on a la puissance et les honneurs. Ne lui demande, Jacques, ni héroïsme ni dévouement; elle rit de nos prétentions qu'elle traite d'utopies. En littérature, elle aime les choses gaillardes et grivoises ; sa philosophie est épicurienne ; elle mesure son estime au crédit, et la devise au nom de laquelle elle a vaincu et espère vaincre encore, est celle-ci : — Enrichissons-nous !

Du reste, elle est libérale par boutades, quand elle peut, de cette façon, humilier et tourmenter une aristocratie de race et d'éducation, qu'elle a renversée mais qu'elle n'a pas encore assez domptée. Elle fait de

l'opposition par calcul et crie volontiers : Vive la
Réforme! quand elle espère, en dirigeant les mouvements populaires, se hausser encore un peu, se faire
un marche-pied des émeutes. Féroce quand elle a
peur, elle règne par ce dilemme : le plomb ou
l'argent, le fusil ou la bourse.

C'est elle qui a profité de la Révolution de 1830,
et qui, sans foi, sans croyance, a assisté au pillage
des églises, au renversement des croix ; c'est elle qui,
pendant dix-huit ans, a vendu l'honneur de la France
à tous les pays, et a amené cette révolution du dégoût,
qu'elle n'a pas comprise, et qu'elle a laissé faire avec
autant d'inintelligence qu'elle en met aujourd'hui à
vouloir la supprimer.

Voilà la bourgeoisie sceptique, immorale, matérialiste, que les priviléges d'argent ont constituée. Voilà
la société telle qu'elle existe sous l'empire des préjugés monarchiques. Voilà ce qu'on nous prescrit de
respecter, ce qu'on nous défend de moraliser et de
convertir. Puis, au-dessus, et çà et là, comme des
débris de naufrage poussés par l'Océan qui monte,
quelques blasons dépeints, quelques vieux noms gothiques, oubliés, perdus, attestant fièrement les
anciens droits féodaux abandonnés. Voilà la société

moderne ! De la base au sommet : jalousie, rivalité, antagonisme ; l'argent servant de thermomètre moral et toute l'activité humaine tendue à un seul but : arriver malgré ses voisins, malgré ses rivaux !

Ai-je exagéré en rien le tableau, mon bon Jacques ? Pose la main sur ton cœur, interroge celui de ton voisin ; rappelle-toi ces guerres ardentes, ces concurrences implacables, ces calomnies sanguinaires qui suivent l'homme dans le commerce, dans les arts, dans la politique ; vois les journaux attelés aux chars des partis et ne sachant qu'écumer, que vomir la flamme et le poison, au lieu de recommander l'union, la concorde, les sacrifices réciproques. Demande-toi si c'est la FRATERNITÉ qui a mis ces tisons aux flancs de l'humanité, et si nous excitons plus nos concitoyens, en leur disant de s'aimer, de se soutenir, de se protéger, de se déclarer égaux et frères, que quand on les parque, que quand on les oppose les uns aux autres, et que quand on ne fait servir leurs richesses et leur intelligence qu'à l'exploitation et au despotisme des uns envers les autres.

Rousseau a dit : « L'argent qu'on possède est celui de la liberté ; celui qu'on pourchasse est celui de la servitude. » Or, comme notre génération n'en *pourchasse* jamais assez , à son gré , elle prolonge une servitude volontaire dont un peu de raison, de patience, de bonne foi, l'affranchirait.

Toutes les fois que je te cite une autorité, un exem-ple, j'ai bien soin de le prendre dans une catégorie qui ne soit pas suspecte de socialisme. Or, voici ce qu'écrivait dans son livre de la *Démocratie en Amé-rique*, M. de Tocqueville : ll disait que, quand à l'a-ristocratie de naissance , succéde l'aristocratie d'ar-gent, il arrive ceci : « Les priviléges de quelques-uns « sont encore très-grands, mais la possibilité de les « acquérir est ouverte à tous; d'où il suit que ceux « qui les possèdent sont préoccupés sans cesse par la « crainte de les perdre ou de les voir partager. Et « ceux qui ne les ont pas encore veulent, à tout prix, « les posséder, ou, s'ils ne peuvent y réussir, le pa-« raître ; ce qui n'est point impossible. Comme la « valeur sociale des hommes n'est plus fixée d'une « manière ostensible et permanente par le sang, et « qu'elle varie à l'infini, suivant la richesse, les rangs « existent toujours, mais on ne voit pas clairement et « du premier coup-d'œil ceux qui les occupent.

« Il s'établit aussitôt une guerre sourde entre tous « les citoyens ; les uns s'efforcent par mille artifices

18

« de pénétrer en réalité ou en apparence parmi
« ceux qui sont au-dessus d'eux ; les autres combat-
« tent sans cesse pour repousser ces usurpateurs de
« leurs droits, ou plutôt le même homme fait les deux
« choses, et tandis qu'il cherche à s'introduire dans la
« sphère supérieure, il lutte sans relâche contre l'effort
« qui vient d'en bas. »

N'est-ce pas là, mon ami Jacques, ce que j'ai essayé
de te prouver, et en signalant ce mal, M. de Tocqueville entend-il dire plus que nous qu'il faille piller les
riches, abolir par le vol ce que le temps seul et les
institutions sagement appliquées peuvent réformer,
transformer ?

Dans son fameux rapport sur la célébration du dimanche, M. de Montalembert, le grand ennemi des
socialistes, s'écriait : « Nous avons substitué la reli-
« gion du gain, le culte de l'argent et la divinité de
« la matière à la vieille foi de Clovis et de Jeanne
« d'Arc. »

Voilà ce qu'avoue, dans un intérêt qui n'est pas
le même, un de nos ennemis. Disons-nous autre
chose ? Mais à qui la faute si cet état effrayant
existe ? A qui la faute si la bourgeoisie est égoïste, si

le peuple est jaloux ? Sont-ce les républicains qui sont responsables de cette situation ? Est-ce la République qui a été témoin des scandaleux trafics pour lesquels des ministres de la monarchie ont été flétris ? Est-ce la République qui a, pendant dix-huit ans, trafiqué des consciences, et payé des votes à l'Assemblée et ailleurs ?

Ce que nous voulons, c'est qu'on ne se cramponne plus à ces passions, à ces préjugés qui perdraient la société. Ce que nous voulons, c'est que le principe de la solidarité humaine soit substitué partout à l'égoïsme. Prétendons-nous réformer du jour au lendemain avec quelques formules et un système quelconque cette vieille organisation ?

En aucune façon. Nous faisons la part des faiblesses humaines. Nous savons qu'il faut du temps pour déraciner l'erreur. Nous ne demandons rien de rapide, parce que nous voulons que tout soit durable. Nous savons que nous ne sommes ni meilleurs, ni plus purs que les autres ; mais pleins de confiance dans notre cause, nous voulons lentement, successivement, par des améliorations réelles, bien graduées, bien discutées, cautériser peu à peu cette gangrène, et redonner une vie libre, forte, virile à ce vieux corps qui se décompose. Arrière les charlatans ! Arrière les entêtés !

La vérité, l'avenir sont aux hommes de patience et de bonne volonté. Sans doute, mon pauvre Jacques, il y aura toujours des riches ; sans doute, la répartition absolument égale des fortunes serait la mort ; mais qui songe sérieusement à niveler tout ? Veut-on raser le globe et lui enlever ses excroissances ? Non, il y a des inégalités physiques, matérielles qu'il faut laisser ; mais nous voulons que l'égalité soit admise et règne souverainement dans les consciences ? Sommes-nous donc de bien farouches niveleurs ? Avons-nous besoin de la violence plutôt que de l'étude et de la persuasion ?

Un jour, il m'est arrivé de te citer les Chinois, et à ce propos, un malin a déclaré qu'il n'y avait qu'un préfet dégommé qui fut capable de lire dans Confucius. Au risque de donner de nouveau cours à cette merveilleuse supposition, et d'exposer à la calomnie celui qui ne se doute guères de la collaboration qu'on lui prête, je veux te citer encore le philosophe chinois :

« Un prince, dit Confucius, doit avant tout, veiller
« attentivement sur son principe rationnel et moral...

« Traiter légèrement la base fondamentale ou le prin-
« cipe rationnel et moral et faire beaucoup de cas de
« l'accessoire et des richesses, *c'est pervertir les senti-*
« *ments du peuple et l'exciter par l'exemple au vol et*
« *aux rapines.* »

Ce que le philosophe chinois dit des princes, nous
le disons, nous autres, de tous les gouvernements. Mo-
ralisez, prêchez d'exemple, et vous aurez le droit de
diriger les masses ! A l'influence de l'argent, substi-
tuez l'influence de l'amour, et quand vous voudrez
vous attacher les ouvriers, éteindre les ressentiments
qui soulèvent leurs poitrines et que vous redoutez, ne
venez pas, bêtement, comme on l'a fait ici, leur offrir
de l'argent ; car il arrivera que le peuple vous jettera
cet argent avec dédain et que vous aurez plutôt excité
qu'apaisé la jalousie qui vous divise.

M. Louis Bonaparte avait conçu un jour une excellente idée. Il avait voulu instituer des *Banques du
prêt d'honneur.* C'est-à-dire qu'il songeait à mettre dans
la circulation, comme une monnaie précieuse, la parole
des honnêtes gens. Il voulait que la loyauté eût son
prix et qu'un serment valût une obligation. Des instructions furent adressées aux préfets pour qu'on fa-
vorisât l'établissement de ces banques. Mais les préfets

chargés plus spécialement de préparer la population à
des élections futures, avaient bien autre chose à faire ;
les circulaires éveillèrent quelques illusions bientôt
détruites, quelques sourires de dédain ; puis, on n'entendit plus parler de rien. M. le président oublia ce
beau et noble projet dans les fumées de Satory, et
pas une seule tentative d'organisation ne suivit la
circulaire ministérielle.

Hélas ! qui donc se serait avisé de croire à la parole
d'un ouvrier ? *les vilains n'ont pas d'honneur !* Patience !
Jacques, travaille ! attends ! espère ! Que ta persistance dans le culte de la vérité, dans l'amour du
peuple et de tes rivaux soit plus forte que les mauvais
vouloirs. Il est impossible que l'humanité n'arrive pas,
tôt ou tard, aux destinées pacifiques qui l'attendent.
La violence ne hâterait pas d'un jour, d'une heure,
d'une minute l'éclosion des réformes sociales qui ont
besoin de s'épanouir et de mûrir après une lente et la-
borieuse incubation. Aie donc confiance dans ta douceur, et sois fort par ta bonne volonté. Tout ce que tu
peux, tout ce que tu dois faire, c'est de préparer les
voies en ne confiant de mandat qu'aux hommes réso-
lus à te secourir, à t'aider, à te sauver.

Il y a un livre dont on ne te lit jamais rien qu'en

latin, de peur que tu le comprennes, l'Evangile. C'est dans ce livre que j'ai trouvé à la troisième épitre de saint Pierre ce grand engagement.

« Nous attendons, selon la promesse du Seigneur, « de nouveaux cieux et une terre nouvelle où la « justice habitera.

« C'est pourquoi, mes bien-aimés, vivant dans « l'attente de ces choses, travaillez en paix, afin que « Dieu vous trouve purs et irrépréhensibles. »

Rappelle-toi ce passage, et quand tu te trouveras dans une église, au milieu des chants dont on te re-fuse le sens, et que tu ne peux traduire, redis pour toute exhortation, pour toute prière, ces deux versets qui renferment toute ta règle de conduite, toutes tes destinées présentes, toutes tes espérances futures.

Cette lettre finit un peu comme un sermon ; mais ce ne sera pas une raison pour que les sacristains que tu connais la trouvent à leur gré. Qu'elle te plaise et te persuade, c'est là l'essentiel et j'y compte.

LETTRE SEIZIÈME [1].

LES DÉFENSEURS DE LA RELIGION.

10 Mai.

Je t'ai prouvé, mon ami Jacques, que la société, telle quelle est organisée, telle que les monarchies l'ont faite, repose sur la haine, sur la lutte. Je t'ai démontré que les principes démocratiques apportaient

---

[1] Cette lettre a été saisie et déférée au jury, comme contenant une excitation à la haine et au mépris des citoyens les uns contre les autres. Le jury, après une éloquente plaidoirie de Me Jules Favre, nous a vengé, par un verdict d'acquittement, de cette incroyable susceptibilité du parquet.

seuls, avec les idées fraternelles, le gage de réconciliation et de salut.

Aujourd'hui, je veux que tu conviennes avec moi
que nous sommes les vrais, les seuls défenseurs de la
religion ; un autre jour, nous considérerons la famille
et la propriété. Tu verras si ces trois bases de l'édifice peuvent fléchir sous notre drapeau ; si les vices,
les corruptions du monde ne contribuent pas, au contraire, à saper, à ébranler ces conditions de l'ordre et
de la civilisation. Tenons-nous-en pour aujourd'hui
à l'Eglise.

Tu comprends bien, mon bon Souffrant, que ce
n'est pas ici une question de théologie, de dogme. Je
n'ai pas l'intention de te prêcher une religion nouvelle, et si, dans ma conscience, je rêve et j'espère
tout bas des réformes, comme ce sont des points de
discipline et d'organisation que mes critiques attaque-
raient surtout, ce n'est pas le moment de les expliquer. Je ne veux ni t'étourdir par des controverses
quintessenciées, ni t'entraîner dans un domaine où
ton expérience te ferait défaut.

Je ne désire faire appel qu'à tes impressions journa-
lières, qu'à tes sentiments. Je n'aurai recours à aucune

citation. C'est ton cœur que je veux lire avec toi, et
ma seule ambition est de t'amener à juger ton voisin
par le jugement que tu porteras de toi-même.

Tu crois en Dieu, n'est-ce pas, Jacques? Toi,
fils du travail et de la douleur, tu te sens plus impérieusement tourmenté par cette foi que l'heureux du
monde, qui n'a plus rien à attendre ici-bas. Quand les
jours de fête tu vas te promener dans les champs avec
ta femme et tes enfants; quand assis au bord d'un fossé
plein d'herbe verte, tu vois ton dernier né suspendu
au sein de sa mère, et quand tu souris à ton aîné qui
court en trébuchant, est-ce que tu ne sens pas alors
en toi, mon bon Jacques, comme un soulèvement,
comme un flot qui monte de ton cœur, et n'es-tu pas
invinciblement amené à te dire tout bas : — c'est
Dieu qui me fait cette famille et me donne cet horizon !

Si tu as pleuré au chevet de ta femme malade, si
tu as souffert cet épouvantable martyre de voir un de
tes enfants se tordre et bleuir dans les convulsions; si
tu as rejeté le linceul sur le front d'un ami, si tu as vu
mourir un de tes voisins à la tâche, est-ce qu'au moment de ces malheurs tu ne t'es pas écrié invinciblement, spontanément? — Mon Dieu! mon Dieu! —

Est-ce que tu n'as pas invoqué Dieu, avant même d'a-
voir discuté si tu devais y croire ? Est-ce que, parce
que tu es républicain, démocrate, socialiste même,
tu as moins conscience qu'un autre des merveilles du
monde et de ton cœur ?

Non, la foi en Dieu n'est pas un monopole ; c'est
un sentiment instinctif que doit fortifier la raison ;
mais qui n'a rien à faire avec les drapeaux, avec les
opinions.

Si tu crois en Dieu, tu crois aussi à la nécessité d'un
culte. Il y a de par le monde des philosophes, des esprits savants, dont tu n'as jamais lu les travaux et
qui prétendent que l'humanité est arrivée à un point
où elle peut se passer de cérémonies extérieures pour
peindre ses sentiments. Ces docteurs veulent que tout
s'agite au fond de la conscience, et soutiennent que
les formes sont des amusements puérils.

Je ne suis pas de l'avis de ces philosophes, ni toi
non plus, toi qui aimes le luxe extérieur, et qui sym-
bolises la grandeur morale par la beauté physique,
toi qui te plais aux beaux spectacles, et qui ne com-
prendrais pas plus la religion, sans cérémonies, que
la justice rendue par des hommes en manche de che-

mises, ou la garde nationale sans uniforme, ou encore
M. le président de la République passant une revue en
bonnet de nuit.

Toutes les idées sont comprises par le cœur ; mais
on aime à les voir transfigurées au-dehors. Il y a,
comme pour le corps humain, une toilette à faire, une
mise en scène nécessaire pour les sentiments. Depuis
que le monde existe, il y a eu des fêtes, des cérémonies pour célébrer toutes les idées grandes et généreuses. Si donc tu crois en Dieu, tu dois croire à la
nécessité des édifices pour l'y adorer, et à la nécessité
des hommes et des choses du culte,

Non-seulement cette double croyance est compa-
tible avec toutes les opinions ; mais la démocratie, la
République y tient plus qu'aucune autre forme de
gouvernement. On a beaucoup raillé Robespierre,
invoquant l'Être suprême, en superbe habit bleu. Je
ne défends pas le programme de cette fête ; je ne crois
pas qu'il fut nécessaire au progrès de la liberté de
substituer un autel mythologique au vieux tombeau
symbolique des chrétiens. Je ne vois rien qui se com-
batte entre l'idée d'un Dieu qui a voulu faire partie
de la *vile multitude*, et la révolution qui émancipe, qui
réhabilite cette multitude ; mais, enfin, tout en con-

damnant l'organisation de la fameuse fête en question, je constate qu'elle était une preuve de la nécessité, pour quiconque croit à l'humanité, de croire en
Dieu, et de consacrer cette croyance par une forme,
par un culte extérieur.

Tu es chrétien, tu es catholique. Il est possible que
tu hoches parfois la tête quand on te fait payer le
baptême de tes enfants, quand on te marchande l'enterrement de ceux que tu pleures, quand on te vend
les indulgences, quand on te défend de t'agenouiller
sans payer ta chaise, quand on refuse de prier pour
ceux qui ont eu la folie de désespérer de Dieu à leur
dernière heure. Il est possible que tu n'aimes pas
beaucoup les soldats du pape, que tu aies blâmé l'expédition de Rome, que tu ne professes pas une véné-
ration profonde pour une congrégation célèbre qui
a été une pépinière de régicides ; il est possible que
le gouvernement clérical te soit odieux et que tu
mettes les jésuites au rang des Cosaques et des Anglais ! Mais, est-ce que la religion tient si essentiel-
lement à ces détails qu'elle soit profanée par tes objections ? Est-ce que le Christ, ce Dieu des pauvres
et des opprimés, pourrait te dire un jour : — Toi qui
n'a pas voulu payer, toi qui comprenais ma loi par
l'amour, par l'union, par la fraternité ; toi qui ne t'es

pas servi de mon nom pour faire ton chemin, toi qui
as pris mon Évangile à la lettre, sois maudit !

Il n'y a rien d'incompatible entre la République et
le Christianisme ; dès-lors on n'a pas le droit d'accuser
les républicains d'impiété, et si on rencontre parmi
ceux-ci des esprits grossiers, ignorants, des aveugles
qui doutent, ce n'est pas à leur opinion politique qu'il
faut s'en prendre, mais aux conditions sociales dans
lesquelles ils ont vécu, mais aux préjugés que la vieille
organisation leur avait inculqués, mais au perver-
tissement de leur jugement par une mauvaise éducation, par de mauvais exemples.

Ici j'entre dans le fond de cette lettre qui est de
prouver que les prétendus défenseurs de la religion
ne sont pas où on affecte de les voir, et que tu es plus
religieux, toi qui ne comprends rien aux subtilités
de la scholastique, que ces gros bonnets monarchiques qui vivent dans toutes les excitations des sens,
dans toutes les débauches de l'esprit, qui trouvent
moyen d'être marguilliers et de prêter à usure, de
remplir leurs devoirs religieux et de poursuivre tes
filles pour les séduire, jusque dans leurs mansardes.
Je crois qu'avec ton rude bon sens et avec ton simple
cœur, toi, le prolétaire, tu es plus près du véritable

hommage qu'on doit à Dieu, que ces royalistes blasés qui singent la dévotion pour te donner, disent-ils, l'exemple, et qui bercent leur imagination de tous les scandales, de toutes les turpitudes que les arts et que la littérature monarchique ont produits à la scène et dans les livres.

Que font-ils donc, ces hommes, ces joyeux viveurs, grands prêtres de l'Opéra, séducteurs de salons, adultères parfumés, qui insultent la virginité de tes filles, et avec le plus âgé desquels la plus jeune enfant du pauvre serait moins en sûreté dans un lieu désert qu'avec un enfant du peuple du même âge? Que font·ils ces souteneurs des journaux de l'ordre, ces organisateurs de sociétés pudibondes, ces propagateurs des idées royalistes, que font-ils pour défendre la religion ?

Est-ce que prenant à la lettre les saintes paroles du Christ, ils se font doux, humbles, fraternels pour leurs voisins? Est-ce qu'ils se servent de leur science pour instruire les ignorants, de leur richesse pour émanciper les pauvres? Est-ce qu'ils te disent : — Venons ensemble à l'église prier le même Dieu sur la même pierre, comme il convient à deux frères ?

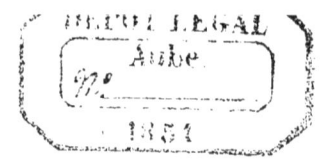

Non; ils paient afin qu'on prie pour eux, et ne vont pas prier; ils paient pour qu'on vende de la morale aux pauvres, et se croient dispensés d'en acheter. S'ils entrent par hasard, par nécessité, par convenance dans une église, ils ont soin que leur chaise soit plus haute que la tienne, mieux rembourrée ; ils vont à l'église quand Duprez y chante, quand un prédicateur habile y annonce Dieu : c'est de l'art et non de la foi. Ils sont les premiers dans leurs propos intimes à tourner en dérision les choses de l'Eglise ! Leurs chansons de dessert sont spirituellement sacriléges. Tous les jours les tribunaux nous révèlent quelles passions effroyables ces grands soutiens de la foi apportent dans leurs familles, dans leur intérieur. Du reste, à la tribune, dans les lieux apparents, quand ces apôtres ont la cravate blanche et l'habit noir, ils prennent l'air digne, profond, et disent tout haut que la religion est nécessaire pour moraliser le peuple. La religion? c'est le frein de la démagogie ! Sans la religion, la France est perdue ! Et comme religion, pour eux, veut dire domination, asservissement de ceux d'en bas au profit de ceux d'en haut, en même temps que ces catéchiseurs hypocrites feignent de pleurer sur ta damnation, ils livrent tes enfants, non pas à la foi intelligente, éclairée, mais à la foi brutale, despotique du clergé royaliste; ils veulent te ramener

19

aux carrières de la monarchie, en t'enlaçant dans les liens froids et mortels de ce despotisme clérical.

Ces hommes, qui ont applaudi en 1832 à la chute des croix, au sac de l'archevêché, ces hommes, qui ont fait leurs délices des attaques du *Constitutionnel* contre les prêtres, ces bourgeois épicuriens qui ont une mythologie charmante pour leurs sentiments, ces matérialistes qui croient beaucoup plus à l'argent qu'à l'Eucharistie, ces hommes qui ont chanté la gaudriole et dans la bibliothèque desquels on trouverait des livres immondes, des chefs-d'œuvre effroyables dont ta pauvreté te préserve, ces hommes là, quand ils ont peur, quand ils te voient trop près d'eux, quand ils sentent ton souffle dans leurs cheveux, ta main près de la leur, cherchent à t'éloigner, à te refouler, à t'abaisser, en t'écrasant sous une intervention divine.

Si tu parles d'égalité, de liberté, ils te répondent : Le Christ a dit qu'il fallait rendre à César ce qui est à César; or, je suis César pour toi, rends moi hommage et honneur.

Si tu parles de fraternité, ils te diront que le Christ

prêche la patience, la soumission, la douleur. Souffre donc sans rien réclamer !

Mais est-ce jamais pour te prouver la nécessité de l'amour, de l'union, de la concorde, qu'ils font intervenir la loi religieuse ? Demande leur, à ces grands soutiens de l'Eglise, ce qu'ils entreprennent pour défendre la religion, et comment ils trouvent que tu l'attaques ? Vont-ils plus souvent à l'église que toi ? Leurs femmes sont-elles plus religieuses dans leurs devoirs que celles du pauvre ? Quand une procession passe, se découvrent-ils plus profondément ? Est-ce qu'ils se prosternent plus parfaitement ? Est-ce qu'en rentrant du théâtre ils s'agenouillent plus souvent que toi ?

Quand donc ces hommes ont-ils vu que tu avais moins de religion ? N'as-tu pas voulu que les prêtres bénissent tes arbres de la liberté ? Oserais-tu te marier sans faire sanctifier ton union à l'église ? Ne te révoltes-tu pas quand on refuse le cercueil d'un des tiens au seuil de Dieu ? Dans toutes les grandes solennités religieuses n'es-tu pas calme, recueilli ? Ne sont-ce pas les tiens qui forment la majorité des cortéges ? N'es-tu pas plus spécialement la clientelle de l'Eglise ? Dans toutes les mansardes, n'y a-t-il pas presque toujours un Christ et la branche de rameaux ?

Combien en trouve-t-on dans les boudoirs et dans les salons ?

Quand on te prêche seulement la loi du Christ, et quand on ne songe pas à utiliser la chaire au profit de la politique, est-ce que tu te révoltes ? est-ce que tu ne te choques pas uniquement de ce que derrière les avances du clergé tu sens souvent les ambitions royalistes ? Le peuple de Paris n'a-t-il pas, en 1848, spontanément, librement, en même temps qu'il choisissait Béranger pour le représenter, porté Lacordaire à l'Assemblée constituante ? Est-ce le peuple qui a fait intervenir la religion dans le débat politique ? Quand ? Comment ? Par quelle manifestation le peuple a-t-il montré qu'il ne voulait plus de religion ?

Il est indifférent ! A qui la faute ? Pourquoi ne lui donnez-vous pas l'exemple ? Pourquoi lui montrez-vous toujours la porte, et n'entrez-vous pas ?

Non, on calomnie le peuple quand on l'accuse d'impiété ; on calomnie la République quand on la rend responsable d'un scepticisme qui n'est dû, quand il existe, qu'à l'ignorance, qu'à la corruption, qu'au mauvais exemple légué par les monarchies.

Les républicains, en attestant la dignité de l'âme, les droits de l'humanité, sont des chrétiens ; le reste n'est plus qu'une affaire de science. Les royalistes en outrageant le travail, la misère, en niant le droit des pauvres, en se refusant à l'égalité et à la fraternité, sont des païens, des sectaires de la fatalité antique, des apôtres du despotisme et des dieux de la force.

Non, il n'est pas vrai que ces beaux messieurs qui s'organisent en sociétés et se cotisent de cinquante francs, soient des défenseurs de la religion, si leurs mœurs privées ne sont pas d'accord avec leurs prétentions ! non, il n'est pas vrai que le peuple soit impie parce qu'il ne veut pas de l'ignorance pour ses enfants, ni de l'autorité des bedeaux ! Non, parce qu'on ne croira pas à M. de Montalembert ni aux miracles de l'Univers religieux ; non, parce que l'on contestera à M. de Chambord l'heureux privilége de guérir les écrouelles, on ne sera pas impie, irréligieux.

Si quelquefois l'homme du peuple hésite à entrer à l'église, c'est qu'il craint qu'au lieu d'un sermon il n'entende une harangue réactionnaire ; s'il ne se soucie pas que sa femme aille aussi souvent qu'autrefois à confesse, ce n'est pas qu'il ne trouve juste qu'on exhorte celle-ci à l'accomplissement de ses devoirs, c'est que, par ce temps de prétentions cléricales, il craint que l'ennemi n'entre dans la place par l'influence de l'épouse et de la mère. Soupçons fâcheux! défiances sacriléges! soit; mais qui les a autorisés? qui a rendu souvent, trop souvent, le clergé suspect? N'est-ce pas vous, machinateurs de contre-révolutions, qui voulez en faire votre complice? N'est-ce pas vous, les réfractaires vendéens, les émigrés de Coblentz, les inquisiteurs de la Restauration, les poltrons de 1848, les affidés de M. de Chambord, les complices de M. de Montalembert? N'est-ce pas vous qui en mettant le poison de vos doctrines dans ce calice ou l'homme ne devrait boire que le sang de Dieu, éloignez ce calice bienfaisant des lèvres altérées? N'est-ce pas à vous que le prêtre doit reprocher les mépris dont vous avez donné l'exemple? et, si un jour, le pape reprenait la route de l'exil, n'est-ce pas vous qui seriez responsables de cette seconde et mortelle atteinte à son inviolabilité temporelle et au catholicisme, vous qui avez imposé le vicaire de Jésus-Christ par la force des canons, et qui avez fait rentrer le pasteur des peuples au milieu de son troupeau ensanglanté pour lui?

Que les royalistes, mon bon Jacques, n'affectent donc pas de prétendre au monopole de la religion. Hélas! elle ne sera plus attaquée, le jour où ils cesseront de vouloir la défendre.

————

Que les royalistes, mon bon Jacques, n'affectent donc pas de proclamer un monopole de la religion. Hélas! elle ne sera plus attaquée, le jour où ils cesseront de vouloir la défendre.

LETTRE DIX-SEPTIÈME.

LES EXCITATIONS A LA HAINE ET AU MÉPRIS D'UNE CLASSE DE CITOYENS.

—

17 Mai.

Je suis un bien grand criminel, mon bon Souffrant, et j'éprouve le besoin d'épancher mes remords.

Ma seizième lettre a été saisie, sous le prétexte qu'elle renfermait d'abominables excitations à la haine et au mépris des citoyens les uns contre les autres.

Tu ne t'en doutais pas, ni le public non plus, ni messieurs les gendarmes, ni messieurs de la justice, ni moi-même ; tandis que je causais ingénuement avec toi de tes misères, de tes douleurs, des calomnies dont on t'abreuve ; tandis que je cherchais à relever ton courage, à te donner le juste sentiment de ta valeur morale, tout en t'excitant à la patience, à la douceur, à la conciliation, il paraît que je tricotais tout bonnement des mèches pour un grand incendie social, et une lettre de plus dans le même style suffisait pour mettre le feu aux poudres.

Encore une missive dans le même genre, et c'en était fait de l'ordre, de la religion, de la famille, de la propriété. Les abonnés et les actionnaires du *Propagateur,* qui sont des gens excessivement gloutons et voraces, n'attendaient que mon signal pour écraser tous les magistrats, pour faire une capilotade de tous les bourgeois, pour manger tous les enfants au berceau, et pour massacrer, sans distinction d'âge ni de sexe, tout individu soupçonné de réaction !

Sans la haute prévoyance qui est intervenue trois jours après le délit, ce département était livré à toutes les horreurs du bouleversement, et M. Petit de Bantel, si renommé dans ce pays et dans d'autres, pour son

invincible énergie, était obligé de tenir la promesse
qu'il a faite un jour à la garde nationale ; il se trouvait dans la rude nécessité de dégaîner sa flamberge
et de terrasser, à lui tout seul, au milieu d'un ébahis-
sement général, l'hydre de l'anarchie, malicieusement
et fallacieusement déchaîné par moi !

Heureusement ! mes horribles projets ont été dé-
couverts et prévenus. Ma mèche est éventée ; Thémis,
l'inflexible déesse, après avoir tenu trois jours ses
regards attachés sur mon griffonnage, a fini par dé-
couvrir tout-à-coup l'infernal complot, et l'encens
peut fumer désormais sur les autels de la religion,
de la famille et de la propriété. Rendons grâces
aux dieux. M. le commissaire a saisi trois numéros
du *Propagateur*. Quelques abonnés qui ne tiennent
pas à la collection ont promis de rendre leur exem-
plaire. La société est définitivement sauvée ! Il ne
manque plus à la rédemption du genre humain, selon
le vœu de quelques saints personnages, qu'un petit
emprisonnement pour moi, qu'une petite amende
pour la caisse du journal, et après ce résultat, la société n'aura plus qu'à dormir sur ses deux oreilles.

Ainsi soit - il ! Je m'immole de grand cœur au
salut de l'humanité ; mais encore faut-il que l'on con-

vienne que j'ai été criminel sans le savoir, et que je suis bien excusable de n'avoir pas vu de mal dans un article que toute la perspicacité de la Justice n'a trouvé coupable qu'après trois grands jours d'examen. Cela ne prouve pas, je le sais, que je sois innocent, mais cela prouve que les bésicles de Thémis étaient dans le premier moment presque aussi obscurcies que les miennes.

Qui donc a enchaîné le bras disposé à saisir? Mes articles sont-ils à ce point mortifères, qu'ils aient hérité des horribles prérogatives de la tête de Méduse, et est-on pétrifié d'abord qu'on les regarde?

Est-ce donc que des renseignements accablants sont venus réveler à la justice du pays des ravages inat-tendus? Quel messager est venu dire que la grande armée des démolisseurs se mettait en campagne? Quel symptôme a fait dresser, le mardi, les oreilles qui re-posaient mollement le samedi, le dimanche, le lundi? Quelle autre voix, que celle du journal l'*Aube* s'est élevée?

Heureux journal que celui-là! non content des pe-tits services particuliers qu'il rend à l'ordre et à la société dans les circonstances ordinaires, en faisant

passer les républicains pour des voleurs, des chenapans, des pillards, c'est lui qui, dans les grands jours,
tire le canon d'alarme. Les cris multipliés des oies
ont sauvé le Capitole. Il a suffi de deux cris du journal l'*Aube* pour sauver la civilisation moderne. C'est
là une glorieuse pensée pour les rédacteurs et pour
les actionnaires de cette feuille.

Donc, je suis prévenu d'avoir écrit un article qui,
dans son ensemble (je cite les termes mêmes du mandat) *contiendrait le délit d'avoir cherché à troubler la
paix publique en excitant la haine ou le mépris des citoyens les uns contre les autres.* Je ne veux pas contre-
dire aujourd'hui les braves gens qui me prêtent de si
charitables pensées. Puisqu'ils ont mis tout le temps
nécesssaire pour trouver le délit, il ne faut pas croire
qu'ils se soient trompés, et qu'ils aient mis la main à
côté.

Je suis coupable, bien coupable, très-coupable! Je
reconnais ma faute, mais je demande à la voir à mon
tour. Où est mon délit? dans quel mot? dans quelle
phrase? dans quelle ligne? C'est l'ensemble, dites-
vous! Mais alors, s'il vous plaisait demain d'incrimi-
ner l'ensemble de ma rédaction, l'ensemble de tout ce
que j'ai déjà écrit, est-ce que vous ne fourniriez pas

ainsi (bien innocemment à coup sûr) un prétexte aux démagogues qui vous accuseraient de faire des procès de tendance.

Je suis coupable dans l'ensemble! soit, j'y consens, je le veux, mais alors, voyons l'ensemble de cet abominable article.

J'ai voulu prouver que le peuple n'était pas si ennemi de la religion qu'on le prétendait, qu'il croyait, qu'il avait besoin de croire en Dieu, et de consacrer cette croyance par un culte; que les républicains, pour ne pas aimer les Jésuites, n'en estimaient pas moins les bons prêtres, et, à ce sujet, j'ai cité l'élection de Lacordaire. Voilà un premier ensemble de mon article. Est-ce que c'est là l'intention d'exciter au mépris et à la haine des citoyens? Il y a des gens qui écrivent, qui impriment que les démocrates sont des hommes sans feu, ni loi, ni foi. Est-on criminel par cela seul qu'on rétorque l'argument, et qu'on répond à ces calomniateurs : Impies, vous-mêmes!

Est-ce un crime de protester contre les calomnies convenues? Si je fais haïr et mépriser les méchants et les hypocrites, est-ce que je commets un crime, un délit?

J'ai fait une antithèse entre le pauvre et le riche !
C'est là mon forfait ! Hélas ! j'en demande pardon à
ceux qui ont inventé la *vile multitude*, mais mon seul
but, au contraire, et je me suis formellement expliqué à cet égard, a toujoure été d'effacer les distinctions, les catégories.

J'ai peint la bourgeoisie sous des couleurs peu flatteuses, et il est évident qu'en la représentant comme
dissolue, je n'ai eu pour but que d'enflammer le pauvre, afin qu'il allât brûler, piller, saccager le riche!
En vérité ! j'ai commis cette abomination ! Comment
moi, bourgeois, fils, frère, ami de bourgeois, moi qui
ai toujours dit que la bourgeoisie n'était que le peuple
émancipé de la misère et de l'ignorance, je me serais
avisé de condamner tous les bourgeois sans distinction ! J'aurais dénoncé père, frère, ami! J'aurais dit :
Nous sommes tous de la canaille ; il n'y a que ceux
qui n'ont ni sou, ni maille qui soient des gens purs,
honnêtes, vertueux !

Mais si j'avais dit cela, je devrais aller plutôt à Cha-
renton qu'aux assises, car, évidemment, j'aurais dé-
passé les bornes du bon sens, et messieurs du parquet
seraient bien bons de perdre leur éloquence en réqui-
sitoires, quand il ne me faudrait que des douches.

Je n'ai pas plus eu la prétention d'englober tous les bourgeois, sans exception, dans le tableau que j'ai tracé, que mes adversaires n'ont, j'imagine, la prétention de les faire passer tous pour des Catons, des Josephs, des Scipions. Il n'est pas plus raisonnable d'être exclusif d'un côté que de l'autre.

Mais si, par hasard, répondant aux journaux qui nous accusent sans trève, sans relâche, d'être des chenapans, des voleurs, j'avais voulu leur demander s'il n'y a pas, dans leurs rangs, quelques usuriers, quelques tartufes de moralité ; si j'avais voulu demander tout spécialement aux plus acharnés calomniateurs du peuple, s'ils n'ont pas parmi eux des hommes qui font de la dévotion le manteau de leurs vices, est-ce que je serais criminel ?

L'hypocrisie, la débauche, la corruption ont-elles droit à l'impunité ? Les ai-je inventées ? N'existent-elles pas ? Prétend-on que jamais marguillier n'a prêté à usure, que jamais Tartufe n'a quitté l'église pour aller chiffonner la collerette d'Elmire ? Eh bien ! si on m'accorde qu'il y a dans la bourgeoisie, aussi bien qu'on se plaît à le reconnaître dans le peuple, des sycophantes de vertu, m'accordera-t-on que je suis en droit de les démasquer et de leur demander à quel

titre ils se permettent de nous appeler sacripants,
voleurs, anarchistes?

Est-ce qu'il y a autre chose dans cette abominable
lettre que ce seul argument? Est-ce que j'ai dit qu'il
n'y avait pas d'hommes purs, candides, de commer-
çants intègres, de magistrats probes, de représentants honnêtes, dans la bourgeoisie? Est-ce que j'ai
confondu, pêle-mêle, ceux que j'estime et ceux que je
méprise dans la même réprobation? Quand donc ai-je
généralisé?

J'ai dit que la bibliothèque des riches avait des éléments de corruption qu'on ne trouvait pas dans la
mansarde du pauvre? Est-ce vrai? Est-ce pour toi,
Jacques, que Piron, que Parny, que de Saddes, que
l'abbé Dulaurens, que l'abbé de Grécourt, et que tant
d'autres ont prostitué leur talent et leur cœur? J'ai
dit que les arts dans une époque matérialiste comme
la nôtre étaient des agents de démoralisation. Est-ce
que c'est là exciter à la haine et au mépris des citoyens?

Dans quel coin de ma lettre, dans quel repaire s'est
donc dissimulée cette fameuse excitation à la haine et
au mépris?

20

Quand Labruyère peignait l'insolence et la tyrannie des riches ; quand Montesquieu disait que l'oisiveté, la bassesse, la flatterie, la trahison, la crainte de la vertu formaient le caractère du plus grand nombre des courtisans, dans tous les temps, dans tous les lieux, est-ce que Montesquieu excitait à la haine et au mépris des citoyens ?

Quand Massillon disait aux grands seigneurs : « Vos « mœurs forment un poison qui gagne les peuples et « les provinces, qui infecte tous les Etats, qui change « les mœurs publiques, qui donne à la licence un « air de noblesse et de bon goût et qui substitue à la « simplicité de nos pères et à l'innocence des mœurs « anciennes la nouveauté de vos plaisirs, de votre « luxe, de vos profusions et de vos indécences pro « fanes ; c'est de vous que passent dans le peuple les « modes immodestes, la facilité des mœurs, la licence « des entretiens, la liberté des passions et toute la « corruption de nos siècles ! » Quand Massillon parlait ainsi, excitait-il les pauvres à la haine et au mépris des riches ? Ce que Labruyère, Montesquieu, Massillon, disaient à l'aristocratie de leurs temps, ne pouvons-nous le dire à certains royalistes du nôtre ? Parce que je ne suis ni un homme de génie, ni un prêtre, n'ai-je pas le droit de revendiquer comme un

autre le privilége de la morale ? Aura-t-on toujours
le droit de dire rudement aux pauvres ses vérités et
nul n'aura-t-il le droit de répondre au nom du
pauvre ?

Ce philosophe de Figaro s'écriait à propos de la
liberté de la presse : « Que je voudrais bien tenir
« un de ces puissants de quatre jours, si légers sur
« le mal qu'ils ordonnent, quand une bonne disgrâce
« a cuvé son orgueil, je lui dirais..... que les sottises
« imprimées n'ont d'importance qu'aux lieux où on
« en gène le cours ; que, sans la liberté de blamer, il
« n'est point d'éloges flatteurs, et qu'il n'y a que les
« petits hommes qui redoutent les petits écrits ! » Je
pourrais m'attribuer l'interjection de Figaro, et me
dire ce qu'il se disait, si je n'étais pas convaincu,
comme je le suis, que j'ai dû nécessairement commettre un délit et que je ne puis pas, sans manquer
de respect, accuser messieurs du parquet d'avoir eu la
berlue.

Encore une fois, je suis coupable ; mais de grâce,
montrez-moi mon crime? Qu'est-ce que c'est qu'exciter à la haine et au mépris des citoyens ?

Est-ce traiter toujours une classe de chenapans, de

sacripans, d'ennemis de la famille, de la religion, de la propriété? Est-ce appeler des citoyens inoffensifs, buveurs de sang, machinateurs de complots? Non ; bien qu'au premier abord cela semble vraisemblable, il n'est pas possible que ce soit là le crime en question ; car c'est précisément ce que fait l'*Aube* tous les jours, ce que font la plupart des journaux de l'ordre, et ils vivent en trop bonne harmonie avec la justice pour être soupçonnés de forfait?

Est-ce que par hasard, si j'avais traité de *lâches*, de *machinateurs* ténébreux, des citoyens qui se seraient démis, par scrupule, de fonctions expirées, je n'aurais pas commis ce délit? Mais non, c'est là le discours tenu par M. le préfet à la garde nationale de Bar-sur-Aube, et M. le préfet n'est pas, que je sache, invité, plus que le journal l'*Aube*, à venir s'asseoir près de moi?

Qu'est-ce donc que le crime dont on m'accuse? Où le saisir dans ma lettre? où le trouver dans les actes des autres? Si ce n'est pas le zèle déployé contre l'hypocrisie, contre la corruption, contre les prétentions des faux dévôts; si ce n'est pas l'amour de la liberté et de l'égalité, comme cela ne peut pas être ce que font impunément nos adversaires, je demande encore une fois ce que c'est? J'ai beau me relire je ne trouve pas trace de quoi que ce soit qui m'éclaire.

Peut-être bien que quand j'aurai entendu le foudroyant réquisitoire du ministère public, et la péroraison dans laquelle on déclinera mes qualités de conspirateur, d'anarchiste, de démolisseur de la société, peut-être bien qu'alors, quand je me serai vu ainsi traiter, je saurai ce que c'est que l'excitation à la haine et au mépris des citoyens.

Il pourrait arriver que le jour de l'audience on eut deux coupables au lieu d'un. Car, pour être conséquent, il faudra assigner l'*Aube* en même temps que moi. Imagine-toi, mon bon Souffrant, que mon aimable confrère, pour aider à la propagation de mes atroces doctrines, a imaginé de reproduire toute la partie incriminée de ma lettre. Je sais bien qu'il feint d'accompagner cette reproduction de petites malices à mon égard; mais c'est une feinte pour mieux déguiser son concours.

Or, le journal la *Presse* a été poursuivi et condamné pour avoir précisément reproduit de cette façon, même en ne s'y associant pas, un article vénéneux. Si l'*Aube* se trouve dans d'autres conditions, je de-

manderai encore pourquoi ! Est-ce parce qu'il a sup-
planté les oies du Capitole ?

— Tout me fait donc penser, mon ami Jacques, que
j'irai seul m'asseoir sur la sellette ; après tout, j'en
suis fier, et j'avais peur qu'on ne voulût, à cette oc-
casion-là, continuer à me donner des collaborateurs.
Tu te le rappelles ; tant que mes Lettres ont fait tranquillement, doucement, leur petit chemin, on m'en a
contesté la propriété. Elles n'étaient pas de moi ; c'était
M. l'ancien préfet un tel, M. le candidat par-ci, M. le
représentant par-là, qui les écrivait. J'avais beau
jurer mes grands Dieux ; rien n'y faisait. Je montrais
mes manuscrits, mon encrier vidé, mes plumes noir-
cies, on me disait : — A d'autres ! Vous en êtes inca-
pable ! Je me résignais. Mais aujourd'hui quelle écla-
tante réparation de la part de mes chers adversaires !
Du moment où mes lettres ont pu donner lieu à une
saisie, dès que la perspective de la cour d'assises
s'est ouverte pour moi, ils ont généreusement renoncé
à leurs taquines contestations, et se sont empressés
de me déclarer bien et duement le seul auteur de
mes Lettres. C'est moi seul qui les ai inventées, ima-
ginées, écrites ; c'est moi seul qui ai le droit d'en revendiquer la paternité ; mes confrères le confessent,
l'avouent, mais à une condition, c'est qu'en cette

qualité c'est bien moi qui irai aux assises et en pri-son.

Je les remercie de leur hommage tardif, et j'en prends note. Au revoir, à samedi, à moins que d'ici là on n'ait découvert quelque horrible et nouveau méfait dans cette lettre.

LETTRE DIX-HUITIÈME.

LES DÉFENSEURS DE LA FAMILLE.

24 Mai.

Continuerai-je, mon ami Jacques ? — Pourquoi pas ! De ce que certains hypocrites m'ont dénoncé à la pudeur excessive du parquet ; de ce que messieurs de la justice m'ont fait l'injure de me confondre précisément avec la tourbe des amis de l'ordre, et de m'accuser de pousser à l'excitation, à la haine des citoyens les uns contre les autres, à l'anarchie, comme font les royalistes ; de ce que ma bonne foi a été mé-

connue, mes intentions calomniées, est-ce une raison
pour briser ma plume, pour me taire, pour m'avouer
vaincu?

Non; en attendant la réparation légitime que le
jury me doit et me donnera, continuons à nous deux
nos études, nos observations, sans plus nous soucier
des clameurs de ceux-ci, des commentaires de mauvaise foi faits par ceux-là, de l'interprétation des
sots et de la haine salutaire et glorieuse des méchants.

J'ai démontré, sauf la ratification du jury, que
nous tenions à la religion autant et plus que nos adversaires royalistes, qui nous accusent de vouloir la
démolir. Aujourd'hui, je veux te prouver que loin de
détruire la famille, nous travaillons à la fortifier, à la
sanctifier, et qu'elle trouve dans les principes démocratiques un élément de force et de vie qui lui manque
au milieu des corruptions, des préjugés monarchiques.

Qu'est-ce que la famille? Je n'ai pas besoin de la
définir; et toi, mon pauvre ami, qui uses tes jours et
tes nuits à gagner le pain du corps et de l'âme pour
tes enfants; toi, l'honnête ouvrier, qui as choisi une
femme que tu respectes, et qui trouves tes joies les

plus pures à ton foyer ; toi, qui ne verses des larmes qu'aux maladies des tiens, et qui apprends à prier Dieu en aimant tes enfants, toi, qui te découvres au souvenir de ton père le pauvre artisan, tu n'as pas besoin non plus de définition.

La famille vit par l'amour, par la confiance, par le respect ; il faut qu'elle soit organisée de telle sorte que le chef, non-seulement y ait une autorité despotique, mais y exerce un pouvoir respectable ; il faut qu'on estime celui-ci autant qu'on l'aime, et qu'on l'aime beaucoup plus qu'on le craigne ; il faut que les enfants qui doivent y développer leur intelligence et leur cœur ne puisent dans la famille que des notions saines, ne trouvent que des exemples fortifiants.

Sans doute, mon bon Jacques, sous tous les régimes, dans toutes les conditions sociales, avec des cœurs honnêtes, avec des intentions droites, avec des principes religieux solides, la famille peut être respectable, et je n'ai pas la prétention de prouver que les républicains ont des vertus inconnues aux royalistes ; mais je veux te démontrer que souvent les institutions contrarient les bons instincts, les purs sentiments, et qu'on doit les mettre d'accord avec les prescriptions de la morale et les révélations de la conscience. Je veux te prouver qu'il est d'un intérêt social, d'une prévoyance humanitaire, de laisser moins de chances aux fâcheuses dispositions, aux mauvais entraînements de l'humanité, et que les institutions politiques se relèvent, et rentrent dans les destinées de la Providence, en concourant, autant qu'il est en elles, à prémunir, à sauvegarder la pureté des liens de la famille.

Qu'était la famille du pauvre autrefois ? Qu'aspire-t-elle à être depuis 1789, et que doit-elle être enfin sous la République.

Les pauvres, jusqu'à la révolution de 1789, étaient ces animaux farouches dont parlait Labruyère, ces mâles et ces femelles montrant une face humaine ; ignorants, brutalisés, accroupis sur leurs tâches, ils suaient, travaillaient, mouraient et léguaient à leurs enfants, avec le souvenir d'une vie de larmes, de colères contenues et aigries, le fardeau accablant sous lequel ils avaient fléchi. Dans une famille ainsi tenue sous le joug, il n'y avait à espérer ni développements gradués et consolants de l'intelligence, ni révélation de la dignité humaine par la liberté, ni harmonie, ni concorde. Des accouplements sans épanchements moraux, des besoins physiques effroyables, des tentations terribles, des résignations stupides, ou bien des ironies, des révoltes sauvages, voilà ce qu'on pouvait attendre. Ni bonheur pour les individus, ni sécurité pour la société : voilà ce qu'offrait la famille du pauvre.

La Révolution brisa le joug qui pesait sur ces damnés, et à mesure que les institutions se faisaient plus douces, plus justes, la famille du pauvre gagnait en moralité, en jouissances avouables, en pacification. L'idéal est-il atteint ? Nul n'oserait le dire.

A l'heure qu'il est, le pauvre, avec plus de besoins moraux, avec une soif plus grande de vérité et de science, avec des ambitions plus généreuses, ne trouve pas encore dans sa famille toute la joie, toute la tranquillité, toute les conditions auxquelles sa sollicitude légitime de père et d'époux a droit.

M. Thiers, cette représentation énergique et curieuse de la vieille société satisfaite et repue, disait, dans son fameux rapport sur l'assistance, et afin de mieux prouver que l'idéal de la prévoyance était atteint par quelques hôpitaux, par quelques établissements de bienfaisance : « L'homme, à l'âge mûr, « doit se suffire, non-seulement à lui-même, mais

« suffire aux besoins de sa femme, de ses enfants, de
« ses père et mère; aux besoins de sa femme, pour
« qu'elle le soigne à son tour dans les moments de
« chagrin et de maladie ; à ceux de ses enfants, pour
« qu'ils lui rendent ces soins plus tard au jour de sa
« vieillesse; à ceux de ses parents enfin pour acquit-
« ter la dette qu'il contracta envers eux au temps de
« son enfance. »

Nous sommes bien de l'avis de M. Thiers, et il a
parfaitement décrit les devoirs du père de famille;
mais est-ce que la société, telle qu'elle est organisée,
peut réellement permettre à l'artisan de suffire à lui,
à ses enfants, à sa femme, à ses parents ? Est-ce que
ce n'est pas là l'exception ?

Est-ce que la femme, la plupart du temps, au lieu
d'être exclusivement livrée aux soins du ménage, aux
soins de ses enfants, comme la nature le veut, n'est
pas obligée de s'atteler, de son côté, à un incessant labeur, afin de contribuer à grossir la part du mari
toujours insuffisante?

Est-ce que les enfants, pendant que le père travaille dans un atelier, que la femme travaille dans
un autre, est-ce que les enfants ne sont pas confiés à

la surveillance équivoque des voisins, ou bien à la sollicitude vague de la charité ? Est-ce que l'on trouvera qu'une famille ainsi divisée, ne se trouvant que rarement réunie et dans laquelle les enfants sont privés les trois quarts du jour de l'affection, de la direction maternelle, est-ce que l'on trouvera qu'une famille ainsi distribuée est dans des conditions normales ?

Quand le mari revient brisé, quand la femme accourt à la hâte pour préparer le repas, quand on n'a que des récits de fatigue à se confier, et quand les enfants ne sont présents que comme la raison de cette vie de privations, est-ce que cette famille d'artisans peut s'épanouir librement, joyeusement ? Si les enfants deviennent des vagabonds, des ignorants ; si le mari est brutal ; si la femme n'a pas le sentiment de tous ses devoirs ; ne peut-on pas accuser, dans une certaine mesure, l'organisation sociale qui arrache la femme au foyer, qui l'empêche de veiller, comme c'est son obligation, à la première, à la plus nécessaire éducation de ses enfants, et qui l'envoie, loin des siens, dans un atelier où elle use ses forces si nécessaires, et où souvent elle se corrompt et s'abrutit.

La vieille société avait bien senti ce vice, et dans

une intention dont nous devons la louer, elle s'était
appliquée à créer des *crèches*, des *salles d'asile*. Loin
de moi la pensée de méconnaître l'utilité de ces établissements. Quand nos femmes, qui sont fières de les
protéger, de les secourir, nous sollicitent à cet égard,
nous donnons tous de grand cœur l'obole qui fait un
toit à l'enfant abandonné, qui met un vêtement au
pauvre petit grelottant de froid. Les salles d'asile et
les crèches sont des remèdes qui adoucissent les effets du mal, mais qui ne les préviennent pas. Encou-
rageons, multiplions ces abris pour tous les nourris-
sons de la misère; mais n'en restons pas là, et ne
croyons pas que tout soit dit parce que nous aurons
rassuré les inquiétudes de la femme de l'artisan pendant qu'elle est obligée de travailler.

Nul ne songera, je l'espère, à voir dans mes paroles
plus d'hostilité que je ne veux en mettre contre ces
monuments de la prévoyance sociale. Je reconnais le
bienfait, je bénis les mains qui l'accordent, mais je
veux qu'à l'avenir il devienne inutile.

Les crèches, en permettant à la mère d'aller s'atteler tout le jour à un métier, troublent la vie intérieure;
ainsi que le disait le 29 décembre 1849, M. Lepelle-
tier-Daulnay, dans un rapport présenté *au nom du co-*

mité de surveillance de l'administration générale de l'as-
sistance publique, les crèches matérialisent le sentiment
maternel, dégagent la mère légitime du premier de ses
devoirs, nécessitent quinze millions pour élever
soixante mille enfants, et ne donnent pas aux enfants
tous les soins dont ils ont besoin.

Les mêmes reproches s'adressent aux salles d'asile.
La société fait là, sans s'en douter, précisément le
communisme qu'elle redoute et qu'elle condamne ;
mais elle n'en fait que pour le pauvre. Pourquoi cette
préférence ? Au lieu de cette vie en commun, à l'âge
où les enfants ont besoin de toute la tendresse affec-
tueuse, expansive de la mère, au lieu de ces dépôts, où
la femme va se débarrasser de ses enfants et de ses inquiétudes maternelles, nous voulons, nous, que la position de l'ouvrier soit telle qu'il suffise seul à sa famille ;
nous voulons que sa femme, remplissant ses devoirs,
puisse rester chez elle, soigner ceux auxquels elle
doit son lait et les premières notions intellectuelles.
Nous ne voulons pas que l'Etat intervienne dans ces
rapports essentiels et primordiaux de l'humanité;
nous voulons que l'enfant puisse s'éveiller à la vie
dans les bras de sa mère, et n'ait pas à lui reprocher
un jour le lait étranger dont elle l'a fait nourrir, la di-

rection indifférente à laquelle ses premiers pas ont été abandonnés.

D'ailleurs, ces salles d'asile, ces crèches, les a-t-on multipliées à ce point qu'elles suffisent à toutes les misères ? En avez-vous mis dans toutes les campagnes ?

Tu vois, Jacques, par ce simple aperçu, que je pourrais étendre et développer longuement, comment nous entendons la famille pour le pauvre, et comment nous la démolissons.

Si nous considérons la famille dans la bourgeoisie monarchique, nous la voyons courant chaque jour le hasard de se diviser, et de s'aigrir par des querelles, par l'ambition, par la soif d'argent et de places que les tentations du pouvoir lui jettent.

Dans une société qui n'avait qu'une devise : Enrichissons-nous ! et qui fondait la paix du pays, non pas sur le droit ni sur l'honneur, mais sur les besoins matériels, sur la nécessité de la rente, dans une société matérialiste, comme celle que 1848 a vu chanceler, les unions se contractaient dans la classe moyenne, la plupart du temps, par intérêt. On ne s'aimait pas toujours, on se supputait ; les enfants étaient bien ou mal accueillis, selon qu'ils rentraient dans les combinaisons industrielles ou qu'ils les dérangeaient. On poussait, ainsi que je te l'ai dit un jour, ses fils, aux emplois; on rêvait pour eux, non pas ce qui devait épanouir le plus sûrement les qualités du cœur, de l'intelligence, mais leur vanité. L'ambition et l'orgueil présidaient aux soins des parents; l'ingratitude et l'infatuation des enfants répondaient.

Ce que je dis là admet des exceptions, de nombreuses peut-être, mais il n'en est pas moins vrai qu'avec une organisation sociale qui tenait plus compte de l'argent et des places, que de l'honneur et de la vertu, la famille était une association où chacun devait produire pour la caisse ou pour l'amour propre. Ce vice radical était une des conditions de l'ordre de choses démoli le 24 Février. Mais avec des institutions démocratiques, avec un Etat qui ouvre toutes les carrières à toutes les activités, sous un régime qui donne le bien pour ambition, la vérité et la liberté pour agents, sous un gouvernement tel que nous le rêvons, la famille ne peut qu'acquérir en moralité, et par suite en effusions. Quand les enfants n'auront que le spectacle d'un patriotisme désintéressé, ils honoreront plus sûrement leurs auteurs, et en voulant les imiter, les récompenseront, tout en servant efficacemeut leur pays.

" Quand la mère de famille saura qu'elle a été choisie pour ses qualités, pour ses mérites, et que sa dot n'était pas sa première beauté, elle sera plus confiante dans l'affection de l'époux, plus fière de le voir revivre dans ses enfants.

Sans doute, il faut, même avec des institutions plus perfectionnées, faire la part des infirmités humaines ; sans doute, il y aura toujours des ménages scandaleux, des familles maudites ; mais je dis, et tu le comprends, Jacques, qu'avec un gouvernement qui demande à chacun sa part de dévouement, de moralité, qu'avec un pouvoir qui exige plus de capacité que de revenus, plus d'importance morale que d'importance financière, la famille a plus de chances de se perfectionner, de se maintenir dans un milieu respectable, qu'avec les entraînements, les excitations, les concessions étranges de principes, les transactions de conscience dont vivait le pouvoir monarchique.

Montesquieu l'a dit : « Il n'est pas rare qu'il y ait « des princes vertueux ; mais dans une monarchie, il « est très-difficile que le peuple le soit. »

Et dans un autre endroit, le philosophe ajoute :
« Si le peuple a un principe, les parties qui le com-
« posent, *c'est-à-dire les familles*, l'auront aussi. Les
« lois de l'éducation seront donc différentes dans
« chaque espèce de gouvernement. Dans les monar-
« chies, elles auront pour objet l'honneur ; dans les
« républiques, la *vertu* ; dans le despotisme, la
« crainte. »

Nous ne prétendons pas autre chose que Montesquieu, et nous croyons que si le républicain vaut
mieux moralement que l'homme monarchique, la famille républicaine, par conséquent, vaudra mieux.
Tout se suit, tout s'enchaîne; les individus font les familles, comme les familles font la société.

M. de Tocqueville, qui n'a jamais été traduit aux
assises pour la férocité de ses doctrines, dit dans son
livre sur la démocratie en Amérique : « A mesure que
« les mœurs et les lois sont plus démocratiques, les
« rapports du père et du fils deviennent plus intimes
« et plus doux ; la règle et l'autorité s'y rencontrent
« moins ; la confiance et l'affection y sont souvent
« plus grandes;...

« Une révolution analogue modifie les rapports
« mutuels des enfants.

« Sous les lois démocratiques, les enfants sont par-
« faitement égaux, par conséquent indépendants ;
« rien ne les rapproche forcément, mais aussi rien ne
« les écarte ; et comme ils ont une origine commune,
« qu'ils s'élèvent sous le même toit, qu'ils sont l'objet
« des mêmes soins et qu'aucune prérogative particu-
« lière ne les distingue ni les sépare, on voit aisé-
« ment naître parmi eux la douce et juvénile inti-
« mité du premier âge. Le lien ainsi formé au com-
« mencement de la vie, il ne se présente guère d'oc-
« casion de le rompre, car la fraternité les rappro-
« che chaque jour sans les gêner.

« Ce n'est donc point par les intérêts, c'est par la
« communauté des souvenirs et la libre sympathie
« des opinions et des goûts, que la démocratie atta-
« che les frères les uns aux autres. Elle divise leur
« héritage, mais elle permet que leurs âmes se con-
« fondent. La douceur de ces mœurs démocratiques
« est si grande, que les partisans de l'aristocratie
« eux-mêmes s'y laissent prendre, et que, après
« l'avoir goûtée quelque temps, ils ne sont point ten-
« tés de retourner aux formes respectueuses et froi-
« des de la famille aristocratique. Ils conserveraient
« volontiers les habitudes domestiques de la démo-
» cratie, pourvu qu'ils puissent rejeter son état social

« et ses lois ; mais ces choses se tiennent, et l'on ne
« peut jouir des unes sans souffrir les autres. »

Ces dernières lignes, Jacques, seront ma conclusion. Oui, tout se tient ; oui, la République, en pu-
rifiant le pouvoir, purifie la famille qui en est l'image,
la représentation multipliée, et quand on a la liberté,
l'Egalité, la Fraternité pour devise sur les drapeaux,
on a la moralité, l'aménité, la sincérité au seuil de sa
maison.

Voilà pourquoi nous ne sommes pas des démolisseurs de la famille, pas plus que des démolisseurs de
la religion, et voilà pourquoi nous rirons de nos adversaires toutes les fois que ne pouvant nous répondre, ceux-ci nous enverront devant la justice du pays,
croyant nous faire châtier par le jury de l'impuissance de leurs calomnies et de la vérité de nos réfu-
tations.

Samedi, nous causerons de la propriété.

LES DÉFENSEURS DE LA PROPRIÉTÉ.

—

30 Mai.

Cette lettre, mon ami, sera courte, précisément parce qu'elle devrait être trop longue, si je lui donnais tous les développements dont elle est susceptible.

Pour te prouver que la propriété n'a qu'à gagner à la consolidation des institutions républicaines, il faudrait t'exposer tout un système de crédit foncier, de réformes d'impôts, de lois sur les créances hypo-

thécaires. J'aurais besoin d'un volume, et je ne veux
que quelques pages.

D'ailleurs, depuis plusieurs mois que nous corres-
pondons, tu es assez familier avec les idées essentielles que je veux te faire comprendre, pour que tu
te satisfasses d'une exposition sommaire.

Tenons-nous-en donc à la généralité, et réservons
pour un autre temps les détails.

Les gens qui nous attaquent, qui nous insultent,
qui nous dénoncent, ces gens qui défendent le règne
de l'agiotage, les priviléges de l'usure, ces gens-là
nous accusent d'en vouloir à la propriété, absolument comme ils nous accusent d'en vouloir à la religion et à la famille.

Nous sommes des pillards, nous rêvons la démoli-
tion des châteaux, le partage des biens ; ni plus ni
moins que l'immolation générale de la famille et
l'adoration des légumes ou du veau d'or. A leur
compte, les républicains ne sont pas des gens comme
eux, ayant leurs besoins, leurs affections, leurs sentiments. Nous sommes une race maudite, une sorte
d'antropophages , préférant les âcres voluptés du

meurtré aux charmes de la société, et trouvant un plus grand bonheur à vivre dans la misère, dans les ruines, dans le chaos, que dans le bien-être, l'ordre et la tranquillité.

O royauté ! toi qui t'es endormie pour un sommeil qui passera en durée celui de la Belle-au-Bois-Dormant, toi, qu'aucun prince charmant ne viendra réveiller ! Royauté que Louis XV a faite si pure, et qui n'aurais pas le plus petit attentat à te reprocher contre la famille, contre la religion, contre les bonnes mœurs ; royauté si cruellement houspillée en 1789, en 1830, et qui n'as refleuri à l'ombre du parapluie du roi citoyen, que pour te coucher doucement ensevelie par les mains pures des Teste, des Cubières, des Libri, des Praslin ; toi que les Chenu, les Delahodde, les Tirel, ont si dignement chantée ; toi qui, dans les huit dernières années de ton maintien, as chargé de *huit cent millions* la dette de la France (1) ; royauté chaste dont M. Vatout a été l'Homère ; royauté qui n'as vu que croître et embellir le nombre des prostituées et des enfants trouvés, sous laquelle, au rapport de M. Armand, de Melun, il mourait de faim et de froid

---

(1) Rapport sur les comptes du Gouvernement provisoire, *Moniteur* du 26 avril 1849.

trois cents personnes par an, sans compter ceux qui mouraient de privation et d'étiolement ; royauté maternelle qui comptais deux millions de mendiants et cinq millions de pauvres ; toi, à qui un budget d'aumônes de 250 millions, c'est-à-dire le cinquième environ du budget des recettes de l'Etat, ne suffisait pas ; ce n'est pas toi, disent tes pleureurs, qui favorisais le mépris de la religion, de la famille et de la propriété !

Ce n'est que depuis 1848 que l'irréligion fait des progrès, que des attentats contre les mœurs sont commis, et que les tribunaux ont été inventés pour vider les différents entre les propriétaires rivaux !

En effet, si tu te le rappelles, mon bon Jacques, au 24 février, il y a eu un pillage général de toutes les maisons, de tous les hôtels. Les vainqueurs déguenillés qui paraissaient sauver les diamants de la couronne, mettaient tout simplement à la place des cailloux magnétisés qui ont trompé les connaisseurs. Ceux qui inscrivaient sur les monuments : mort aux voleurs ! respect aux propriétés ! ces gens-là n'étaient que des farceurs de royalistes qui faisaient une épigramme, ou des coquins qui voulaient profiter d'une sécurité fallacieusement suggérée pour se livrer à

toutes les déprédations. Personne ne s'en était douté ;
mais il y a eu alors un pillage général. Ce qui s'est
passé à Paris, s'est également passé en province, et
tout le monde sait que notre département a été incen-
dié, culbuté, ruiné par les républicains, absolument
comme au bon temps de messieurs les Cosaques et
de la Restauration.

Tout le monde sait également que s'il n'y a pas eu
plus d'atrocités de commises, c'est grâce à l'attitude
parfaitement énergique des royalistes ; tout le monde
sait qu'aucun d'eux ne s'est caché à ce moment-là ;
que M. Thiers, entre autres, a héroïquement com-
mandé la légion des défenseurs de l'ordre, et que si
quelques - uns de ces valeureux champions de la
royauté ont cru devoir se travestir, se déguiser, ces
dissimulations n'ont été de leur part que des ruses de
guerre et des tactiques à l'aide desquelles ils ont plus
impérieusement encore tenu en respect les démolisseurs.

Dans notre département, dans votre ville, qui ne
sait pas que les quelques propriétés qui ont échappé
au branle-bas général n'ont dû leur conservation qu'à
la défense de messieurs les rédacteurs, patrons, etc., de
l'*Aube* et de la *Paix* qui ont ceint l'épée de combat,

mis le casque en tête, et qu'on a vus partout dans ces jours de dangers ! Qui ne sait les déplorables attentats commis par les républicains ! N'ont-ils pas, les infâmes, fait descendre le coq gaulois du clocher ? Pauvre coq qui s'apprêtait peut-être à chanter par trois fois les apostasies de tous les apôtres de la royauté !

C'est un fait parfaitement acquis à l'histoire que la révolution de Février a été la spoliation de tous les riches, de tous les propriétaires, et il n'est pas de mouchard qui ne soit en mesure de raconter aux journaux de l'ordre, comment messieurs Lamartine et consorts ont pillé les caisses de l'Etat, et ont feint de sortir ruinés du pouvoir, tandis qu'en réalité ils en sont sortis repus et enrichis.

Je sais bien, mon brave ami, que quelques nigauds, comme toi et moi, ne se rendent pas toujours à l'évidence de ces faits attestés par les historiens les plus recommandés, et les mieux numérotés à la police ; je sais bien que parfois nous nous prenons à protester contre ces assertions, et à demander si, en définitive, il y aurait de tous les pillages accomplis de quoi emplir une brouette ; je sais bien que nous hasardons parfois de timides observations sur le désir que les républicains ont, comme tous les autres hommes, de travailler, d'amasser, d'acquérir et de léguer à leurs enfants.

Je sais bien que quelques-uns ont l'outrecuidance de croire qu'en réclamant des institutions de crédit foncier, qu'en parlant de dégrever la propriété du pauvre, qu'en assurant le salaire du travailleur contre les coalitions des patrons et les spéculations impies du capital, ils consacrent plus véritablement, plus efficacement la propriété. Mais ce sont là évidemment des illusions aussi fausses que les pillages de 1848 sont vrais.

La propriété, c'est le fruit du travail immobilisé par l'acquisition. Or, il est évident que les républicains ne vivant que de l'air du temps, ou tout au plus des brigandages qu'ils commettent sur les grands chemins, n'ont pas besoin de conserver le fruit de leur labeur, de le consacrer par une acquisition, de le mettre en dépôt pour leurs enfants. Cela est flagrant, et il n'y a que des imbéciles ou que des sacripants pour soutenir le contraire.

Tu croyais bonnement, pillard et voleur que tu es! qu'en amassant, sou à sou, de quoi acheter un jour un toit de tuiles rouges sur les confins des faubourgs, pour t'y reposer vieux et endolori, tu croyais qu'en rêvant un petit jardin et une vigne, tu rêvais la propriété ! Erreur !

Toi qui aimes tes enfants, comme ton père t'a aimé, qui veux leur laisser le peu de bien que tu auras acquis, tu te crois des goûts de propriétaire ? Mensonge !

Tous ces républicains qui, dans l'industrie, dans le commerce, dans la banque (car il y en a comme dans les mansardes), se livrent à de grandes et fécondes spéculations, et qui arrondissent tous les jours leurs domaines, tu les crois des amants de la propriété ? Point ; il n'y a de véritable défenseur de la propriété que celui qui veut le rétablissement du cens, et pour qui un contrat de vente tient lieu d'intelligence, de science politique, de génie !

Parce que nous pensons que l'ouvrier probe, honnête, intelligent, qui n'a que ses bras et que sa blouse a autant de droits sociaux que le châtelain ; parce que nous ne faisons pas de la propriété le signe représentatif de la capacité, de la moralité, parce que nous considérons cet avantage comme quelque chose d'analogue à la beauté physique, c'est-à-dire comme

un agrément personnel, mais qui ne doit pas influer
sur les décisions du scrutin , parce que nous croyons
qu'il y a tout autant de gens sans fortune qui sont con-
servateurs que de gros propriétaires inintelligents; parce
que, quoique nous n'ayons ni château, ni parc, nous
ne nous sentons pas de jalousie féroce contre les belles
avenues et les édifices aristocratiques, nous croyons
simplement appartenir au parti des défenseurs de la
propriété? Hélas ! hélas ! nous ne sommes que des
corsaires qui avons soif de butin !

Les véritables, les seuls défenseurs de la propriété,
c'étaient ces bons royalistes que la révolution de février 1848 a effarouchés et blêmis ; c'étaient ces heureux possesseurs qui avaient seuls la faculté de voter
nos impôts, de nous faire des lois, et qui ne connais-
saient qu'aux millionnaires le droit de décider de la
destinée de plusieurs millions d'individus. A tous ces
coryphées de la royauté de 1830, on ne saurait reprocher de dédain pour la propriété. Ils l'aimaient avec
passion, avec frénésie. C'était le culte excessif de la
propriété qui poussait MM. Teste, Cubières et autres
à ces étranges pactisations que chacun sait; c'était l'a-
mour de la propriété qui faisait renouveler de la part
du roi ces demandes incessantes de dotation, dont la
conscience publique se révoltait à tort; c'était l'a-

22

mour de la propriété qui faisait fléchir à chaque moment le drapeau de la France devant l'étranger. C'é-
tait la propriété divinisée qui faisait, sous la Restauration, voter un milliard d'indemnité en faveur des
courageux français revenus de Coblentz. Voilà la propriété bien entendue! Voilà comme les royalistes la
pratiquent !

Quant à nous, niais sentimentals, qui ne la dési-
rons que pour en jouir avec nos enfants, qui n'en
faisons pas un marchepied pour l'ambition, un instrument de gouvernement, quant à nous, qui l'assi-
milons aux bienfaits de Dieu, aux fruits de la terre;
quant à nous qui plaçons ailleurs, dans la tête et dans
le cœur, les distinctions sociales, les démarcations ;
quant à nous qui voulons rendre la propriété accessible, autant qu'on le pourra, à toutes les activités,
à toutes les aptitudes ; quant à nous qui croyons qu'au-
dessus du sentiment de la propriété et de l'égoïsme
qu'elle inspire, il y a la fraternité, le dévoûment pour
tous, la patrie, l'humanité, il est hors de doute que
nous sommes des démolisseurs.

Ce n'est pas ce que je voulais te prouver; mais
c'est ce que je suis obligé de confesser. Ainsi, nulle
religion, nulle idée de la divinité, nulle conscience,

nul respect des mœurs, nulle préoccupation de la famille, nul souci de l'acquisition ni de la conservation
des biens de la terre, voilà les républicains, selon les
royalistes! Brutes violentes et insatiables, jetées à
travers le monde, n'ayant que des appétits et non
point des sentiments, altérées du sang des riches, mas-
sacrant les enfants, et trouvant une joie sauvage à
bouleverser, à piller, à brûler, voilà les hommes de
1848. Voilà les hordes que .ies antropophages comme
le farouche Lamartine, le sanguinaire Marie, le furi-
bond Arago, etc., etc., ces Attilas de la civilisation,
ont déchaînées sur le monde!

Toutes les vertus sociales, toutes les prévoyances
ingénieuses et salutaires se sont réfugiées dans le cœur
des héros spoliés en 1848. Bénies soient toutes les petites congrégations qui s'organisent ici, à Paris, et
ailleurs pour avoir raison de nos perversités! Heu-
reuses les associations *Dix-Décembristes*, *Anti-Socialistes*, *etc.*, qui ont juré de nous ramener, par tous les
moyens, au vrai sentier des bons principes! C'est là
que le respect de la religion est en vigueur; c'est là
que la piété est solide, sincère, enthousiaste; c'est là
qu'on honore surtout la famille, c'est là que la propriété recrutera ses défenseurs invincibles comme
elle l'a déjà fait en 1848.

Cet hommage de ma part est spontané ; d'autant plus qu'on sait très-bien que ce n'est pas pour avoir dit ni pensé le contraire que ma fameuse lettre seizième a été saisie.

LETTRE VINGTIÈME.

LES GRANDS ET LES PETITS PROCÈS.

—

21 Juin.

Je vais bientôt te quitter, mon ami Jacques. Non pas que ma main se fatigue, que ma plume s'émousse, que mon cœur défaille, que tes sympathies me fassent défaut. Non, Dieu merci ! depuis que le verdict solennel de mes concitoyens m'a confirmé dans ma foi et m'a si complétement vengé des mesquines tracasseries suscitées contre moi, je suis plus allègre que jamais, plus ferme, plus décidé, plus soutenu, plus irrité contre la sottise, l'hypocrisie et l'intrigue.

Mais voici les grands travaux qui commencent pour l'homme des champs ; voici les lourdes chaleurs pour les travailleurs de tous les métiers ; voici que les questions, dont la solution s'apprête pour 1852, s'agitent et s'enflamment. Si l'heure des lectures faciles est passée pour toi, l'heure des méditations me fuit et m'échappe.

Nous entrons dans une année de lutte. J'aurai besoin de monter tous les jours sur la brèche pour défendre le tronçon de Constitution que nous voulons voir reverdir et pousser des rameaux en 1852. Il n'est plus temps de s'enfermer pour t'écrire, longuement, froidement ; la réalité nous appelle dehors, à tous les carrefours où tes ennemis se déguisent pour te présenter des pétitions révisionnistes, à tous les foyers ou Tartufe vient s'asseoir, tirant de sa longue robe ce polichinelle rouge dont on veut t'effrayer, toi qui en as vu bien d'autres, et qui n'aurais pas plus peur des *partageux*, que tu n'as eu peur autrefois des cosaques de la légitimité !

Au revoir donc et non pas adieu ! Je continuerai de te dévouer toutes mes études, toutes mes ardeurs ; seulement, le moment est venu de changer l'arme que je fourbissais pour toi. La mêlée devient confuse ; il n'est plus bon de se servir des longues et solennelles épées, il faut la pointe vive, courte, acérée. Un souffle agite les feuilles blanches que j'entassais pour t'écrire ; bientôt elles seront dispersées pour devenir des bulletins de vote. Ne les refusons pas au tourbillon, et n'essayons pas de refroidir une inquiétude, une agitation patriotique d'où doit sortir le salut commun.

Je n'ai donc plus pour le moment que deux lettres à t'écrire. Une dernière dans laquelle je me résumerai et t'indiquerai tes devoirs pour 1852, et celle-ci dans laquelle je veux te parler de mon petit procès que j'ai gagné, et de l'autre grand procès que l'on veut faire à la Constitution et que les royalistes perdront.

Je te l'avais bien dit, mon bon Jacques, que je serais acquitté ! Pouvait-il en être autrement ? Où donc eût-on trouvé, à moins de les fabriquer exprès, douze jurés capables de déclarer sur leur âme et sur leur conscience, que j'avais cherché à troubler la paix publique en excitant les citoyens les uns contre les autres ? Cette accusation calomnieuse s'était tellement dégonflée sous tous les coups d'épingle dont elle avait été l'objet, qu'à l'audience et au moment du débat, elle restait flasque, vide, inerte, s'épuisant à

s'enfler et retombant toujours, sans souffle et sans
élan.

Tu n'étais pas là, mon ami. On avait eu soin de
mettre des factionnaires aux portes, de retirer les
clés, si bien qu'on ne parvenait qu'à grand peine dans
la salle à moitié pleine, et que quiconque ne pouvait
pas montrer *patte blanche* à la porte, était impitoya-
blement refusé. Toi, dont la *patte blanche* est le moindre défaut, tu t'es résigné à faire antichambre dans la
rue, tu as attendu patiemment ma sortie pour m'envoyer au passage ces hourras républicains qui te con-
solaient et me vengeaient.

Aussi bien, est-il heureux que tu n'aies pas pu entrer ; peut-être, comme cela est arrivé la veille, à la
fin d'un autre procès, ton cœur eût-il débordé malgré
toi et aurais-tu crié vive la République, dans la salle
même. C'eût été un scandale et tu aurais entendu le
président répéter ce qu'il avait dit la veille : — *Que*
font là ces paresseux, qui n'ont rien à voir ici et qui se-
raient bien mieux dans leurs ateliers ?

Ne dirait-on pas que la vue de la justice contem-
poraine fonctionnant est un spectacle démoralisant
qu'il n'est pas bon de montrer au peuple ? Ne dirait-

on pas qu'il s'accomplit aux assises des œuvres de
sortilége capables de corrompre ? et n'y a-t-il donc
que ceux qui n'ont rien autre chose de mieux à faire,
que les oisifs, qui aient besoin d'assister au culte
solennel de la loi. Nous croyions, nous autres, gens de
rien, démolisseurs de la société, qu'il était moral que
le peuple fût spectateur, le plus souvent possible, des
manifestations de la justice humaine, qui n'est que
l'image de la justice divine ; nous croyions qu'il n'a-
vait qu'à gagner à ce spectacle. Il paraît que nous
nous trompions. M. le président, qui s'y connaît mieux
que nous, pense le contraire.

Donc, tu n'y étais pas, et tu n'as pas pu voir quel
amusant tableau c'était que ce prévenu absous d'a-
vance, que cet auditoire souriant, que ces jurés près
de devenir complices, que ce ministère public ne trouvant plus d'argument contre l'article incriminé, et
compulsant ses notes pour en faire jaillir la force qui
manquait à son réquisitoire, et sa logique habituelle
qui lui faisait défaut. Rien de moins alarmant. Je
n'avais pas les émotions sur lesquelles je comptais ;
mon éloquent défenseur était honteux, et me mena-
çait de se taire. La certitude d'un dénouement heureux émoussait la curiosité, et il n'a fallu rien moins
que la parole harmonieuse et superbe de M. Jules

Favre pour retenir des auditeurs qui voulaient sortir, pour porter d'avance la nouvelle de l'acquittement.

Le rôle du procureur de la République, paralysé d'avance, s'est borné à de pauvres petites épigram-·mes. Au lieu du foudroyant réquisitoire que j'atten-dais contre les menées des démolisseurs de l'ordre social, je n'ai subi qu'une petite ondée. L'article en question a été mis hors de cause, et puisque j'allais être renvoyé absous, le ministère public n'a trouvé rien de mieux, pour la satisfaction, de sa conscience que de parler très-peu de ma seizième lettre, mais que de s'étendre en revanche sur moi, dont la per-sonnalité ne paraissait pas devoir entrer dans ce débat.

On a fait le procès à mon imagination *moitié alle-mande, moitié française;* on m'a dit, sans s'expli-quer plus longuement, que je n'étais *pas fait pour être journaliste.*Etait-ce une épigramme ou un compliment? Cela voulait-il dire que j'étais plutôt fait pour être avocat ou procureur de la République? Mélangeant, avec une bienveillance narquoise, les éloges et le blâme, on a bien voulu reconnaître que je n'étais pas un homme de fiel et de venin; mais que les qua-lités estimables qu'on m'accordait étaient une raison de plus pour me faire condamner. Ne sachant comment s'y prendre pour me reprocher des attaques contre la bourgeoisie, on a imaginé je ne sais quels dédains soufferts par moi de la part des bourgeois, et dont j'aurais voulu me venger. L'*Aube* avec sa bonne foi habituelle, invente même un terme plus fort, qu'il suppose émané du ministère public.

Sans le vouloir, M. le procureur a décoché une ravissante malice, qui frappe droit les deux ou trois fonctionnaires, peureux, cauteleux, qui après avoir monté mon escalier, l'ont descendu quand le baromètre réactionnaire a monté, et le remonteront quelque jour encore, quand la réaction sera redescendue à zéro. Oui, c'est vrai, quelques braves gens, et M. le procureur de la République a paru le savoir, quelque-uns de ceux qui règlent leur amitié sur les girouettes de la préfecture, quelques-unes de ces bonnes âmes qui se lient comme la rame se lie à la vague, pour avancer et la rejeter ensuite, quelques personnes qui se mettaient derrière moi en avril 1848, à l'heure des émeutes, ont bien voulu m'honorer depuis de leur défection. Cela est vrai, je le confesse, je l'avoue.

Mais est-ce que j'ai ressenti la moindre déception,

le moindre dépit de cette manœuvre si ordinaire et
si logique selon les lois de l'égoïsme et de l'ambition ?
Quoi ! j'aurais attaqué tous les bourgeois, à cause de
l'impolitesse de quelques petits esprits ! Mais où donc
M. le procureur de la République a-t-il vu que la
bourgeoisie républicaine, dont je suis l'organe, le défenseur, qui me soutient, qui m'aide, et qui a fêté
avec moi ma victoire, où donc a-t-il vu que cette
bourgeoisie m'ait donné le droit de lui en vouloir ?

On a dit aussi que j'étais bien ingrat envers l'autorité qui m'avait *défendu* et me défendrait encore ? Défendu contre qui ? contre quoi ? Je n'ai couru quelques
risques qu'au 10 décembre 1848, et tous mes voisins
qui ont eu leurs carreaux brisés et qui ont protesté
le lendemain avec énergie contre l'incurie de l'autorité, peuvent dire comment j'ai été défendu. Une seule
personne, le préfet d'alors, est intervenue avec courage et dévouement. Aussi s'est-on empressé de le
dénoncer et de le faire destituer.

Tous les arguments de l'accusation ont été de cette
force. La partie était trop belle ; quant à ma lettre,
elle n'était pas attaquable, on ne l'a pas attaquée.
Elle a été tout au plus le prétexte de personnalités,
qu'on eût trouvées inconvenantes si, au lieu d'être

débitées en plein tribunal, elles avaient été imprimées dans un journal. Le jury s'est empressé de venir metter fin à une plaisanterie qui en se prolongeant était de nature à provoquer l'hilarité et à compromettre la majesté de la justice.

Voilà comment s'est terminé ce facétieux procès.

Mon succès, qui est surtout le tien, mon ami Jacques, ne m'a inspiré aucun orgueil, mais il a suggéré les plus étourdissantes colères à mes aimables collègues. Comme ces gens-là sont officiellement patentés pour la défense de la société, ils profitent de la permission pour insulter à la justice; absolument comme des douaniers qui font de la contrebande. Le verdict du jury n'a pas plus été sacré pour eux que ne l'avait été d'abord ma position de prévenu. Non seulement ils ont blâmé ce verdict, mais le commentant et l'arrangeant dans un compte-rendu à leur façon, ils ont trouvé moyen de faire suer de la calomnie par tous les pores du réquisitoire, qu'ils ont infidèlement reproduit. L'*Aube* surtout a été magnifique. Comme il avait été un peu malmené à l'audience, il a trouvé très-adroit de se faire délivrer une attestation de parfaite loyauté par le ministère public, qui, non-seulement n'en a pas parlé, et pour cause, n'y a pas songé, mais a laissé clairement deviner le contraire de la pensée qu'on lui prête.

Quant à toi, Souffrant, tu es bien évidemment un symbole de haine, de colère. Ton nom est une injure à la société ! Appeler l'homme du peuple, Souffrant ? Ceux qui vont mourir à l'hôpital et qui ont grand peine à gagner leur vie, les traiter de Souffrants ! Quelle anomalie ! quelle monstruosité ! Il est dommage que mon volume de lettres touche à sa fin, j'aurais voulu profiter de la leçon du ministère public, et t'appeler désormais : Jacques Content ! Jacques Bontemps ! Jacques le repu ! Jacques le satisfait ! Cela eût été plus vrai sans doute, et peut-être bien qu'en te faisant passer pour heureux, j'aurais fini par te persuader à toi-même que tu l'étais !

Ce procès, qui rappelle un de ceux que la Restauration intentait à un homme que je n'ai pas l'ambition d'imiter, ni de prendre pour comparaison, à Paul-Louis Courrier, ce procès nous prouve une fois de plus la peur qui saisit les partis monarchiques, le désarroi qui se met dans leurs rangs.

Non-seulement le pouvoir a attelé tous ses fonctionnaires à ces pétitions qu'on brouette de porte en porte et qui contiennent plus de faux et de signatures extorquées que tous les tribunaux ne pourraient en poursuivre; mais on essaie encore de mettre des bâtons dans les roues de cette machine implacable qui creuse son sillon à travers tout, la presse républicaine !

Vains efforts ! lutte désespérée ! Chaque acquittement est salué par le peuple comme une victoire, et chaque condamnation comme un martyre; mais il n'est pas plus possible d'empêcher l'idée démocratique de germer et de fleurir, qu'il ne serait possible à nos ennemis de nous cacher le soleil en le gardant pour eux.

Rions donc de nos procès ! et laisse venir dans ta mansarde ces beaux messieurs qui colportent les pétitions ! Il est facile de surprendre la bonne foi d'ouvriers simples et ignorants; il est aisé de dire aux uns : — signez, pour qu'on vous rende le suffrage universel ! aux autres : — signez, pour que Napoléon, votre élu, soit maintenu ! à ceux-ci : — signez pour qu'on diminue l'impôt ! à ceux-là : — signez pour que le commerce aille, que l'usine marche, que les blés se vendent !

Il est facile de mentir. Mais après ? quand on aura signé, quand nos représentants qui n'ont rien dit, rien fait de l'année, monteront, pour la première fois, à la tribune, afin d'y porter les cahiers transmis par leurs agents ; quand M. le général Husson, qui acquiert une célébrité grotesque, aura excité ces rires flatteurs qui font considérer son élection comme une mauvaise plaisanterie ; quand toutes ces pétitions révisionnistes auront été entassées, qu'arrivera-t-il ?

L'Assemblée paraît décidée à repousser toute espèce de révision ; mais voulut-elle céder à cette pression factice organisée contre elle , à quoi aboutiraient ses efforts !

Vouloir réviser, c'est bien ; mais comment s'entendre sur le chapitre des innovations ? Est-ce la royauté légitime ? Est-ce la royauté d'escamotage ? Est-ce l'empire ? Est-ce la République bâtarde avec un président à vie ? Est-il possible qu'on s'entende, et s'il est certain qu'on ne s'entendra pas, en quoi la question peut elle être opportune ?

Si nous voulions, Jacques, répondre à ce pétitionnement par quelque chose d'analogue, nous nous mettrions en campagne au nom de la loi du 31 mai,

et dans cette guerre de signatures, nous récolterions
peut-être un plus gros butin. Mais en vérité, à quoi
bon tout ce tapage ? Est-ce que cette Constitution qui
ne gêne absolument que les royalistes et les ambitieux
t'empêchent, Jacques, de travailler ? Est-ce qu'elle
est incompatible avec l'ordre, avec la tranquillité ?

Est-ce que ces braves travailleurs des campagnes
qu'on trompe par des manœuvres déloyales, vendront
mieux leurs denrées, si la révolution recommence en
1852, au lieu de s'achever paisiblement par l'élection d'un autre président ?

Dis bien à tes amis, Jacques, d'observer ceci.
Toutes les fois qu'on leur présentera une pétition pour
la révision, qu'ils se demandent si l'homme qui vient
à eux est sincèrement dévoué au gouvernement, c'est-
à-dire à la Constitution.

Qu'ils se demandent si celui-là n'a aucune ambition secrète ; s'il n'est pas légitimiste, orléaniste ; s'il
n'a pas la croix à gagner, un emploi à obtenir, une
faveur à s'assurer ; qu'ils voient bien s'il ne cède ni à
la peur, ni à la flatterie, ni à la contrainte ; s'il est
libre de tout engagement avec les partis, si c'est le
seul et unique amour de la patrie et de la République

23

qui le guide ; quand toi et tes amis, vous verrez un homme, sans ambition, sans calcul, sans aucune ramification avec les pouvoirs, n'étant ni juge de paix, ni sous-préfet, ni garde-champêtre, désintéressé, républicain, franc, loyal, vous présenter la pétition; si vous connaissez cet homme pour avoir la plénitude de ses facultés, signez ! mais vous ne signerez pas ; car aucun homme, comme celui que je dépeins, ne signera, ne présentera de pétitions.

C'est donc une machine impuissante, et qui commence, au surplus, à se détraquer, que ce pétitionnement dont la moralité se révèle tous les jours, et sois certain que la Constitution ne sera pas révisée, que la République ne sera pas démolie, et que ce grand procès que l'on veut faire à la révolution du 24 février, se terminera comme tous les petits procès que l'on fait à ses défenseurs, par un acquittement solennel, par des acclamations, et par la confusion de tous ceux qui se sont rendus complices de cette guerre anti-libérale, disons le mot, anti-sociale. Car la société périt quand elle recule, se fatigue à piétiner dans le repos, et ne vit que par la marche et par le progrès. En avant donc !

Dieu qui a changé la femme de Loth en statue de

sel, parce qu'elle regardait en arrière, nous a laissé un symbole du châtiment de la réaction. Si le même miracle se renouvelait aujourd'hui, il y aurait encombrement dans les salines, et tu y gagnerais le dégrèvement d'un impôt ! C'est la seule occasion qui pourrait faire servir la réaction à tes intérêts ; mais, par malheur, il n'y a plus de miracles.

A samedi pour la dernière fois.

LETTRE VINGT-UNIÈME.

––––––––

1852 !

—

28 Juin.

Au moment de t'écrire pour la dernière fois, mon ami Jacques, je m'interroge et je me demande si j'ai bien rempli le cadre que je m'étais tracé, si je n'ai pas, dans l'entraînement de mes confidences hebdomadaires, laissé ma pensée aller au-delà de la ligne inflexible que je m'étais imposée.

Soldat de la civilisation, ai-je appelé au secours de mon drapeau la violence et la barbarie ? Homme d'étude, ai-je blasphêmé contre la patience humaine ? Défenseur du droit, ai-je invoqué la force ? Républicain sincère mais conciliant, ai-je trop fait plier mes principes sous des raisons de temps, de mœurs, d'habitudes ? Dans ma crainte des exagérations, ai-je sacrifié la philosophie à l'action, ou bien n'ai-je pas laissé la part trop large à l'utopie ?

Toutes ces questions, je me les fais de bonne foi, sincèrement, pour rectifier ici, à la dernière entrevue, l'expression qui aurait trahi mes pensées, le mot qui serait au-dessous de mon sentiment. Eh bien ! je me rends cette justice que je n'ai pas failli à ma parole et que je signerai cette dernière lettre comme j'ai signé la première, avec les mêmes convictions, avec les mêmes espérances dans la démocratie, la même horreur pour la réaction, les mêmes défiances pour les entraînements socialistes.

Qu'ai-je voulu dans ces lettres ? T'expliquer les raisons de ta préférence pour la République ; te faire aimer ce gouvernement qui ne sera la vérité que le jour de la réalisation de sa triple devise. Je t'ai montré que les hommes auxquels tu as confié, depuis 1848 et 1849, tes destinées, te trahissaient et trafiqueraient au besoin de la révolution que tu as faite, contre des titres, contre des faveurs monarchiques. Je t'ai prouvé qu'après t'avoir séduit par de belles paroles, ces Esaüs accommodaient d'avance le plat de lentilles contre lequel ils échangeraient un jour le peu qui leur reste de foi en ta cause ; je t'ai montré le fantôme glacial de la Restauration se glissant à travers l'entrebail-lement de ta porte et venant poser sur le front de tes enfants ce bonnet de plomb, qui atrophie l'intelligence et change en une armée de sacristains les légionnaires de la révolution.

Je t'ai fait voir qu'à côté du clergé intolérant, retranché derrière les ruines, il devait y avoir la religion vivante, immortelle, aspirant au bien et voulant régénérer par l'amour les nations qu'elle tient plus à sauver qu'à conduire.

Dépouillant les mannequins fabriqués par la réaction des oripeaux qui les couvrent, j'ai touché du doigt, j'ai fait jouer ce monstre si terrible qu'on appelle le socialisme, et je me suis demandé s'il était possible, comme l'affirment nos adversaires, que la religion, que la famille, que la propriété, que l'ordre fussent menacés. Tu as vu ce qu'il fallait croire de ces exagérations, tu as fait avec moi la part de la mauvaise foi ; mais tu as fait aussi la part de l'erreur.

Tu t'es dit que la République ne serait qu'une déception, si elle se bornait à remplacer des ambitieux
repus par des ambitieux à repaître, et si elle ne se si-
gnalait pas par un progrès constant dans les mœurs,
dans l'état matériel et moral du peuple, cet artisan
invincible des révolutions.

Tu t'es dit également que le progrès, ce n'était pas
le bouleversement; qu'il n'était pas besoin de mettre
l'humanité en jachères pour lui faire porter de nouveaux fruits; que la mort ne fécondait que pour les
tombeaux, et que ce n'était pas en démolissant qu'on
prouvait le désir d'améliorer ou de fonder. Tu as repoussé avec moi l'entêtement des ces hébêtés qui vont
meurtrir leurs ailes de hiboux dans tous les carrefours
obscurs de la contre-révolution, et tu n'a pas accepté
l'orviétan de ces inventeurs de sociétés qui t'apportent
un monde tout fait, une civilisation toute éclose.

Tu as compris que les sueurs de l'homme étaient
la rosée de toutes les améliorations en germe, et tu ne
veux pas pour tes enfants des produits nés dans les
serres, à une chaleur factice, et vivant hors du climat
habituel et des intempéries du monde.

Tu t'es bien convaincu avec moi, en voyant de

quelles haines la vieille société déborde, en jugeant les guerres sociales qui divisent l'artisan, le bourgeois et le riche, en descendant au milieu de cet enfer du travail, de la concurrence, de l'usure, de la prostitution, tu t'es convaincu qu'il y avait à chercher en dehors des moyens jusqu'ici connus de gouverner les hommes, le secret d'une purification, d'une réhabilitation progressive.

Tu t'es interrogé avec la même sévérité que celle que tu as mise dans l'examen de tes voisins ; et te sentant des habitudes détestables, des préjugés atroces, des préventions impies, tu t'es dit que tu n'étais pas meilleur et que tu ne devais pas songer à te faire seul toi, peuple ignorant et brutal, le rédempteur et le sauveur des hommes ; mais faisant entrer dans la balance universelle tes instincts, tes appétits, ton travail, ton sang, tu t'es dit avec raison qu'on ne devait pas t'exclure de l'effort commun, que tu avais autant de droit à sauver pour ta part les autres et à être sauvé, que l'enfant parvenu de ta race qui te maudit, te calomnie et t'exploite.

Tu n'as pas dit que le problème était fût renversement de la marmite du riche dans le pot de terre du pauvre ; mais tu as compris que pauvres et riches, tous

infirmes par leur nature, grands par leurs âmes im-
mortelles et divines, devaient se réconcilier, s'aimer,
s'unir, marcher parallélement au but.

Le jour où la justice en robe noire, agitée par les
fièvres contagieuses de la politique, a commis la faute
de nous dénoncer, toi à des risées, moi à des rigueurs
inutiles, tu as plaint du fond du cœur ces imprudents
soutiens des lois humaines qui laissaient monter le
flot des passions de   partis jusque sur les plateaux de
leurs balances; tu as pris en pitié ces couleuvres
édentées de la Némésis officielle qui se sont usées à
mordre tous les outils des artisans de l'avenir. Tu as
joui sans orgueil de la satisfaction que la conscience
publique nous a donnée et tu t'es dit qu'ayant lutté
sans haine, sans colère, tu devais triompher sans
vengeance.

Mon but est-il donc rempli, mon ami Jacques? Ne
t'ai-je pas dit tout ce qu'il m'a paru essentiel de te
dire? Ai-je oublié quelque chose et qu'ajouterai-je
aujourd'hui?

En te prouvant la nécessité de réformes, en signalant les plaies dont tu saignes, je n'ai pas indiqué de
remèdes immédiats; je t'ai analysé, je ne t'ai pas

guéri. C'est vrai. Mais voulais-je te guérir ? Je ne crois pas qu'il appartienne à qui que ce soit d'apporter une formule, et de dire : Prenez et soyez sauvés ! J'aurais toute la science qui me manque, mon front se serait desséché à travailler pour toi, j'aurais vieilli dans l'é- tude des lois morales, que je ne voudrais pas plus qu'aujourd'hui t'indiquer une route, comme la seule vraie !

Nul n'a le remède au malaise social dans sa poche ou dans sa tête. Nul ne doit imposer sa théorie. Mille sectes se partagent l'arène des penseurs; il y a dans toutes des lueurs mêlées à des obscurités. On ne fait pas du feu, en mettant simplement une pierre ou deux de silex dans l'âtre, mais en les frappant pour en dégager l'étincelle. Quand tu te serais fait Icarien, Phalanstérien, etc..., tu n'aurais pas davantage le droit de te croire meilleur. Mais c'est en comparant, en rap- prochant tous les produits de l'imagination des socia- listes, c'est en les contrôlant, en les corrigeant, en les mitigeant, en les épurant les uns par les autres, que l'on arrivera à ce degré supérieur de civilisation qui est la tâche du siècle.

Je n'avais donc besoin que de t'expliquer la légiti- mité des réclamations, que de justifier, non pas pour

toi qui étais convaincu, mais pour ceux auxquels tu
en parleras, la Révolution de Février. Je t'ai dit qu'il
était juste d'espérer, qu'il était bon de travailler; je
t'ai affirmé que c'était par l'amour et par la patience
que nous arriverions au but. Voilà tout ce que j'avais
à te dire; mais moi, qui cherche comme toi, moi qui
mets mon repos, ma liberté, ma vie pour gages de
mon labeur, je n'avais pas plus le pouvoir que le droit
de t'apporter une solution. Le problème est complexe;
tous nous y concourons; la gloire du résultat doit être
à tous et ne peut être usurpée par personne.

La Révolution de 1848, qui est ta foi politique, t'a
laissé d'ailleurs son *Credo* : c'est la Constitution. Voilà
ce qu'il faut garder, voilà ce qu'il faut défendre, voilà
ce qui, en attestant la conquête, garantit toutes les
promesses de l'avenir. On t'a dit bien du mal de cette
Constitution ! tu verras en 1852, quand elle nous aura sauvés d'une catastrophe, qu'elle valait mieux que
sa réputation.

Sans doute, elle n'est pas parfaite, l'empreinte humaine y est visible; mais qui s'en étonnera? Elle a eu
la conscience de ses imperfections, elle s'est ajournée
elle-même à des époques d'examen. Laissons venir
l'heure où on pourra sans danger la modifier, lui faire

subir les changements jugés indispensables par l'expérience.

Cette heure n'est pas venue et ne viendra pas en 1852. Ferme l'oreille à ceux qui l'appellent, chasse de chez toi ceux qui te disent qu'elle a sonné. Ce sont des imprudents ou des traîtres. Vouloir réformer aujourd'hui la Constitution, c'est vouloir ôter le ciment qui en joint les diverses parties, et appeler ensuite les ouragans pour les disperser; c'est convoquer toutes les monarchies pour l'assaut de la République. Repousse donc intrépidement, courageusement toute pensée de révision. Veille sur le pacte fondamental comme sur ta vie, comme sur la fortune de tes enfants, comme sur ton bonheur. C'est que c'est en effet tout cela que la Constitution te garantit.

Veux-tu, Jacques, te coucher encore sur la litière sanglante de la royauté, dite de droit divin? Veux-tu te vendre, comme tes aïeux se sont vendus, et abdiquer ta dignité d'homme, pour manger à un pain enchaîné? Veux-tu redevenir la populace bonne à se battre pour les gentilshommes, bonne à suer du sang et de l'impôt? Oh! alors, laisse démolir la Constitution! va déployer le drapeau blanc, et va baiser la main de tes bons amis les jésuites.

Veux-tu de cette autre royauté bâtarde, qui n'a pas, elle, le prétexte de l'intervention divine, et qui, en te laissant une demi-liberté, te donnera le désir de droits politiques, avec l'impuissance d'y atteindre? Veux-tu travailler sans relâche pour cette race parasite de fonctionnaires? Veux-tu repasser par les sentiers honteux dont tu as secoué la poussière en 1848? Oh! alors, laisse démolir la Constitution!

Veux-tu par hasard des mascarades d'un empire de comédie? Veux-tu n'avoir ni liberté, ni gloire? Veux-tu exalter des Césars de contrebande, et te courber sous un gourdin transfiguré en épée? Veux-tu être abject en étant esclave? Oh! alors, encore une fois, laisse démolir la Constitution.

Mais si tu tiens à ta liberté, à ta vie morale, à l'émancipation de ta race, à la sainteté de ton travail, à ta vertu, à ta conscience; si tu es avare de sang, et si tu veux sécher à jamais celui qui a été répandu, rends inviolable à tous, par ta modération, par ta fermeté calme et digne, par tes armes peut-être, s'il le fallait, cette Constitution librement donnée, librement acceptée, et qui est la transaction de toutes les inimitiés, de toutes les haines de partis.

Laisse pétitionner, laisse agiter le pays, laisse calomnier 1848 et peindre en rouge 1852 ! Toi qui as
pour toi ton droit, la justice et le fait acquis, tu n'as
rien à faire qu'à attendre patiemment, silencieuse-
ment, les élections de 1852.

Ne crains pas que la Constitution soit démolie !
Comme sa chute serait un appel à toutes les factions,
une déclaration de guerre civile effroyable, nul n'o-
sera y porter la main. Ainsi que l'arche des Hébreux,
elle serait mortelle au bras qui la toucherait. Ne te
préoccupe que d'une chose, c'est de congédier en
1852 tous ceux qui sont maintenant, depuis les plus
grands jusqu'aux plus petits, sur les échelons du
pouvoir. Tous ces gens-là t'ont trompé, t'ont trahi.
Qu'ont-ils fait pour le travail ? pour l'industrie ? pour
la sécurité des transactions ? Qu'ont-ils fait pour assurer l'avenir ? Nous sommes dans une crise qu'ils
ont engendrée ; le commerce est inerte au-dedans,
notre honneur est compromis au dehors ; les ambitions s'agitent ; orléanistes et légitimistes complot-
tent ; quant aux impérialistes, ils se sont faits assom-
meurs. L'intrigue et la violence, voilà le résultat de
ce mandat confié aux incapables et aux félons que
tu t'es donnés.

Ne commets pas une nouvelle faute qui te serait mortelle. Dis-toi que le pays a fait assez de crédit, et qu'il est temps pour lui de rentrer dans ses avances. Sois décidé, mais calme dans ta justice, et ne songe à te venger que par ton bulletin.

Je te le répète, la Constitution est le gage de ton salut, défends-la, ou plutôt, laisse-la se défendre par sa propre existence ; mais si jamais des fous, des insensés, se ruaient sur elle, oh alors ! au nom de toutes les victimes des révolutions, mortes pour ensemencer le sillon de 1848, barre la route aux usurpateurs et ne les laisse pas aller plus loin ! Pour défendre la Constitution, tu n'aurais jamais assez de sang dans les veines, assez de poudre dans tes cartouches ; il te faudrait bâtir de saintes barricades et y apporter jusqu'au lit de ta mère, jusqu'au berceau de tes enfants ; car ce serait pour la civilisation, pour l'humanité et pour Dieu que tu combattrais !

Heureusement, tu n'as rien à redouter. Laissse ton fusil se rouiller ; les cosaques sont loin ! Un peu d'encre au bout de ta plume et un coin déchiré de mes lettres pour contenir un nom, voilà tout ce qu'il te faut. Espère donc et attends. C'est là mon dernier mot.

La révolution de 1848 a fondé en France la République *démocratique*. Nous avons la République sans
épithète ; c'est l'essentiel pour aujourd'hui. Les réformes démocratiques en découleront nécessairement,
infailliblement, plus tard, par la Constitution. Ne
laisse pas aller tes regards au delà. Ne sois ni lassé,
ni impatient ; ne te décourage pas, et ne songe pas à
arracher ce qui doit t'être accordé, à un jour donné,
à une heure donnée.

Aux poltrons comme aux utopistes, à ceux qui
t'appelleront *blanc*, à ceux qui t'appelleront *rouge*,
montre la Constitution, et sache bien que tu seras
pour l'avenir assez modéré, comme assez socialiste,
si tu es sincèrement constitutionnel.

Adieu, Jacques, je ne t'écrirai plus ; mais ma pensée habitera près de toi. En vain nos ennemis, en
me montrant tes mains calleuses et tes guenilles, et
en te montrant à toi mes gants et mon habit, veulent
nous désunir et nous pousser à nous haïr. Nous sommes de la même famille. Tes fils s'habilleront comme
moi ; mes pères s'habillaient comme toi. Je suis le
résultat du travail et des espérances que tu nour-
ris aujourd'hui pour tes enfants. Tu serais un mau-

24

vais père en repoussant ma main ; je serais un ingrat en dédaignant la tienne.

Ce n'est donc pas, à vrai dire, un adieu que je t'envoie. Nous nous reverrons souvent et nous remplace-
rons ces lettres par des entretiens, en attendant le
rendez-vous solennel de 1852, devant l'urne du
scrutin.

FIN.

TROYES. — TYPOGRAPHIE CARDON.